理想藏书
世界经典名著

与经典文学为友，
怡情、傅彩、长才。

Heidi

海 蒂

［瑞士］斯比丽／著

邹乐帆／译

北方联合出版传媒（集团）股份有限公司

万卷出版公司

ⓒ　　[瑞士]　斯比丽　　2017

图书在版编目（CIP）数据

海蒂／（瑞士）斯比丽著；邹乐帆译. -- 沈阳：
万卷出版公司，2017. 9
（经典名著价值阅读）
ISBN 978-7-5470-4611-1

Ⅰ. ①海… Ⅱ. ①斯… ②邹… Ⅲ. ①儿童小说-长
篇小说-瑞士-近代 Ⅳ. ①I522. 84

中国版本图书馆 CIP 数据核字（2017）第 200053 号

出 品 人：刘一秀
出版发行：北方联合出版传媒（集团）股份有限公司
　　　　　万卷出版公司
　　　　　（地址：沈阳市和平区十一纬路 25 号　邮编：110003）
印 刷 者：廊坊市海涛印刷有限公司
经 销 者：全国新华书店
幅面尺寸：145mm×210mm
字　　数：178 千字
印　　张：6
出版时间：2017 年 9 月第 1 版
印刷时间：2017 年 9 月第 1 次印刷
责任编辑：李　坪
责任校对：段云娜
封面设计：宋双成
排版制作：文贤阁
ISBN 978-7-5470-4611-1
定　　价：28. 00 元
联系电话：024-23284090
常年法律顾问：李福　版权所有　侵权必究　举报电话：024-23284090
如有印装质量问题，请与印刷厂联系。联系电话：0316-2516500

前言

　　《海蒂》（也叫《小海蒂》）是瑞士作家约翰娜·斯比丽的代表作。约翰娜·斯比丽，1827 年出生于瑞士苏黎世附近的一个村庄，父亲是一名医生，母亲则是一位诗人，家里兄弟姐妹众多。她从小就接受了良好的教育，后到苏黎世求学，为以后的儿童文学创作打下了坚实的基础。1852 年斯比丽结婚，第三年便生下了儿子伯恩哈德，但她的儿子长期患病，于 1884 年去世。同年，她的丈夫也因病离开了她。虽然斯比丽的人生经历很坎坷，但她仍以顽强的毅力进行着她的写作事业，并最终成为一位举世闻名的儿童文学家。从 1879 年起她创作了大量的作品，这些作品的书名总冠以"献给孩子以及那些热爱孩子的人们的故事"。其中最著名的就是《海蒂》。除了本书之外，斯比丽的重要作品还有《在弗里尼坎上的一片叶子》《没有故乡》《格里特利的孩子们》等。

　　《海蒂》是一部以情动人的文学名著，在这部书里，始终贯穿着一个浓缩于海蒂身上的"爱"的主题。作者通过优美的笔触，把一个天真可爱、善良勇敢的海蒂生动形象地呈现在读者眼前，使我们仿佛看到了一个爱的天使、爱的化身。海蒂虽然出身贫寒，却有一颗金子般的心。她的纯真善良，深深地感染着周围的人。比如，她使饱经磨难、离群索居的爷爷重新回到人们中间，并对生活有了新的认识和感悟。此外，长年与轮椅相伴的富家少女克莱拉，贪玩厌学的牧羊娃彼得，陷于丧女之痛中无法自拔的医生，在贫困和黑暗中艰难度日的盲人老奶奶，他们的生活都在海蒂的影响和帮助下发生了较大的变化。小海蒂在帮助他人的过程中不断实现着自己的人生价值。作者还以生动的笔触描绘了阿尔卑斯山多姿多彩的自然风光和淳朴深厚的风土人情，向读者展示了一幅幅美好的阿尔卑斯山风情画卷，充满了浓浓的生活气息。阅读此书，会使人们产生热爱自然、热爱生活、热爱祖国和热爱家乡的美好情感。

《海蒂》出版至今已超过百年，先后被翻译成50多种语言，全球发行量超过五千万册，并先后被改编成广播剧、电影、卡通片、连环画等多种形式，在世界各地广为传播，是世界上最著名的儿童文学作品之一。虽然主人公海蒂是作者虚构出来的理想人物，却不会让读者产生虚幻之感，相反，读者可以从她身上看到人的美好天性，看到你我的影子。《海蒂》一书的魅力，正在于它充分地展示了人性中善良美好的一面，在尔虞我诈、相互倾轧、人性扭曲的现实生活中，能唤醒人们心中的爱，重新思考幸福是什么，生命的意义又是什么。海蒂以毫无保留的稚嫩善意，帮助并感化了一众陷入心灵困境的成年人，正是这种人性中的善良与美好，跨越时间、国籍、性别和年龄，感动着每一位读者，令《海蒂》成为一部永远也不会过时的小说。

走进《海蒂》，你将走进真善美的清新画卷中，重新感受生命的可爱与鲜活。

走进《海蒂》，你将与故事中的人物成为朋友，在不知不觉中汲取文学的营养。

目录

1. 上山找阿尔姆大叔

走出风景宜人的小山村梅恩菲尔德，就踏上了一条弯弯曲曲、青草铺路的小径，这条小径一直伸展到山脚下。群山雄伟庄严地俯视着谷地。这条小径的尽头是陡峭的阿尔姆高山牧场，沿路生长着繁茂的山草。行人一踏上这条小径，就会闻到沁人心脾的芳草香味。

在六月的一个阳光明媚的早上，一个高个子、身体健硕的山里姑娘牵着一个小女孩，正竭力攀登着这条狭长的山路。小女孩脸颊热得红彤彤的，棕色的皮肤在太阳的照射下，亮得发光。但奇怪的是，在六月骄阳的炙烤下，小女孩却把全身裹得严严实实，像是在抵御严寒似的。小女孩大约有五岁，但是想要看清她的模样是很难的，因为她身上穿着两三件衣服，一件套一件，脖子上还裹着一条很厚的、红色的棉围巾；她的小脚穿着一双带钉子的登山鞋，看上去又笨又重，所以她往上攀爬得十分艰难。从谷地向上攀爬了一个小时后，她们终于到了高山牧场的半山腰，这里坐落着一个叫德芙里的小山村。对于她们的到来，几乎每家每户都表达了问候，有的人是透过窗户，有的人是从房门口，还有的人是从街道上，原来这里就是那位年长的姑娘的家乡。但是她们并未停留，只是边走边回应朋友们的问候和问题。不一会儿，她们就走到了村子的尽头，那里只零星散落着几户人家，在经过最后一户人家时，有一个声音从门里传出来："等等，迪蒂，你如果正打算上山，那我也和你们一块儿走。"

姑娘停下了脚步，小女孩立刻挣开她的手，一屁股坐在了地上，嘴里还"呼呼"地喘着粗气。

"你累了吧，海蒂?"姑娘问道。

"不，我只是觉得太热，嗓子都快冒烟了。"小女孩答道。

"这里离山顶很近了，只要你迈开大步一直走，用不了一小时，我们就会到了。"迪蒂鼓励她说。

此时，一个面目和蔼的胖女人从刚才的门里走了出来，想跟这两个女孩结伴同行。小女孩起身紧紧地跟在她们后面。胖女人与迪蒂很熟悉，一见面就热烈地交谈起来，谈论着德芙里及其附近的人和事。"迪蒂，你究竟打算带这个孩子去哪儿？"路上新加入的这个女人问道，"这大概就是你姐姐的孩子，是那个孤儿，没错吧？"

"是的，就是她。"迪蒂回道，"我要把她领到高山牧场上他的爷爷那里，她今后就要一直留在那里了。"

"什么，你要把这个孩子留在阿尔姆大叔那儿？你搞错了吧，迪蒂！你到那个大叔那儿一提，肯定会被他撵出来的。"

"不可能，他可是她的爷爷，他有义务照顾她。我一直抚养这个孩子到现在，不瞒你说，巴贝尔，实际上我谋到了一份工作，我不想因为她丢了这份工作，所以现在也该轮到她的爷爷承担抚养她的责任了。"

"是啊，但是如果他像其他普通人一样，他一定会这样做。"身材矮小且胖胖的巴贝尔坚持己见，"你是了解他的呀，他怎么会懂得如何照顾一个孩子，更何况这个孩子还这样小！这个孩子肯定在那里待不下去的！——可是，你要去哪里工作呢？"

"我要去法兰克福，"迪蒂解释说，"我在那儿谋到了一份很不错的工作。那里的主人去年夏天来到山脚的浴场疗养时，我负责为他们打扫房间，那时他们就跟我说希望我去他们那里干活，但是我无法脱身。这次他们又来了，还说希望我能过去，所以这一次我决定去，这一点你要了解。"

"幸亏我不是这个孩子！"巴贝尔无可奈何地喊道，"谁都不清楚高山牧场上的那个老头儿到底是什么情况！这么久以来，他和每个人都没有往来，一年到头从不去教堂。即使他一年仅有一次走下山，拄着他那粗粗的拐杖，大家也都因为害怕尽量远远地躲着他。他长着花白的眉毛和吓人的大胡子，外表看上去简直就跟年老的异教徒或印第安人差不多，只要不独自遇见他，就算是天大的幸运了。"

"那又怎么样呢？"迪蒂非常不服气地说，"他毕竟是她的爷爷，他必须照顾她，他应该不会伤害这个孩子的，就算伤害了，也应该是他来负责任，而不是我。"

"我只是想知道，"巴贝尔试探着问，"那老头儿做了什么不可告人的事，为什么他的眼神总是那样，而且他一直一个人孤零零地住在高山牧场里，几乎与世隔绝了。人们谈论着关于他的各种事情。迪蒂，你也一定知道些什么，是从你姐姐那里听来的，对吧？"

"当然，但我不想说这些。倘若传到老头儿的耳朵里，我就要倒大霉了。"

巴贝尔一直非常好奇阿尔姆大叔为什么这么奇怪，她不理解为什么这个老头儿好像非常厌恶自己的同乡，只想自己生活。她不明白为什么人们说到他时总是窃窃私语，一副害怕得罪他的样子，但也没人想要和他产生什么瓜葛。另外，她也不理解为什么德芙里的所有人都称呼他"阿尔姆大叔"，他怎么可能是所有人的叔叔呢？自然，巴贝尔也像别人一样习惯性地称呼他"大叔"。巴贝尔是结婚后才来到德芙里的，她以前住在山下的普拉蒂格，刚来这里不久，所以对这里的事和人都不是非常了解。迪蒂则恰恰相反，她是在德芙里长大的，前年她的母亲去世了，所以她就离开村子，到雷格兹的巴斯的一家旅店里做了服务员。今天一早，她就从雷格兹出发，坐着她朋友的那辆拉干草的车和海蒂一起回到了梅恩菲尔德村。巴贝尔不愿错失这个可以满足自己好奇心的机会，于是她挽着迪蒂的胳膊说："我知道你一定知道一些真实的情况，那些关于他的流言究竟是怎么回事，我肯定你都知道。这老头儿到底是怎么回事？从前他也不喜欢见人，一直讨厌这个世界吗？"

"他以前是不是这样，我怎么可能知道？他最起码有七十岁了，但我只有二十六岁，他年轻时的事我怎么会知道呢？但是，假如你发誓不会在普拉蒂格到处说，我就给你讲一些和他有关的事情。我妈妈和他同样是多姆莱斯人。"

"这还用说吗，迪蒂，你什么意思？"巴贝尔有些不高兴了，"在普拉蒂格，长舌妇并没什么作为，更何况，必要时我是可以管住自己舌头的。"

"那就好，我告诉你——但先等一下。"迪蒂一脸严肃地说。她怕孩子会听到她们的谈话，于是回头看了一下，想确定她距离自己是不是很近。然而海蒂根本没有跟在她们身后，肯定是她们一心一意地聊天时，她自己走到别的地方去了。迪蒂直起腰向周围看了看，这条小路弯弯曲曲的，但她可以清楚地看到德芙里附近的那段路，不过现在路上空无一人。

"我找到她了！"巴贝尔喊道，"她在那儿！"她指着一个离小路有点远的地方说，"她和羊倌、山羊一起走着呢。我还好奇怎么羊倌今天赶羊赶得这么晚。但是正好让他照顾孩子，你好给我说说。"

"哦，说起照顾，"迪蒂说，"她根本用不着羊倌照顾。她都五岁了，而且非常聪明，又有眼力见儿，我总是想，总有一天这会有用，因为那个老头儿现在只有两只山羊和一间草屋。"

"他从前还有别的吗？"巴贝尔问。

"他？我想是这样的！"迪蒂非常兴奋，"多姆莱斯最大的庄园就是他的。另外，他还有一个弟弟。弟弟很安静，很有礼貌，哥哥却放浪形骸，花天酒地，常和一些来历不明的酒肉朋友骑马闲逛。他因为酗酒和赌博把家业败光了，父母知道后十分悲伤，相继离开人世。弟弟被迫沦为乞丐，负气出走，杳无音信，声名狼藉的阿尔姆大叔也消失了。有一段时间，人们不知道他的去向，直到有人发现他去那不勒斯当兵，之后就没有他的消息了。过了十二年或者十五年，他突然带着个小孩在多姆莱斯出现了。他想把孩子寄养在乡亲家里，可是大家都关着门，没人愿意和他打交道。他非常痛苦，发誓再也不踏进多姆莱斯半步，之后就和孩子在德芙里住下来。他妻子应该是格里森本地人，他们在那儿认识并结了婚，但是刚结婚不久妻子就去世了。他当时并不是很穷，因为他还能让儿子托比亚斯去木匠那儿做学徒。小伙子很稳重，村里人都很喜欢他。可人们对老头儿还是很不放心，甚至谣传他是从那不勒斯逃出来的，后果很严重。据说还因为斗殴杀过人，而不是因为正义的战争。我们并不否认和他有亲属关系：我的太外祖母是他奶奶的妹妹，所以我们叫他叔叔。我父亲这边与德芙里的每个家庭几乎都是亲戚，所以大家也都叫他大叔，由于他住在山上，人们就称他为阿尔姆大叔。"

"那托比亚斯呢？"巴贝尔听得出了神，好奇地问。

"等一等，就要讲到他了，我不能一下子都说出来啊！"迪蒂说，"托比亚斯在梅尔兹学了手艺，学徒期满就回到了德芙里，和我姐姐阿得蕾德结了婚。两人早就相爱了，婚后很幸福。只可惜好景不长，结婚才两年，丈夫就死了。他工作时被一根木头砸到，当时就不行了。人们把他抬回家，阿得蕾德看到丈夫血肉模糊的尸体，又惊恐又伤心，她发起了高烧，再也没起来。她一直体弱多病，这一病便不省人事。托比亚斯死后两个月，他的妻子也跟着走了。他们悲惨命运的话题在乡邻间谈论了好长时间，不管是在私下里还是在公共场合，大家都认为这是报应，因为阿尔姆大叔不信奉上帝，有的人甚至当面这样说。牧师曾经努力规劝他忏悔，试图唤起他的良知，老头儿脾气却越来越大，更顽固不化了。他从那以后不理任何人，大家都尽量躲着他。后来他突然搬到了阿尔姆山上去了，不打算再下来，只隐居起来，敌视着上帝和人们。我和妈妈收养了姐姐一岁的孩子，后来，妈妈去世了，我又得去巴斯挣钱糊口，只好把孩子寄养在邻村的厄苏拉老奶奶那儿。整个冬天我都待在巴斯，我会缝纫、编织，还能找到工作。今年刚开春，我侍候过的那家人从法兰克福赶了来，再次请我跟他们去。我们后天就出发了，我可以向你保证对我来说那肯定是个极好的去处。"

"那也不能把孩子留给那个老头儿啊。你竟想出这种主意来，真让我吃惊，迪蒂。"巴贝尔毫不留情地谴责她。

迪蒂不甘示弱地反驳："你什么意思？我对她已经仁至义尽了，我还能怎么做呢？我总不能带上一个五岁的孩子去法兰克福吧。唉，巴贝尔，这都到半山腰了，你到底要去哪儿？"

"我就来这儿。"巴贝尔回答，"我有点事要找牧羊人的老婆，她冬天要给我纺棉花。再见吧，祝你好运，迪蒂。"

迪蒂跟巴贝尔握完手就站在那儿，巴贝尔则走向附近的一个小木屋。从德芙里向上看，这小屋在半山腰上，黑漆漆的，非常小，就在小路附近，建在一个山坳里，可以挡住山风。还好有个避风的地方，因为它实在太破旧了，住在里面肯定很不安全。当南面刮起暴风的时候，里边的一切都摇晃起来，噼啪作响，门啦，窗户啦，那些朽了的木檩都吱吱作响，好像会被吹散。这种天气里，牧羊人的房子要是没有山坳挡风，肯定会被吹到山谷里去。

十一岁的男孩彼得就住在这个小屋里。他每天早晨要把他在德芙里的山羊赶上山，羊群可以自由地享用山上茂盛的青草，一直吃到太阳落山。傍晚，彼得带着灵巧的山羊跑跳着下山，到了德芙里村，他就打个响亮的口哨，主人们就知道自己的山羊回来了，都出来认领。跑出来的多是些孩子，他们不怕那些温柔的动物，整整一个夏天，只有在这时彼得才有机会见见他的朋友们，除此以外，他都孤独地在山上放羊。他有妈妈，还有一个眼睛瞎了的奶奶，但他每天早上很早就要起床去放羊，晚上很晚才能回家，因为他总是挤出一切时间跟别的孩子聊天、玩耍，没办法，他在家的时间很少，早上只够吞下他那份面包牛奶，晚上也一样。他爸爸也是个羊倌，年轻时以此为生，几年前伐木时出了意外。他妈妈真名叫布蕾吉特，可人们总是叫她"羊倌的老婆"。左邻右舍的男女老幼也都管他瞎眼的奶奶叫"奶奶"。

迪蒂站着等了十分钟，来回张望着寻找孩子们和山羊，但什么也没找到，她只得爬到高处。山坡斜着下去，通到山谷，视野又宽阔了许多，她的表情显得越来越焦急，不停地扫视着四周的山坡。此时，两个孩子沿着远处的一条山路迂回着向上爬，彼得知道好多长着山羊爱吃的植物的地方，有灌木也有幼苗。他还习惯让羊群离开踏平的老路。跟在身后的孩子累坏了，衣服又热又厚重，她只能喘着气一言不发，勉强跟在后面。她眼睛先盯住彼得，看他穿戴简单，光着脚，灵活地跳来跳去；然后又盯住山羊，看它们腿也细，脚也轻，在灌木和岩石间灵巧地向上爬着。突然，她坐到地上，开始利索地用一双小手脱鞋袜。脱完鞋袜，她站了起来，取下了层层缠绕的红披肩，扔到一边，接着脱掉了上衣，可是还有一层。因为迪蒂为了省事，把做礼拜穿的上衣套在了便装的外面。很快，便装和礼拜服都脱了下来，现在孩子站了起来，只穿着短袖的薄衬衫，高兴地裸露着手臂。她把脱下的衣服堆整齐，也像彼得和山羊一样灵巧地蹦跳着向上爬。彼得一点儿都没注意这孩子落在后面脱衣服，现在看到她一身轻松地跑过来，彼得咧嘴笑了，他回头看到路边摆好的衣服，很开心，嘴咧得更大了，但他什么都没说。孩子轻松了，就开始跟彼得聊天。她问了许多问题，比如，他有多少只羊啦，它们要去哪儿呀，到了以后干什么呀，等等。彼得忙不迭地回答。最后，他们终于爬到了小屋的附近，迪蒂能看见他们了。迪蒂刚看到他俩往上爬的身影，就尖叫起来："海蒂，你干什么去了？看你弄成这副样子！上衣和红披肩呢？还有我给你买的新鞋呢？袜子呢？那是我新给你织的啊，都哪儿去了？怎么都不见了？海蒂，你怎么想的？把衣服都放哪儿了？"

孩子用手向山下一指："在下面。"迪蒂顺着她的手指望去，只能看见一堆东西堆在地上，上面有个红点儿。那红点儿肯定就是红披肩了。

"没用的小东西！"迪蒂勃然大怒，"谁让你那么做的？你怎么能自己脱衣服？想干什么？"

"我不想穿那么多衣服。"孩子说，她并没有露出觉得做错了事的愧疚表情。

"你这可怜的孩子！没长脑子吗？"迪蒂接着责备她，"谁去把衣服拿回来呀？得走半个多小时！彼得，别像扎了根似的站在那儿盯着我看。你去拿衣服，越快越好！"

"我已经晚了。"彼得慢条斯理地说，并没有动弹，手插在兜里，听迪蒂气急败坏地喊叫。

"你光站在那儿，就是把眼睛瞪出来，也下不去啊！"迪蒂生气地说，"不过你看，我有好东西给你。"她掏出一枚崭新的、闪闪发光的硬币。彼得马上跳起来，顺着山坡向下跑去。他特意抄了近路，很快就到了衣服那儿，卷起来往胳膊下一夹，一溜烟儿又回来了。实在是太快了，以至于迪蒂给他硬币时忍不住夸奖了两句。彼得高兴地把硬币扔到兜里，他很乐意得到这种不常得到的财富。

"帮我把这衣服拿到阿尔姆大叔的小屋吧，反正同路。"迪蒂接着准备往上爬。小屋后面的这段山坡非常陡。彼得很乐意帮忙，他光着脚，左胳膊夹着衣服跟在后边，右手挥舞着他的牧羊棍，海蒂和山羊在他前后欢快地蹦跳着。他们到达阿尔姆山的山顶时已经是五十分钟后了。大叔的小屋坐落在一块突出的岩石上，虽然没有挡风的东西，但阳光也尽射其上，一眼便能望尽山下的景色。小屋背后有三棵古老而高大的冷杉树，枝繁叶茂。后面又是山峰，低处树木茂盛，其上是嶙峋怪石，一直延伸到荒芜的山顶。

背靠小屋，大叔在面向山谷的方向搭了一个座位。现在他正端坐在那儿，叼着烟斗，双手放在膝盖上，眺望风景。这时，孩子们、山羊和迪蒂突然出现在他眼前。海蒂最先到山顶，她直接向老人走去，伸出手说："爷爷，晚上好。"

"嗯？这是什么意思啊？"他粗声粗气地问，随即突然握了一下孩子的手，用浓眉下的双眼仔细地打量着。海蒂盯着老人，并不害怕，她觉得这老头儿长得很不一般：胡子又长又密，浓眉紧凑，一把刷子似的在鼻子上方，真让她看不够。这时迪蒂走过来，后面跟着彼得。他不太明白是怎么回事，就站在那儿看着。

"大叔，您好！"迪蒂走上前说，"我把托比亚斯和阿得蕾德的孩子带来了。您肯定认不出了吧，也不能怪您，她一岁以后您就再也没见过她。"

"你把孩子带到我这山上来干什么？"老头儿粗鲁地问，接着又对彼得喊道，"去！放你的羊去！时候不早了，把我的羊也带上。"

彼得乖乖地扭头走了。因为老头儿看了他一眼，这眼神使彼得再也不想待下去了。

"孩子是来跟您一起生活的。"迪蒂说，"四年了，我已尽了自己的义务，现在轮到您了。"

"噢，这样。"老头儿说，他瞧着她，眼睛一闪，"你一走，这孩子要是又哭又闹，叫我怎么办？你知道，小孩儿都这样。"

"这是您的事。"迪蒂回敬说，"我收养她的时候，我也没抱怨过什么，那时她还是个婴儿。我妈和我累死累活地把她养到这么大。现在，我得自谋生计了，这孩子只有您这个亲人了。您要抚养不了她，随便您对她做什么，不过您得为后果负责。我想您不该再为自己的良心增加负担了吧。"

其实迪蒂为自己的所作所为感到很为难，她只觉得又热又烦躁，说了许多不该说的话。她说完以后，阿尔姆大叔站了起来，眼睛瞪得她倒退了两步。老头儿挥舞着胳膊，命令道："你马上给我走！赶快回原来的地方去！不要让我再见到你！"

迪蒂不需要老头儿再说第二遍："那就再见了。还有你，海蒂。"说完，她就尽快地跑下山去，到达德芙里村安全的地方时，脚步才慢下来。她内心激动不安，就像有台蒸汽机在她的身体里推着她往前跑。很快，问题像雨点一样从四面八方打在她身上，因为大家都认识迪蒂，都知道那苦命的孩子的过去，都很怀疑她做了什么。人们隔着各家的门窗问："孩子在哪儿？""迪蒂，你把孩子丢到哪儿了？"而迪蒂的回答却越来越艰难："跟阿尔姆大叔在山上！""跟阿尔姆大叔在一起，我都告诉你了！"

迪蒂真的不耐烦了，因为那些女人们从四面八方对她喊道："你怎么可以做这样的事?""多么可怜的孩子!""这个小可怜被留在山上了!"然后是一再地重复："好可怜的孩子!"迪蒂快速地跑得远远的，直到听不见那些声音，心情才一点点好起来。事实上，迪蒂对自己做的这件事，内心深感不安，因为她母亲在临终时将孩子托付给了她。但她安慰自己说，只要她挣够了钱，就又能为孩子做点什么了。她很快就要离开这些说三道四的人了，去干一份自己喜欢的工作，一想到这儿她就很高兴。

2. 跟爷爷生活在一起

迪蒂走后，爷爷又坐在了长凳上，他手里的烟斗冒出浓浓的烟圈儿，他的眼睛直盯着地面，一声不吭，似乎有许多心事。这时，海蒂却悠闲地察看着周围，她看见茅屋边上搭了一个羊圈，就向里面瞅了一眼，但里面空空荡荡，没有任何东西。她继续探寻，走到了茅屋后面的老杉树下。此时，大风正猛烈地吹着枝丫，树冠上的枝叶发出"沙沙"和"嗡嗡"的响声。海蒂站在树下，静静地聆听着。等到风声渐渐小了一些，她绕过茅屋的另一角，回到了爷爷身边。她看见爷爷仍然一动不动地坐在那里看着她，于是她站到了爷爷面前，背着手看着他。爷爷看到她这样站在自己面前，便站起身说："你现在想干什么？"

"我想看看您的屋子里有什么。"海蒂说。

"好，跟我进来吧。"说完爷爷就站了起来，和海蒂一起向小屋走去。

在他走进屋时，吩咐海蒂说："带着那一捆衣服。"

"我不要了。"她答得很干脆。

老人转过来，用锐利的目光仔细地打量着孩子。就要看到屋里的摆设了，她的大眼睛兴奋地闪烁着。"她还挺机灵的嘛！"老人嘟囔着，然后大声问，"为什么你不要那些衣服了呢？"

"因为我想轻便、敏捷些，那样就可以像山羊一样到处跑。"

"如果你愿意就这样吧。"爷爷说，"可是应当把它们拿进来，我们得把它们放在衣柜里。"

海蒂照办了。老人打开房门，她跟着走了进去。她发现这个房间很大，占了房子的整个底层。家具只有一张桌子和一把椅子。爷爷的床在一个角落里，另一个角落里是挂着大茶壶的壁炉，再远一点儿的一边墙上有个很大的门——这就是衣柜。爷爷打开门，里面挂的都是他的衣服，有几件衬衫、几双袜子和手绢堆放在第一层架子上；第二层架子上有几个盘子、茶杯和玻璃杯；在更高的架子上面放着一个圆面包、熏肉和奶酪。阿尔姆大叔所有吃的穿的都在这个柜子里。柜门刚一打开，海蒂就赶紧跑过去，把她的衣服放到最里边，使它们不容易被找到。然后，她仔细环顾着整个房间，问道："我睡哪儿呀，爷爷？"

"你喜欢的任何地方。"他说。

海蒂高兴了，她马上巡视了每一个角落看哪里最适合睡觉。她看到一个小梯子搭在靠着爷爷床铺的墙角的墙上，爬上去之后发现是个草料阁楼，堆了一大堆新鲜的干草，透过墙上的大窗户可以直接望见山谷。

"我就睡这儿了，爷爷。"她向下喊道，"在上面真好，您上来看看，多好啊！"

"我知道有多好。"他向上回答着。

"我现在就铺床。"她忙碌着又向下喊，"但我需要一张床单，不能只有床没有床单，我得睡在上面呀！"

"好吧！"爷爷说。他马上到柜子里找了一会儿，拿出一块又长又粗糙的东西来，这是他唯一可以当作床单的东西。他把床单拿上阁楼，看到海蒂已经铺好了一个很不错的床。她在一头多堆了一些干草做枕头，这样晚上就可以舒舒服服地躺在床上欣赏窗外的风景了。

"太棒了！"爷爷说，"现在咱们来铺床单，但是先等一下！"他又去抱来一大捆干草铺在床上，这样就不会觉得床很硬。"行了，把床单递上来。"海蒂举起了床单，可是太沉了，她几乎拿不动。不过这样也好，布料很厚，下面的干草就不会跑出来扎她了。两人终于把床单铺好了，有的地方太长或太宽，海蒂都卷到了草下面。这样，一个整洁又舒服的床就弄好了，要多舒服有多舒服。海蒂站着，一边盯着自己的作品一边思考着。

"我们忘了点儿东西，爷爷。"她过了一会儿说。

"什么东西？"爷爷问。

"床罩。睡觉的时候，我得从床罩和床单中间钻进去呀。"

"噢，这样啊。但是如果我没有床罩呢？"老人说。

"没关系，爷爷。"海蒂安慰道，"我可以在身上多盖些干草。"

说着很快从草堆上又抱了一堆，爷爷却拦住她说："等等。"然后下了梯子走向自己的床。他托着一个又大又厚的亚麻袋子回到阁楼，把袋子扔到床上，说："这比干草更好，不是吗？"

海蒂用尽全力去拖袋子，想把它铺开，可是，对她来说这是个过于艰难的工作。爷爷过来帮忙。两人把它铺好，它看起来是那么温馨、美观又舒适。海蒂异常兴奋地说："这个床罩真美！整张床看上去太漂亮了！真希望现在是晚上，那样我就能马上钻进去了。"

"我看咱们可以先吃点东西。"爷爷说，"你说呢？"

海蒂铺床时太兴奋了，把什么都忘了。现在想起吃的来，她真觉得饿极了。清晨上路之前吃了一片面包，喝了一小杯咖啡，之后就没吃过东西了，后来又走了那么长时间，路上还那么热。于是海蒂毫不犹豫地说："对，我同意。"

"既然都这么想的话，那就下去吧。"老人说着，跟着孩子下了梯子。然后他走到壁炉前，把大茶壶推到一边，放上小壶，之后就坐到炉火前的一个圆面三脚凳上，将火吹旺。小壶里的东西很快就烧沸了，老人又把一大块奶酪插到长铁叉上，放在火上来回烤着，直到每一面都被烤成金黄色。海蒂感兴趣地看着，忽然，她好像有了什么新的主意，转身跑向柜子，来来回回忙个不停。不一会儿，爷爷站起来，拿着罐子和奶酪走到桌子旁，发现那里已经摆好了圆面包，两个盘子，还有两把餐刀。原来海蒂上午已经注意了柜子里都有什么，知道吃饭时需要什么。

"啊，这就对了。"爷爷说，"我很高兴你有自己的想法。"爷爷一边说着一边把奶酪放到面包上，"不过还是落了点儿东西。"

海蒂看着罐子里冒着诱人的蒸气，便迅速跑到柜子那儿。开始只在架上看到一个小碗，但没有找多久，就在后面找到了两个玻璃杯。她带着杯子和小碗一刻也不耽误地回到桌子旁，摆放好。

"很好，我发现你很会做事。可是你坐哪儿呢？"爷爷坐在屋里唯一的一把椅子上说。海蒂跑到壁炉旁，拉过那个三条腿的凳子，坐在了上边。

"好，你给自己找到了座儿，我想唯一的缺点就是有点太矮了。"爷爷说，"但是就算你坐在我的椅子上也够不到桌子。不管怎样，我们先吃东西吧，来吧。"

说着，他站起来，往碗里倒满了奶，放到椅子上，推到坐在凳子上的海蒂面前，这样她就有一个自己的小餐桌了。他又拿给她一大片面包和烤奶酪，然后才坐到桌子的一角吃饭。海蒂走了又长又热一段路后那口渴的感觉又回来了。她双手捧起碗，一口气就把奶喝光了。她深吸一口气，放下了碗——她渴极了以至于都没有停下来喘口气儿。

　　"奶好喝吗？"爷爷问。

　　"我从没喝过这么好喝的东西。"海蒂回答。

　　"那就再喝点儿。"老人又把碗倒满，放到孩子面前，她现在正狼吞虎咽地吃面包，面包用烤过得像黄油一样软的奶酪涂了一层。两人一起吃着美味佳肴，海蒂坐在那儿大吃特吃，还时不时喝一口奶。吃完饭，爷爷去外面把羊圈准备好，海蒂感兴趣地看着他先把羊圈扫一遍，再铺上供羊睡觉的新鲜的草。接着他去了小棚子里，砍了几根长长的圆棍子和一个小圆板，在圆板上钻了几个洞，把木棍塞进去，像变魔术一样，一个三脚凳就做成了，跟爷爷那个一样，只是更高些。海蒂站在那儿看着，惊讶得说不出话来。

　　"知道这是什么吗？"爷爷问。

　　"这是我的凳子，我知道。因为它这么高，而且不到一分钟就做成了。"孩子说，她还在惊奇和羡慕中没回过神来。

　　"她了解她看到的，眼力不错。"爷爷观察着。他继续在房子周围转悠，在这里敲个钉子，或是在那儿把门弄结实些。带着锤子、钉子和木板，到处修修补补，或是打扫打扫，做些必要的工作。海蒂紧紧跟在后边，仔细观察并记下了爷爷做的，每一件事都给她带来了新鲜的快乐。

　　时间过得很快，愉快的气氛一直持续到晚上。山风刮得更大，杉树发出更响的声音。海蒂高兴地听着风声，心中充满了喜悦之情，她围着那几棵老杉树跳起舞来，像是感受到一种无名的欢乐。爷爷站在棚子里看着她。

　　这时，突然传来一声响亮的口哨，海蒂不跳了，爷爷也走了出来。只见山羊一只接一只地从高处的山坡上冒出来，彼得被夹在中间。海蒂开心地喊着，冲到羊群里，不停地问候着早上的朋友。到小屋旁，羊群停下来，其中一白一黑两只山羊走近爷爷，舔着他的手，看上去很漂亮、很温驯。每次羊儿们回家时他都在手里放些盐。彼得赶着其他山羊走了。海蒂轻轻地抚摸着两只羊，还高兴地围着它们蹦蹦跳跳。"爷爷，这是我们的吗？它们都是吗？您要把它们放到羊圈里吗？它们会一直跟着我们吗？"

海蒂不停地问着，爷爷赶快回答："是的，会的。"山羊舔完了盐，爷爷就让海蒂去拿她的碗和面包。

海蒂答应着，一会儿就拿来了。爷爷给白羊挤奶，挤了满满一碗，又撕下一片面包给她，说："现在吃你的饭吧，吃完了就睡觉。迪蒂临走时给你留下了一个包，里面是一件睡袍和几件别的小东西，如果你想用的话，在柜子的最下面能找到。我得去赶羊了，去睡吧，晚安。"

"晚安，爷爷。它们叫什么呀？爷爷，它们叫什么？"她追着问。

"白的叫小天鹅，黑的叫小熊。"爷爷回答。

"晚安，小天鹅！晚安，小熊！"她用最大的声音喊着，这时山羊已经进了羊圈。她坐下来继续吃饭。山风太大了，差点把她吹跑。她很快吃完了晚餐，进屋爬上床，舒服地躺下来，很快就甜甜地睡着了，幸福得像公主睡在丝绸软床上一样。

不久，天还没有完全变黑，爷爷就上床睡了，因为他每天早晨日出的时候就起床，而且在夏天这种日子里，太阳升起得很早。夜里，大风刮得更加猛烈了，刮得小屋陈旧的檩条嘎吱作响；风钻进烟囱里，发出哀鸣；外面的杉树林也发出响亮的呼啸，不时有树枝被风吹断。睡到半夜，爷爷起来了。"孩子会害怕的。"他小声地嘟囔着爬上梯子，站在孩子床前，默默观察着她的动静。

窗外，月亮时而高挂夜空，皎洁明亮，时而又被乌云遮挡，暗淡无光。这时，明亮的月光正好透过圆形的窗户重新照射进来，恰好照在海蒂的床上。她睡在厚厚的被子下面，脸颊红彤彤的，她十分安详地枕着自己圆圆的小胳膊，好像是在做着美梦，因为她的脸上正洋溢着满满的幸福。爷爷一直望着这个熟睡的孩子，直到月亮再次被乌云遮住，一切又陷入黑暗。然后，他才回到了自己的床上，重新进入梦乡。

3. 山间牧羊

　　第二天一大早，小海蒂就被一声尖厉的口哨声吵醒了。她睁开双眼，一束金色的阳光透过圆形的窗户洒在她的床上和床边的干草上，使得周围的一切都变得金光闪闪。海蒂惊讶地看着周围，完全忘记了自己在什么地方。但当她听到外面传来爷爷低沉的声音，便记起了所有事情：她来自哪里，她此时和爷爷居住在阿尔姆山上，而不再和厄苏拉老太太住在一起了。那位老太太几乎什么都听不见，而且时常感到寒冷，所以她总爱在厨房或客厅的炉火边上坐着取暖。海蒂不得不一直和她待在一起，而且不能跑太远，至少不能离开她的视线。至于海蒂，她被关得很憋闷，所以总喜欢跑出去玩。现在她又要住在一个新的环境，从睡梦中醒来后就回忆起昨日遇到的那么多新鲜的事儿，而且今天还会看见它们，特别是小天鹅和小熊，她就感到特别高兴。于是，高兴的海蒂飞快地从床上跳了下来，没几分钟的工夫就穿好了昨天穿过的衣服，因为她的衣服很少。接着，她爬下梯子，跑到屋外，发现彼得和羊群已经在那儿了，爷爷正从羊圈里牵出小天鹅和小熊，并把它们赶入羊群。海蒂赶忙跑了过去，向爷爷和山羊们问好。

　　"你跟它们一起上山好不好？"爷爷问。再没有比这更让海蒂高兴的了，她高兴地跳起来作为对爷爷的回答。

　　"不过，你得先洗洗脸，把自己弄整洁，要不然，太阳会一直照着你，笑话你脏的。来！我都给你准备好了。"爷爷指着门前阳光下的一个装满水的大盆说。海蒂跑过去又洗又搓，直到洗得非常干净。爷爷走进屋去，叫彼得拿着袋子跟着他。彼得有点吃惊地听从了，他把装着自己午饭的很小的袋子放了下来。

　　"打开。"老人说着，往里曲装了一大块面包和同样大的奶酪。彼得睁大了眼睛。每份都足有自己那份的两倍大。

　　"再装个小碗就行了。"爷爷接着说，"这孩子不会像你那样直接从羊身上吸奶喝，她还没习惯，吃饭的时候帮她挤两碗奶。她一整天都会跟你在一起，直到你晚上回来。你要小心别让她从石头上掉下来，明白吗？"

海蒂跑了进来。"爷爷，太阳现在笑话我了吗？"她急切地问。爷爷在盆子那儿给她挂了一条粗糙的毛巾，因为怕太阳笑话，海蒂用毛巾把脸、胳膊和脖子擦了个干净，以至于她红得像个龙虾似的站在那儿。爷爷给了她一个微笑。

"不会了，太阳没什么好笑的了。"他说，"但是晚上回来后，要跳进盆子里好好洗洗，像鱼一样，因为像羊一样跑，脚会很脏的。好了，你们走吧。"

她满足地往山上爬。夜里，风已经吹走了云彩，头顶的天空湛蓝湛蓝的，太阳明亮地照耀着翠绿的山坡，黄的和蓝的山花开了，抬头微笑着望着太阳。海蒂高兴地到处跑着、叫着，这边是大片鲜红的报春花，那边美丽的龙胆可爱地闪着蓝光，上面点头笑着的是金色的岩蔷薇，它们的叶子柔美地舞动着。海蒂把彼得和他的羊群都忘记了，沉醉在这五颜六色的花海中。她向前跑着，捕捉到一点亮丽的红色或是黄色，她就偏离了方向。她手里满是花，都放在自己的小围裙里，这些都要带回家去插在干草上，这样她就能使她的房间看起来像这外面的原野一样漂亮了。彼得忙着保持警惕，他转得不快的圆眼睛要看的东西太多，以致根本看不过来，因为山羊也跟海蒂一样到处跑，彼得追着吹口哨，大声喊叫，还挥舞着鞭子才使羊群又聚到一起。

"你跑到哪儿去了，海蒂？"彼得有些生气地喊。

"在这儿。"从彼得看不见的地方传来回应。她正坐在一个长着密密的散发着甜味的夏枯草的小丘下，空气中充满了香味。海蒂觉得从来没有闻到过这么美妙的香味，于是她就坐在花丛里，深深呼吸着花的芳香。

"快过来！"彼得又喊，"你可不能从石头上掉下去，你爷爷说过的。"

"哪有石头啊？"海蒂问，她根本没动，因为风吹来的香气越来越浓郁了。

"在上边，就在上边。我们有好长一段路要走呢，快来！石头就在最高的峰顶上，猛禽歇脚鸣叫的那个。"

这话起作用了，海蒂马上站了起来，带着一兜花儿跑到彼得那儿。

"花儿采得够多了。"彼得说，两人又开始一起往上爬，"要是再采，你就只好一直待在这儿。再说你今天把花儿都采光了，明天就没有了。"

最后这句话好像最有效果，海蒂的围裙已装满了，再也装不下了，再说明天没花可采也不是件令人高兴的事。所以她就紧跟着彼得，羊群也听话不再乱跑了。它们嗅到了它们喜爱的植物的气味，那是从上面山坡飘过来的，于是都争先恐后地往上爬。那儿有一大片被灌木丛和杉树遮蔽的平地，彼得往常都是在那儿让羊群停下来吃草的，这样自己也能歇歇。山顶高出树尖，怪石嶙峋。一面山坡上的石头被劈出深深的裂缝，非常危险，爷爷提醒彼得当心很有道理。爬到休息地后，彼得把口袋小心翼翼地解下来放在一个小地洞里。他是领教过这儿的山风的，可不想让突来的一阵风把自己珍贵的食物吹到山谷里去。然后，他就伸展全身躺在暖和的地上。一路的紧张之后他已经累坏了。

海蒂解下围裙把花包好，挨着口袋放进山洞，在彼得舒展的身边坐下来，四处眺望着。深深的山谷沐浴在早晨的阳光中，眼前是一片宽阔的高山雪景，映衬着碧蓝色的天空。左边一大堆光秃秃的岩石，几乎直刺云霄的山巅，它们都紧皱眉头俯视着她。海蒂静静地坐在那儿，看着眼前的一切。周围安静极了，只有阵阵微风，那些蓝色花朵的钟状花冠和岩蔷薇金色的花苞轻轻摇动着，它们像是在柔嫩的茎上幸福地微笑。彼得因为太累睡着了，羊群在高大的灌木丛中走来走去。海蒂从来没这么快乐过，她尽情地享受着金色的阳光，呼吸着新鲜的空气，带着花的香气，她什么也不想，只想永远这样待下去。时间慢慢过去，海蒂觉得群山现在像是有了面孔，不那么严肃了，反而像老朋友似的俯视着她。她突然听到头上一声尖叫，抬眼望去，只见一只鸟，她从来没见过这么大的鸟，张开巨大的翅膀扇动着，在空中盘旋，发出响亮的叫声。

"彼得，彼得，快醒醒!"她喊，"看哪! 大鸟在那儿! 快看!"

听到喊声，彼得坐了起来，两人坐着看那大鸟在蓝天下越飞越高，直到它消失在灰色的山顶后面。

"它飞哪儿去了？"海蒂问。她一直很感兴趣地紧盯着大鸟。

"回家了，回自己窝里了。"彼得说。

"它的家在那么高的地方啊！住那么高多好啊！它的叫声为什么是那样的呢？"

"它自己也改不了。"彼得解释道。

"咱们爬上去看看它的窝在哪儿好不好？"海蒂建议。

"喂！喂！喂！"他每"喂"一声，就加重一分对建议的否定语气，"连山羊都爬不了那么高，再说，阿尔姆大叔不是说你不能从石头上掉下去吗？"

说完，彼得突然打了个口哨，并大喊起来，海蒂不知道发生了什么事，羊群却能听懂他的声音，它们挨个儿从石头上跳下来，聚集到绿草地上，有的继续啃着多汁的草茎，有的蹦蹦跳跳地用犄角互相顶架。

海蒂跳起来钻到羊群中，她看到羊群做这种游戏感到很新奇，跟它们在一起她简直太开心了，根本无法用语言形容那种开心劲儿。她一只一只地认识它们，因为在她看来，每只羊都是不同的，都有自己的个性。这时彼得从山洞里把口袋拿出来，在地上把面包和奶酪摆成方形，摆在海蒂那边的是两块大的，小的摆在自己这边，他很清楚东西的归属。然后他拿出小碗，从白山羊身上给海蒂挤了一碗鲜奶，放在了中间。他叫她过来吃饭，可是现在叫她比叫山羊都难，因为她太沉迷于这些新伙伴和它们的游戏，以至于什么都不注意了。不过彼得有自己的办法，他喊得几乎山上的石头都发出了回应，最后海蒂终于被喊过来了。她看到地上摆着的诱人食物，高兴地围着彼得跳了起来。

"别跳了，到时间吃饭了，"彼得说，"坐下吃吧！"

海蒂坐下了。"这奶是给我的吗？"她又高兴地看了一眼摆放整齐的食物，还有那中间的小碗，问道。

"是，"彼得说，"还有两大块面包和奶酪也是你的，喝完了奶，我再从白山羊那儿给你挤一碗，然后我就吃。"

"你从哪儿喝奶呢？"海蒂问。

"喝我自己那只的，那只花的。你快吃吧。"彼得再次提醒。海蒂这才端起碗喝奶，刚刚喝完，彼得就马上站起来又挤了一碗给她。海蒂掰了一块面包，剩下的比彼得的那块还大好多，她把面包和一整块奶酪都给了彼得，说："这些给你吧，我够了。"

彼得看着海蒂，惊讶得不知说什么好，他还从来没见过有谁这么说或这么做过。因此他犹豫了一会儿，不知道海蒂是不是认真的。然而海蒂一直举着面包和奶酪，看彼得总也不接，就直接放到他的膝盖上。彼得明白了海蒂是真心的，拿着食物连连道谢，他当羊倌以来还是第一次这样美美地吃着。海蒂还在看着羊群。"它们都叫什么名字？"她问。

彼得知道每一只山羊的名字，这点事儿很容易，因为没有什么别的事可以记。他挨个儿告诉海蒂它们的名字，指点给她看。海蒂认真地听着，一会儿就能区分出每一只羊并且叫出它们的名字了，因为只要仔细观察，就能发现它们各有特点，不易混淆，海蒂做到了这一点。比如，特克有一对大犄角，总想欺负别的山羊，因此大多数羊一见它过来就躲开，对它们的同伴做不了什么。只有格林芬奇，长得很瘦，却能勇敢地面对特克，并且接二连三地发起进攻，攻势凌厉，动作敏捷。特克总是吃惊地呆立着，不敢轻易反击，因为格林芬奇已经在准备下一次攻击，而且它双角尖利。还有小小的白雪花，它总是悲鸣着，引得海蒂跑过去好几次，捧起它的头安慰它。这时，又传来小山羊悲哀的叫声，海蒂跳起来，跑过去抱住它的脖子，同情地问："小雪花，你怎么啦？怎么叫起来好像遇到麻烦了呢？"小羊很信赖地靠在她身上叫着。彼得坐在原处，因为他还没吃完饭。"它那样叫是因为老山羊不在了，它前天被卖到梅恩菲尔德村庄，再也不会到山上来了。"他说。

"老山羊是谁？"海蒂问。

"当然是它妈妈。"

"那奶奶呢？"海蒂又问。

"它没有奶奶。"

"爷爷呢？"

"也没有爷爷。"

"噢，可怜的小雪花，"海蒂叹道，轻轻地拥抱着那个小动物，"别再那么叫了。看，我天天都会来陪你，你再也不会觉得孤独了，你想要什么都可以来找我。"

小山羊知足地蹭着海蒂的肩膀，真的不再哀叫了。彼得吃完了饭，加入进来，这时海蒂已经了解了许多关于这些山羊的事，她已经发现最漂亮也最听话的是爷爷的两只羊。它们很"脱俗"，我行我素，根本不与大块头特克为伍。

羊群又开始往上爬了，它们寻找着各自喜爱的植物。有的急匆匆地越过一切，直到找到它们想要的东西，有的则耐心地慢慢走着，将沿途各种鲜美的枝叶都尝一遍。特克还是不断地用犄角捅捅这个，碰碰那个。小天鹅和小熊灵巧地跳跃着，总能找到最好的灌木丛，然后停下来，姿势优美地细细地啃咬树叶。海蒂双手背在身后，站在那儿仔细地观察着它们。

"彼得，"她跟继续躺在地上的羊倌说，"这里边最漂亮的是小天鹅和小熊。"

"是的，我知道，"他回答，"阿尔姆大叔给它们刷毛、洗澡，还喂盐巴，它们的羊圈也是最好的。"

彼得突然跳起来，朝羊群跑去。海蒂不知发生了什么事，有点儿纳闷，也赶紧跟着跑过去。彼得穿过羊群，跑到山边上。那儿是直上直下的，下面是万丈深渊，要是哪个笨笨的山羊靠得太近，就大有跌下去摔得粉身碎骨的可能。他看见格林芬奇很好奇地跑了过去，幸亏他及时赶到，否则就来不及了，因为那只山羊已经跳到了悬崖的边缘。彼得赶紧扑倒在地，抓住了它的一只后腿。格林芬奇一惊，大声叫着，这么快就被抓住它很生气，不能继续探险了。它拼命挣扎，还想挣脱束缚往前走。彼得喊海蒂过来帮忙，他现在站不起来，也担心这样下去会扯断羊腿。

海蒂已经跑了上来，她一下子就明白了彼得和山羊正处于危险之中。她马上折了一把新鲜的树叶，凑到羊鼻子前哄着："快回来，格林芬奇！别调皮。从这儿掉下去你的腿会摔断的，会疼死的！"

小羊马上转回来，心满意足地嚼着海蒂手里的树叶。这时，彼得就可以站起来了，他抓住了格林芬奇脖子上的项圈，海蒂也从另一边抓住了项圈。两人把离队的羊带回羊群时，它们还在平静地吃草。现在小羊安全了，彼得决定要给它个教训，他把鞭子举起来。格林芬奇见状，吓得赶紧后退。海蒂喊道："不！彼得！不能打！你看它都吓得直哆嗦!"

"活该!这是它自找的!"彼得说着，又举起了鞭子。海蒂猛地把他撞开，生气地喊:"你不能伤害它!它会受伤的!放开!"彼得吃惊地看着这个发号施令的小女孩儿，她黑黑的眼睛闪烁着，彼得很不情愿地放下了鞭子。"你明天再给我些奶酪，我就放了它。"他决定要些好处作为补偿。

"奶酪都给你，明天、每一天的都给你，我不吃。"海蒂答应得很爽快，"我还会给你一大块像今天这块一样的面包，可是你不能再打格林芬奇、小雪花，还有其他每一只羊。"

"好吧!这不是什么大事。"彼得同意了。他放开了格林芬奇，小山羊又高兴起来，蹦蹦跳跳地去找自己的同伴了。

不知不觉中，一天就要过去了，太阳马上就要落山了。海蒂又坐在地上，默默欣赏着蓝色的铃形花朵在夕阳中闪亮着，一抹金色的余晖照在花草上。上面的岩石也开始闪闪发光。海蒂突然跳起来喊道:"彼得!彼得!一切都烧起来了!所有的石头都着火了，还有雪山。天空!看!啊!太美了!那上面的石头都烧红了!雪着火了!彼得，快起来!看，大火把大鸟的窝都烧着啦!快看那些石头!那些杉树!所有的一切都着火了!"

"总是这样。"彼得继续削着手里的棍子，平静地说，"那可不是真着火。"

"那是什么?"海蒂问，她不停地四处跑着，看看这边，又看看那边，觉得怎么也不能把视线移开。"那是什么呢?彼得，那是什么呀?"她又问。

"它自己就变成那样儿了。"彼得解释。

"看那!快看!"海蒂惊喜地叫着，她有了新的发现，"现在它们又都变成玫瑰色了!看那座山!覆盖着雪的岩石带尖的那座，它叫什么名字?"

"山没有什么名字。"彼得回答。

"太漂亮了!鲜红色的雪!好多玫瑰花在那高高的岩石上!噢!它们又变回了灰色!噢!颜色没有了!什么都没了!彼得!"海蒂失望地坐在地上，好像真的一切都结束了。

"明天还会有的，"彼得说，"起来吧，我们该回去了。"他吹起口哨，把羊群集合起来，一起回家去。

"每天都这样吗？我们每天都会看到吗？放羊的时候？"海蒂与彼得并肩下山，她急切地问着，想得到他肯定的回答。

"一般是这样的。"彼得说。

"可是明天一定会这样吗？"海蒂追问着。

"会的！明天肯定会的。"彼得很肯定地回答。

这下海蒂又高兴了。她的脑袋被新印象和新概念装满了，在回家的路上她一直沉默着。爷爷在冷杉树下搭了个座，这会儿正像往常一样坐在那儿，等着山羊下山回家呢。

海蒂跑上前去，黑白两只山羊也跟了过来，自己的主人和羊圈它们都认识。彼得在她身后喊着："明天再跟我一块儿去呀！晚安！"因为各种原因，他很希望海蒂明天再去。

海蒂很快跑了过去与彼得握手，答应明天还跟着他去，然后转身穿过羊群，她遇见了小雪花，抱住它的脖子，温柔地安慰道："小雪花，睡个好觉，别忘了我明天还会跟你在一起的，所以千万不要再叫得那么伤心了，好不好？"小雪花友好而又感激地看了她一眼，就高兴地蹦跳着找其他山羊去了。

海蒂回到杉树旁，还没到爷爷跟前，就叫起来："爷爷！太美了！那火焰，岩石上的玫瑰，还有蓝色和黄色的花，看，我给您带回了什么！"她打开围裙，把所有鲜花都倒在爷爷的脚下。但那些可怜的花都皱皱巴巴的，海蒂几乎都认不出来了。它们看起来像一撮撮干草，没有一朵花是开着的。"爷爷，它们怎么了？"海蒂尖叫起来，她非常吃惊，"今天早晨可不是这样的，怎么现在变了呢？"

"比起被围裙包起来，它们更愿意待在太阳底下呀！"爷爷说。

"那我再也不摘花了。对了，爷爷，那个大鸟为什么总那么哇哇地叫呢？"她继续好奇地问。

"吃饭的时候我再好好说给你听。你现在先去洗澡，我去弄些奶。"

海蒂听话地去做了。后来当她坐在高凳子上与爷爷共进晚餐时，她又重复了那个问题："爷爷，大鸟为什么总是哇哇地朝我们尖叫呢？"

"那是它对下面村子里的人的嘲笑，他们总是传播流言、搬弄是非，把事办坏。它在说：'你们要是分开，各自去做自己的事，然后像我这样住在高山上，那会更好。'"老人说话的语气有些蛮横，海蒂似乎又清晰地听到了鸟叫声。

"为什么人们没给这些山起名字呢？"海蒂接着问。

"它们有名字的，"爷爷回答，"你跟我说一座山，要是我知道是哪座，就会告诉你它叫什么。"

海蒂详细地描述起那座有两座高峰的山，爷爷很高兴地听着，说："就是这样，我知道这山。"他把山的名字告诉了海蒂，又问"你还看见其他东西了吗？"

海蒂提起了那座满是积雪的高山，说到它怎样着火，怎样变成玫瑰红色，又如何突然变得灰白，最后所有颜色都消失了。

"那一座我也认得。"他又告诉了她山的名字，"看来，你跟山羊一起出去玩得很开心呀？"

于是，海蒂就把自己一整天遇到的事情跟爷爷讲了一遍，这一天她过得是多么快乐，尤其是傍晚到处都着起了火的时候，她还让爷爷告诉她这是怎么回事，因为彼得对此也一无所知。"你瞧，"爷爷解释道，"这是太阳出色的作品：每次当它向连绵的群山说晚安的时候，它就给群山染上最绚丽的光芒，使得大山忘不了它，直到第二天早上。"

听完爷爷的解释，海蒂很满意、很高兴，她急切地盼望着第二天的来临，这样，她就又可以到高山牧场去，再去看一看太阳是怎么跟大山说晚安的。可是，现在她得先睡觉去了。这个夜晚，她躺在自己的干草床上，香甜地睡着了，还做了一个美丽的梦，梦见了亮闪闪的群山和遍布山野的红色玫瑰，还有兔子"小白雪"，它在玫瑰丛中欢快地跳跃着。

4. 下山看望奶奶

　　第二天的早晨，太阳仍然灿烂耀眼，彼得赶着羊群上山来了，海蒂也跟着他上了山，去了高山牧场。就这样，日子一天天地过去了，经过这长久的放牧生活，小海蒂的肤色变得更深了，身体也变得既健壮又结实，一次病都没生过。每一天，海蒂都过得无比幸福、开心，她就像森林里生活着的一只快乐的小鸟。转眼，秋天到来了，山上的风越刮越大，此时，爷爷常常会说："海蒂，今天就待在家里吧。像你这么小的孩子，风呼的一声就能将你从山顶吹到山沟里。"当第二天早晨彼得听到阿尔姆大叔的这番话时，不由得满脸不悦，表现出一副垂头丧气的样子。他感觉今天好倒霉啊。没有小海蒂在身边陪他，他肯定会十分无聊的，不知道自己一个人该怎么打发时间；再说，海蒂不来的话，他不仅享受不到丰盛的午餐，就连那些山羊也会跟他过不去的。他必须花费两倍的力气来应付它们，只因它们已经习惯和海蒂在一起了，现在海蒂不来，它们就不会再按照原路向前走，而是到处乱跑。但是海蒂从来没有烦恼的时候，她总是很开心的，她时时刻刻都能为自己找到一些乐趣。尽管她非常喜欢跟彼得和羊群一块儿上山，看鲜花，看老鹰，经历种种事情，同各种各样的山羊打交道，但她对爷爷干的木匠活儿，钉呀，锯呀，也兴趣十足。爷爷做又漂亮又圆的奶酪这件奇特的工作时，如果此时正巧她在家，她会非常高兴地观看爷爷光着脖膊在大锅里搅拌的一举一动。可是，最让海蒂着迷的却是茅屋后面那三棵在风中呼啸的老杉树，那树尖发出的深沉且神秘的声音，是那般美妙和神奇，那般无可比拟，使她每每听到，尽管可能当时正在做着某种她喜爱的其他事情，但也会毫不犹豫地一次次地跑过去倾听。她站在树下，竖着耳朵细细地听着，听着山风呼啸着穿过杉树，如同波涛一样翻滚着，她怎么都听不厌，也看不厌。现在，夏日温暖的阳光早已消逝，天气冷了。海蒂找出自己的衣服鞋袜穿上。每一次，当她站在杉树下时，大风都吹得她宛若一片薄薄的树叶，然而只要听到风的声音，她依然一次又一次地跑出去，怎么都无法待在屋子里。

后来，天气更冷了。每天早晨上山时，彼得都要呵着手，不久之后他就不用上山了。一天夜里下起了大雪，第二天早晨，整座山都被雪覆盖了，没有一点儿绿色。那天彼得没来，海蒂站在窗前向外看着，非常好奇——雪又开始下了。大雪花飘落着，雪积满了窗台，还是不停，而且下得更大了，最后窗户都推不开了，她和爷爷被大雪堵得严严实实。海蒂觉得很好玩，她观察了所有窗户，看看到底会怎么样，大雪会不会把整个屋子埋起来，那样的话，他们白天也得点灯了。但是并没那么糟糕，第二天雪停了，屋子周围的雪都被爷爷铲走了，排列在房屋的两侧，堆成一个个小山。现在门窗都能打开了。幸亏房屋周围的雪都被铲走了，因为一天下午海蒂和爷爷坐在三脚凳上在炉前烤火的时候，门砰地响了几声，之后门开了，进来的是彼得。那些声响是刚才他磕鞋上的雪时发出来的。他的全身都是白的，他是从雪堆里一路钻过来的，冻硬的雪冰还挂在衣服上。然而，他决心已下，不被困难吓倒，一定要上山来看看海蒂，因为他们都一周没见面了。

"晚上好。"他进门后说，然后默默地走到炉火旁，靠得很近。他脸上直放光，他很高兴自己终于到了这个小屋。海蒂吃惊地看着，彼得身上的雪开始被温暖融化，他现在看起来像是挂着一条小瀑布。

"你好啊，将军阁下，怎么样?"爷爷说，"现在你没军队了，就该动动笔了吧。"

"他为什么要动笔呀?"海蒂立刻好奇地问。

"冬天他得去上学，"爷爷解释说，"学习读书写字是有点儿难，但以后会有用。对吧，将军?"

"对，没错!"彼得表示同意。

海蒂可感兴趣了，问了彼得许多问题，学校都干什么，会看到和听到什么，等等，聊了很长时间，彼得身上已全干了。他一向不健谈，今天的困难会更多，因为等他想起一个问题的答案时，海蒂又接连提出了两三个问题，而这些回答起来都很麻烦。

爷爷坐在那儿，沉默着，只是偶尔嘴角兴奋地动一下，表示他在听。

"好了，将军，你被围攻了不少时间，该休息一下了，过来吧。"他终于开口了，一边说一边起身去柜子里拿晚饭，海蒂把靠墙的长凳推到桌子旁。现在爷爷不再是一个人住了，他就在各种地方搭出能容下两个人坐的座位，因为海蒂有个习惯，那就是不管爷爷是走路、坐着还是站着，她都跟得紧紧地。这样他们三人都能坐得很舒适。看着阿尔姆大叔把一大块肉放在他的厚面包片上，彼得睁大了双眼，他上次吃这么好的东西已经是很久之前了。刚刚吃完这顿美餐，彼得就要回家了，因为天已经黑了下来。他道了"晚安"，说了"谢谢"，刚要往外走，又转过身来说："星期天我还来，因为奶奶想让你哪天去看看她，让我捎个话儿。"

对海蒂来说，去看望别人是个新鲜事，她就一直记着。第二天一起床她就跟爷爷说："今天我要看望奶奶，她在等我呢。"

"雪太深了。"爷爷说，他想打消她的念头。可是海蒂却非常执着，因为奶奶已托人带来了口信儿，她一直想着这件事："我今天必须去，因为奶奶在等我。"不到一天的工夫，这句话跟爷爷说了五六次。到了第四天，人每走一步霜雪就嚓嚓作响，大山硬得像冰。明亮的阳光从窗户射进来，照在海蒂身上，这时她正坐在高脚凳上吃饭，她又重复起那一句话："我今天怎么着也得去看奶奶了，她等得太久了。"

爷爷从桌旁站起来，爬上装草的阁楼，把海蒂那个厚厚的床罩取下来，说："那就去吧!"孩子开心地蹦蹦跳跳地跟在后面，进入了美丽的雪的世界。

老杉树都静静地伫立着，积雪堆满了枝杈，阳光一照，光芒耀眼，漂亮极了，海蒂高兴得跳了起来，喊着："快来! 爷爷! 这些杉树上都是金银! 快来!"爷爷走进羊圈，那里有一个很大的手动雪橇，雪橇的座位很矮，人坐在上面用双脚和绑在旁边的雪橇杆便可以推动雪橇前进并控制方向。为了让爷爷从各个角度欣赏杉树的美丽，海蒂先拉着爷爷围着杉树转一圈，然后爷爷才上了雪橇，他抱起海蒂把她放在自己膝盖上，为了让她不冷，又用床罩把她包起来。接着他伸出左臂把她牢牢地搂住，这一点非常必要。然后他右手握住雪橇杆，双脚用力一蹬，雪橇就向前滑去。唰——雪橇飞快地在积雪的山坡上划着，海蒂觉得他们像鸟在空中飞翔，兴奋地尖叫着。

突然，雪橇戛然止住了，原来他们已来到彼得家门前。爷爷拿掉了裹住她的床罩，把海蒂抱下来。"到了，孩子，进去吧，可是天快黑的时候必须回家。"说完，他就拉着雪橇上山去了。

海蒂推开小屋的门，走了进去。里面的房间又小又暗，有个壁炉，一个木架上摆着几个盘子，看上去应该是厨房。再推开一扇门，她又到了另一个小房间里。这座牧羊人的小屋像个古老的农舍，不像爷爷的房子那样，一层是个大房间，二层是个放干草的阁楼。它很破旧，又很狭窄。靠近门的地方有张桌子，海蒂走进去时，看见一个正往背心上打补丁的女人坐在桌旁，她一眼就能认出那背心是彼得的。一位老太太坐在角落里，她驼着背，正在纺线。海蒂断定这就是奶奶，她到纺车前说："奶奶，您好！我终于来了。您觉得我耽搁了很长时间？"

老太太抬起头，摸索着寻找孩子伸过来的小手，摸到后，她把孩子的小手放在自己的手里，思考了一会儿说："你是海蒂吗？就是跟阿尔姆大叔住在一起的那个孩子？"

"是的，我是。"海蒂回答，"爷爷用雪橇送我来的。"

"真的吗？你的手怎么这么暖和呀？布蕾吉特，跟这孩子一起来的就阿尔姆大叔一个人吗？"

彼得的母亲停下了手里的活儿，有些好奇地站起来从头到脚打量着海蒂。"妈妈，我不知道他是不是一个人来的；但我觉得不太可能，这孩子或许搞错了。"

可是海蒂盯着女人，十分肯定地说："是谁把我用床罩裹起来，又用雪橇送我下山的我很清楚。是爷爷！"

奶奶说："要是这样，夏天彼得给我们讲的关于阿尔姆大叔的事就有可能是真的了，当时咱们还说他弄错了。可是这种事简直不可能，我认为这个孩子在山上住不了三个星期。布蕾吉特，这孩子长得什么样儿？"

布蕾吉特早已从各个角度仔细地打量了一遍海蒂，描述起来毫不费力。

"她很瘦，很像阿得蕾德，但黑黑的眼睛和一头鬈发却像她爸爸和山上的阿尔姆大叔。总之，我认为她长得既像父亲也像母亲。"

这时海蒂在屋里转了一圈，仔细观察着能看到的一切。她突然叫道："奶奶，您的百叶窗有一片在前后摇动，我爷爷一会儿就能把它弄好，只用铁钉就行。不然，说不定哪天就会把玻璃撞坏呢。看！它撞得多厉害呀！"

"好孩子，"老太太说，"我什么都看不见，但可以听见那响声还有其他别的动静。这个小屋子，风一吹，就到处吱吱呀呀，这房子快散架了，风顺着裂缝和小窟窿往里钻。夜里他俩睡着后，我常常躺在床上睡不踏实，害怕得浑身发抖，觉得房子好像会塌下来，把我们砸死在里面。没有人为我们修理，彼得不会干这种活儿。"

"奶奶，您为什么看不见那片百叶窗松了呢？看，它又在撞呢！就是那一片！"海蒂指着那片百叶窗说。

"唉，孩子，我什么都看不见，也看不见百叶窗。"奶奶悲伤地说。

"如果我出去卷起百叶窗，这屋里就会更亮堂了。奶奶，那您就能看见了吧？"

"不行，那样也看不见，没有人能把光明带给我的。"

"可是您肯定会发现光明的。那一片雪白茫茫的，跟我来，奶奶，我指给您看。"海蒂拉着老太太的手要往外走，可她又担心起来，不管做什么她都没办法让奶奶重见光明。

"好孩子，别管我了，我拥有的只有黑暗，什么光都不能照进我的眼睛，不论是太阳还是白雪。"

"但是夏天肯定没问题，奶奶！"海蒂说，她越来越迫切地要为这个难题找到解决办法，"等夏天回来，太阳下山前与群山道别的时候，所有的一切都会燃烧起来。黄色的花朵闪闪发光，像金子一样，您会再次看见那美丽的景色，那时您肯定会看见的。"

"啊，孩子，燃烧的山脉和黄色的花朵我再也不会看到了，对我来说，这个世界永远不会再有光明。"

听到这些，海蒂放声大哭起来。她非常伤心，不停地抽泣着说："谁能让您复明呀？没人能治好吗？难道一个能治好您的人都没有吗？"

奶奶想安慰孩子，可却不容易。海蒂轻易不哭，可一旦哭起来，就很难止住，她那痛苦的抽泣声像扎在老太太的心上，她想尽一切办法来减轻孩子的悲痛。最后，她说："过来，宝贝儿，我告诉你一件事儿。一个失明的人听到别人友好的话，你想象不出她会有多高兴。对我来说听你说话就是最大的快乐。快在我旁边坐下来，给我讲讲，讲讲你在山上都干些什么，爷爷都干些什么。以前我知道他很多事，可是这许多年来，却没有听到他的任何消息，除非彼得告诉我一些关于他的事儿，可他一般很少说。"

海蒂觉得这是个很新鲜的好主意，她很快就停止了哭泣，语气平缓地安慰老太太："等着吧，奶奶，我会把这儿的所有事都告诉爷爷，他肯定会让您复明的，他还会把房子修好，它不会倒的，把一切都为您修理好。"

老太太还没说话，海蒂就开始生动地给她描绘自己跟爷爷在一起的生活，与羊群在山里度过的时光，还讲了冬天自己干些什么，爷爷怎么做各种东西，像椅子啦，小凳子啦，为小天鹅和小熊存放干草的槽子啦，夏天给她洗澡用的大浴盆啦，盛奶用的碗和勺子啦，等等。海蒂一一列举着那些用木板转眼就做成的漂亮物件，兴趣盎然。她还告诉奶奶自己怎样站在爷爷旁边，看着他干活，希望将来自己也能做这些事。

老太太认真听着，只是有时对自己的女儿说："你听见了吗，布蕾吉特？听到她是怎么说阿尔姆大叔的吗？"

突然，房门咣当一响，打断了谈话，走进来的是彼得。看见海蒂，他惊呆了，眼睛睁得老大。海蒂跟他说："彼得，晚上好！"他愉快地笑起来。

"怎么了？是彼得放学回家了吗？"老太太有点惊讶，"我从没觉得哪个下午像今天过得这样快。彼得，书读得怎样了？"

"还是那样。"彼得回答。

老太太轻轻叹息着，说："唉，我还希望你能给我个不一样的答案呢！要知道，到今年二月份，你就满十二岁啦。"

"您希望他怎么回答您呢？"海蒂问，她对奶奶的话很感兴趣。

"我是说他应该学会读点儿东西了，"奶奶接着说，"有一本旧祈祷书在那个架子上，里面有许多歌都很好听，我好长时间没听过了，歌词也记不清了，我希望彼得能很快学会读点儿给我听，可他一直觉得太难。"

"屋里都黑得看不见了，我得点灯了。"彼得的妈妈说，她还在忙着补那个背心，"我也觉得今天下午过得很快。"

海蒂从小椅子上跳起来，伸出手，急急忙忙地对奶奶说："奶奶，晚安。天黑了，我得赶紧回家。"跟彼得和他母亲道别后，她朝门口走去。可是老太太却焦急地喊："等等，海蒂！你不能自己走，让彼得送你回去。彼得，好好照顾她，别让她摔着，别让她站住不动，那样会冻僵的，听见没有？她有没有围巾什么的？"

"我没有围巾，"海蒂回答，"但我不会冷的。"说完，她迅速出了门，连彼得都很难赶上。老太太焦急地对女儿说："布蕾吉特，快去追。晚上这么冷，那孩子会冻死的。把我的披肩拿去，快！"

布蕾吉特赶紧跑出去。孩子们没走多远，就看见正下山来接海蒂的爷爷，很快，爷爷就大步流星地走到他们面前。"这就对了，海蒂。你得说到做到。"爷爷说着，用床罩把她紧紧地包起来，双臂一抱，快步上了山。布蕾吉特刚好赶到看见这一切，跟彼得回到屋里后，她很吃惊地告诉了奶奶。奶奶听后也很吃惊，一直说："他对孩子这么好！感谢上帝！他还会让孩子到我这儿来吗？我真想不出！这孩子对我帮助很大，她心地善良，讲起故事来很活泼，绘声绘色，真可爱！"她不停地想起这孩子，非常欣慰，直到睡觉时还在一遍遍地念叨："她要是能再来，那该多好啊！看来这世界上真的还有欢乐。"布蕾吉特与老太太感受相同，彼得也忙不迭地点头，还得意地咧开嘴笑着说："我跟你说过是这样的。"

这时，海蒂正隔着床罩跟爷爷聊天。由于层层包裹，要听清她的声音很难，爷爷当然也很难听清楚她说了些什么，于是他说："等咱们到家后再讲给我听吧。"他们刚一走进小屋，解除了包裹的海蒂就迫不及待地说起来："爷爷，明天咱们得拿上锤子和长铁钉去给奶奶家修百叶窗和其他地方，她的房子到处都摇摇晃晃、吱吱呀呀的。"

"我们为什么要去？谁说的？"爷爷问。

"没人跟我说，是我自己要去的，"海蒂回答，"哪里都破旧不堪，奶奶在床上睡不着，听到那种声音，吓得直发抖，她觉得整个房子随时都会塌下来，把他们埋在里面。现在对奶奶来说，一切都是黑暗，她觉得没人能给她带来光明，但是您能，爷爷，您肯定能。想想吧，奶奶总生活在黑暗中，多么可怕啊，她还总为可能发生的事担惊受怕，别人都帮不了她，只有您。明天我一定得去帮她做点儿什么，您说是吧，爷爷？"

孩子缠着爷爷，用信任的目光望着他。爷爷低头默默瞅着海蒂，然后开口道："孩子，你说得对。我们得修修那房子，不让它响了，我们至少可以做到这一点。咱们明天就去。"

海蒂高兴得绕着屋子转圈，并且大喊："明天我们就去啰！明天我们就去啰！"

爷爷很讲信用。第二天下午，他就像前一天一样又取出雪橇，把海蒂带到山下奶奶的屋门前，说："进去吧，天黑的时候就出来。"然后，他把床罩往雪橇里一放，围着房子巡视着。

海蒂刚打开门跑进屋，老太太就从角落里叫道："又是那个孩子！她又来了！"她高兴得手中的线都掉了，也不摇纺车轮了，奶奶伸出双手欢迎海蒂。海蒂拿了一个小凳子跑过去，紧挨着奶奶坐下来，开始问她各种各样的事。突然，重重的撞击声从小房子的墙壁上传过来，奶奶吓了一大跳，差点儿把纺车撞翻了。她声音颤抖地说："天啊！终于到时候了！这房子马上就要倒塌，我们都要被埋在里面了！"海蒂挽着她的胳膊，安慰着："不是的，奶奶。别害怕，这是爷爷用他的锤子在修房子，他会修好的，那样您就不用担惊受怕了。"

"真的吗？这是真的吗？这么说我们还没有被慈善的上帝忘记！"奶奶惊奇地叫道，"布蕾吉特，你听见了没有？听见那个声音了吗？你听到孩子说的了吗？我听着确实是个锤子。布蕾吉特，快去看看，如果是阿尔姆大叔，一会儿千万把他叫进来，我要好好感谢他。"

布蕾吉特走了出去，看到阿尔姆大叔正把几块结实的新木板往墙上钉。她走上前去，说："您好，大叔！我和妈妈都非常感谢您做的善事，妈妈要亲自向您表示我们的感激之情。我不知道还有谁会帮我们做这样的事，您的好意我们永远不会忘记，因为我相信——"

"行了，"她的话被老头儿打断了，"你不说，我也知道你们是如何看待阿尔姆大叔的。进屋去吧，哪儿需要修补我自己能看出来。"

布蕾吉特马上回去了，因为没有几个人愿意跟阿尔姆大叔唱反调。他继续抡着锤子绕着房子敲敲打打，然后又顺着狭小的楼梯爬上房顶，去那里敲打，用光了带来的所有铁钉。这时，天已黑下来了，他从屋顶上爬下来，从羊圈后拖出雪橇时，海蒂刚好出来了。爷爷把她包裹起来，像前一天一样揽在手臂里。虽然他得拖着雪橇往山上走，但他还是担心海蒂一个人坐在雪橇上会把裹着的床罩弄掉，那样她即使不冻僵，也会冻个半死，他这样抱着海蒂，安全又暖和。

冬天过去了。凄苦多年的瞎眼奶奶终于找到了一点儿欢乐，她不再像过去一样，总是在疲惫与黑暗中生活，没有快乐，无穷无尽，现在她每天都期盼着。每当白天到来，她就注意地听着一种细碎的脚步声，一旦听见门开了，便知道海蒂真的来了，她就会大喊："感谢上帝！她又来了！"海蒂就会坐在她身边，给她讲述发生的新鲜事，那样子太可爱了，老太太根本不知道时间是怎么度过的，她不再像以前那样问布蕾吉特："天黑了吗？"每次孩子回家后，她都说："下午简直太短了！你说呢，布蕾吉特？"女儿回答："就是呀，我好像刚刚收拾完午饭的餐具。"老太太会继续说："上帝保佑，别让人把这个孩子从我身边抱走，希望阿尔姆大叔总让她来！布蕾吉特，她看起来怎么样？身体健康吗？"回答是："她就像苹果一样鲜润红亮。"

海蒂对奶奶产生了极大的依赖，只要她想到没有一个人，甚至是爷爷也无法使奶奶重见光明时，心里就感到十分难过。奶奶一再地说，要是海蒂能一直这样陪伴在她身边，她便不会那么痛苦了。于是，在这个冬季里，只要天气晴朗，海蒂总会乘雪橇下山来。爷爷从不会多说什么，只是非常痛快地送她来，而且每次都会在雪橇上放着锤子等各种工具，他花费了好多个下午，修理牧羊人彼得的小房子。他的这份工作成绩显著，奶奶在夜里再也听不到房子吱吱呀呀的响声了。奶奶总是说，很久没在冬天的晚上睡得这么安稳踏实了，她永远不会忘记阿尔姆大叔的帮助。

5. 两次来访的结局

　　冬天一晃而逝，欢快的夏天也转瞬而过，又一个冬天也已经接近了尾声。海蒂如同天空上的小鸟一样欢乐、幸福，春天越来越近了，她的欢乐也越来越强烈。暖洋洋的春风吹拂着杉树，吹散了冬天的积雪，明媚的阳光唤醒了蓝黄相间的野花，放牧的日子就要到了，对于海蒂而言，这是大地赐予她最美好的时光。海蒂今年八岁了，爷爷已经教给她许多种手艺。她和山羊相处得像一个人似的。小天鹅和小熊像两条忠心耿耿的小狗似的紧跟着她，一听到海蒂的声音就立刻兴奋地大叫。就在刚过去的那个冬天，彼得已经两次捎来学校老师的口信，嘱咐阿尔姆大叔尽快送他家中的孩子去上学。海蒂早该去学校了，她在去年冬天就已经到了上学的年龄。可是，阿尔姆大叔两次都回复学校老师说，不管老师想要他家里的什么东西，都可以来拿走，可是要他把孩子送去上学，那是绝不可能的。彼得如实地回复了学校老师。

　　三月的阳光明媚而温和，融化了山上的积雪，水珠跌落谷底，滴滴答答，高大的杉树把压在身上的积雪都抖掉了，在微风中摇曳着，舞动身姿。海蒂跑来跑去，非常开心，从羊圈到杉树又到房门，她要让爷爷看看这树下的绿地又扩大了多少。然后，她又跑到远处去张望，期盼着所有东西都重新绿起来，夏天又奇迹般地给大地披上绿毯。三月里一个晴朗的早晨，海蒂正快乐地玩耍着，当她至少是第十次跳过水槽时，眼前出现了一个黑衣老人，正严肃地看着她，她吓得差点儿掉进水槽里。见她吓了一跳，老人和蔼地说："别害怕，我最喜欢小孩儿了。来握握手！你肯定就是传说中的海蒂吧，你爷爷呢?"

　　"他正坐在桌子旁用木头做小圆勺呢。"海蒂一边说一边打开门。

　　他是一位德芙里的乡村牧师，以前跟阿尔姆大叔是邻居，他们很熟。他走进小屋，走到低头干活儿的老头儿身边，说："您好啊，老伙计。"

爷爷吃惊地抬起头，然后站起来说："您好。"他把椅子推给来访的人，说，"您要是不介意木头座位的话就坐下吧。"

牧师坐下来，说："伙计，很久没见您了。"

"我也是。"爷爷回答。

"我今天来是有点事儿想和您谈，"牧师继续说，"您大概已经猜出我来的原因了吧。"他说着望了望站在门口的孩子，她正往这边好奇地打量着。

"海蒂，去山羊那儿，给它们喂点儿盐，我一会儿过去你再离开。"爷爷说。

海蒂离开了。

"一年前这孩子就该上学了，更别说这个冬天了，"牧师说，"校长让人给你捎来了口信儿，您却连回话都没有。您想把这孩子怎么办，伙计？"

"我没打算送她上学。"爷爷回答。

听到这话，牧师很吃惊，他有些恼火地看着眼前抱着双臂、表情坚决的老头儿。

"那您让她怎么长大？"牧师问。

"我要让她跟山羊和小鸟一样长大，无忧无虑的，那样她会很安全，也学不到丑恶的东西。"

"可这孩子既不是山羊，也不是小鸟，她是个人啊。跟这些伙伴在一起，她虽然不会学坏，但也学不到别的东西；现在该让她去学点知识了。您花时间仔细想想吧，趁着冬天把事情安排好。再给她最后一个冬天四处乱跑，等明年再入了冬，不管怎样她都要每天按时去上学。"

"她不会去的。"老头儿的话既平静又坚决。

"您的意思是没有人能说服您，您已经铁了心了？"牧师变得激动起来，"您到过世界上许多地方，也算见多识广了，伙计，我还以为您很有见识呢！"

"没错，"老头儿说，语气也很不友好，"可是您这个受人尊敬的牧师真的想让我在冬天冰冷的早晨，冒着暴风雪，把那么小的一个孩子送到山下几英里远的地方，然后让她晚上顶着大风上山回家吗？连大人都可能被吹到山谷里被雪埋起来啊！您也许还记得这孩子的妈妈阿得蕾德吧？她是个梦游症患者，还患有痉挛。要是把这孩子逼得太紧，她肯定会出现同样的情况。想必是有人认为他们可以强迫我送孩子上学吧？我倒要去全国所有公正的法庭，看看谁能强迫我这么做！"

"您说得没错，伙计，"牧师友好地说，"我知道不可能从这里送孩子去上学。可是孩子又跟您很亲，下山去德芙里村跟大家住在一起吧，为了她，这是您早就该做的事。您现在过的是什么样的日子呀，孤独，怨恨上帝，仇视人类！在山上要是出了什么事，谁来帮您呀？我简直不能想象您冬天是怎么生活的，您在这个小屋里没有被冻僵，可孩子怎么能熬过这种日子呢！"

"这孩子很健康很结实，又很活泼，有个温暖的家，再多说点儿，我知道什么时候去什么地方砍木柴。牧师先生可以到里面看看我的木料棚，这个小屋里的炉火整个冬天都不熄灭。我从没有想过搬到山下去住，我和那儿的人互相看不起，所以大家还是各自分开，相安无事的好。"

"不，不，这对您来说并不是最好的选择，我知道什么是您缺少的，"牧师诚恳地说，"至于说山下的人们讨厌您，其实没有您想象的那么严重。相信我，伙计，与上帝讲和吧，祈祷上帝的宽恕，然后您会看到人们对您另眼相待，您会很高兴、很幸福的。"

牧师站起身，向老头儿伸出手，诚挚地说："我等着您，伙计，明年入冬时回来跟大家住在一起吧，我们还会做好邻居，像以前那样。我会因为您觉得有压力而感到悲伤，把手给我吧，答应我，您会下山来，跟上帝和大家一起和睦相处。"

阿尔姆大叔跟牧师握手，平静而又坚决地说："我知道您是为我好，但对您的建议，我只能说我不会送孩子去上学，也不会下山跟你们住在一起。我现在和以后的回答都是一样的。"

"愿上帝保佑你！"牧师悲伤地离开小屋，下山去了。

阿尔姆大叔心情很糟糕。那天下午，海蒂像以往一样问他："咱们现在去看奶奶吗？"他说："今天不去。"然后那一天都没再说话。第二天早上，海蒂又问了一遍，他回答："看情况吧。"

晚饭过后，餐具还没收拾完，又有客人来了，这次是迪蒂姨妈。她的帽子被羽毛装饰得很漂亮，裙子长得拖到了地上，在这样一个隐居者的小屋里，没有一件东西配得上这身衣服。

爷爷打量着她，沉默着。迪蒂却早已准备好了很中听的寒暄，她上来就夸孩子面色很好，她都快认不出来了。很明显，海蒂过得很开心，爷爷把她照顾得很好。但迪蒂从没放弃过把孩子再要回去的念头，她很清楚这孩子肯定会给老头儿带来麻烦，但是她当时也是没办法。很长时间以来，她日夜都在考虑把孩子接走，今天她就是为这事儿来的。她有一个很好的计划，这对海蒂来说是个非常难得的机会：她服侍的那家人有个极其阔绰的亲戚，他的房子是整个法兰克福最华丽的，他有一个女儿，年纪很小，腿脚有病，总得坐在轮椅里。她很寂寞，没人陪她读书，所以她非常忧郁，一天到晚闷闷不乐。这女孩儿的父亲就请迪蒂的女主人帮忙给女儿找个伴儿，这位女主人很热心，因为她对那个小女孩儿很同情。女管家向大家说明了想找一个什么样的孩子：天真懂事、与众不同。迪蒂一下子就想到了海蒂，她立刻跑到女管家那儿，给她描述了一遍海蒂的情况，当时女管家就决定要她。等待海蒂的命运有多好，谁也说不清，一旦她融入这些人并讨得他们的喜欢，而他们的亲生女儿再万一——这可不好说，那孩子身体实在是不太好。要是孩子没了，他们会觉得过不下去的，那么，那极少听说的幸运就会……

"你的话说完了没有？"一直沉默着的阿尔姆大叔打断了她。

"哼！"迪蒂不耐烦地把头一甩，大声说，"您以为我在跟您谈论鸡毛蒜皮的小事吗？在整个普拉蒂格，谁要是听到这样的消息，都会感激上帝的。"

"这好消息你愿意给谁就给谁吧，跟我无关。"

迪蒂一下子从座位上跳起来叫道："您如果这么认为，我干吗还跟您谈呢？这孩子今年八岁了，还什么都不会，山下德芙里村的人都告诉我了，您不让她上学，不想把她送去教堂或是学校。她是我亲姐姐的孩子，我必须对她负责。现在海蒂交了好运，只有根本不关心她、不想让她幸福的人才会错过这么好的机会。跟您说，我不会放弃的，德芙里的每个人都会同意我的想法，没有人会反对我的，您要是不想上法庭，我奉劝您还是好好考虑考虑吧！可能您不爱听，但一旦上了法庭会对您很不利，许多您不愿听的事会被重新提起的，包括以前忘了的。"

"闭嘴!"大叔吼道,他的眼睛愤怒地闪烁着,"带着她去学坏吧!永远别再让我看见你的帽子和羽毛,别再让我听见你刚才说过的话!"说完,他大步走出了小屋。

"你把爷爷惹生气了。"海蒂说,那双黑亮的眼睛一点儿也不友好地盯着迪蒂。

"一会儿他就不生气了,快过来,"迪蒂急急忙忙地说,"告诉我你的衣裳在哪儿。"

"我不去。"海蒂说。

"笨蛋!"迪蒂接着说,语气半哄半怒,"快过来,你什么都不明白,跟你爷爷一样。你会有许多好东西,而且是做梦都梦不到的。"然后,她走到柜子前,把海蒂的东西拿出来卷成一捆,"来吧,给你帽子,虽然破旧了点儿,但好歹还能用。赶紧戴上,咱们走。"

"我不去。"海蒂还是那句话。

"别像山羊似的又傻又倔,我看你这都是跟羊学的。听着,你爷爷很生气,刚才你也看见了,他说再也不想见到我们,就是让你现在跟我走,别让他更生气!法兰克福会有多美你根本想象不到,在那儿你会看到好多东西。再说,你要是不喜欢那儿,还可以回来嘛。那时候,爷爷就不生气了。"

"我今天晚上就可以回来吗?"海蒂问。

"胡说八道什么呀,快过来!我跟你说,你什么时候想回来都可以。今天我们到梅恩菲尔德,明天清早就坐火车,如果你愿意,它会很快把你送回来,就像风一样快。"

说完,迪蒂拉着孩子的手,夹着衣裳卷儿,一起下了山。

天气还冷,不能出来放羊,彼得还是得去德芙里上学。但他没事儿就会逃一天课,因为觉得读书实在没用,到处走走、找个粗木棍儿什么的多有趣,以后说不定还有用。迪蒂和海蒂快走到奶奶房前时遇到了彼得,显然他那天收获颇丰,肩上扛着的一大捆榛子木棍又长又粗。他站在墙角处盯着两个人走近,到了近前,他大声问:"你去哪儿,海蒂?"

"我只是跟迪蒂去一下法兰克福,"她回答,"可是我得先进去看看奶奶,她肯定在等我。"

"不行,你没时间停下来说话了,已经很晚了。"迪蒂使劲儿拽着孩子的手说，海蒂拼命挣扎着，"你下次回来再看吧，现在必须走了。"她紧紧拉着孩子，生怕她一进去就会改变主意，不肯去了，而奶奶也许会阻止她去。彼得跑进屋里，使劲儿把木棍往桌上一扔，震得桌子直抖，吓得奶奶从纺车旁跳起来，惊叫了一声。彼得觉得必须发泄一下。

"怎么了？怎么了？"受到惊吓的老太太叫道。他妈妈也很吃惊，从座位上站起来，像往常一样耐心地问："彼得，怎么了？为什么这么粗鲁？"

"海蒂被她带走了。"彼得说。

"谁？谁？彼得，带哪儿去了？"奶奶问，她激动起来。不过她说话的时候已经猜出来是怎么回事了。早些时候，布蕾吉特跟她说过看见迪蒂上山去找阿尔姆大叔了。老太太赶紧站起来，摸索着打开窗户，哀求地喊道："迪蒂！迪蒂！别把孩子从我们身边带走啊！别带她走！"

正赶着下山的两个人听到了奶奶的喊声，迪蒂明显也听见了，她更加抓紧了海蒂的手。海蒂拼命挣扎着，哭叫着："我得去看她！奶奶喊我呢。"

但迪蒂并不想让孩子回去，她努力哄着使她平静下来，说她们要不抓紧时间赶路的话，就赶不上第二天去法兰克福的火车了。法兰克福漂亮极了，一旦到了那儿就再也不想回来了。假如海蒂想回家，马上就能回来，另外还能带些让奶奶高兴的东西。这正对海蒂的心思，是一个希望。因此，她不再挣扎，并跑了起来。

考虑了一会儿，海蒂问："我能给她带回来什么呢？"

"我们好好想想，带回点儿好东西，"迪蒂回答，"白面包吧，又松又软的，她肯定喜欢。她现在老了，坚硬的黑面包她嚼不动了。"

"对，她确实嚼不动，我就亲眼看见过她把面包给彼得，说是太硬了。"海蒂同意了，"那咱们快走，那样就能尽快从法兰克福赶回来，我今天就可以给她带白面包回来了。"说着海蒂很快地跑了起来，迪蒂夹着衣服卷儿，差点儿都跟不上了。但她还是很高兴，因为她们就要到德芙里了，那儿的朋友们问起来，也许会改变海蒂的想法，所以她又紧紧拉着孩子的手，径直穿过村子，人们会看到她们赶得这么匆忙都是因为孩子的缘故。遇到人们的询问和问候，她边走边说："我没时间停下来了。你看，我跟这孩子还有好长一段路要赶呢。"

"你要带她走吗？""她是从阿尔姆大叔那儿逃出来的吧？""她竟然还活着，真奇怪！""可你看她的脸色多好啊，红扑扑的！"人们从各个方向问候着，迪蒂觉得真是感谢上帝，她不用停下来仔细地回答，而海蒂沉默着一个劲儿地急着往前走。

从那以后，阿尔姆大叔就变得更死板、更拒人千里了。每当下山路过德芙里的时候，他不理别人，只背着一大包奶酪，还总是拿着大木棍，紧紧皱着浓浓的眉毛，像要吃人似的。村子里的女人们都喊着自己的孩子："当心！他会伤害你的！离阿尔姆大叔远点儿！"

老人目不斜视，自顾自地穿过村庄，走向山下的谷地，在那儿，他把奶酪卖掉，买些自己需要的面包和肉。当他离开村子时，人们总会在身后聚堆儿看他，议论纷纷：他怎么变得更不可理喻啦，这么孤僻啦，等等。总之，大家一致认为孩子离开他才是最幸福的，当时大家也都看到孩子是怎样急匆匆地跑的，就像是害怕被爷爷追上来带回去。只有瞎眼的奶奶不说他坏，还告诉那些给她送活儿来或是取走纺好的线的人，他对这孩子多么善良，多么体贴入微，对她和她女儿是多么好，为她们修理房子花费了多少个下午，要没有他，她们一家可能早就被房子埋在下面了。这些话在德芙里流传，但很多人却说奶奶老糊涂了，可能听不清别人说的话。她既然眼睛都瞎了，耳朵聋了也说不定呢。

阿尔姆大叔不再去看老太太的房子了，事实上，房子已经修得非常结实，可以长时间不用管了。对瞎眼的老太太来说，日子又变得难过起来，每次有人走过，她就抱怨地嘟囔："天啊！带给我们快乐和幸福的孩子走了，现在的日子长得让人难熬！上帝呀，让我在死以前再见孩子一面吧！"

6. 新生活的新篇章

在法兰克福赫·塞斯曼的家中，他病中的小女儿克莱拉正坐在专门为残疾人准备的轮椅里，她已经在那里待了一天了。当她想去另一个房间的时候，会有用人推着她。现在，她正待在书房里，书房里有很多竖放着的或平放着的东西，非常舒适，非常适合起居逗留。这里立着一个有着漂亮玻璃门的书柜，显而易见，孩子就在这里上课。

克莱拉非常瘦弱，她有一张苍白的小脸，那双蓝色的眼睛此时无精打采地盯着钟表，她感觉今天时间过得非常慢。于是她变得有些烦躁，说话的语气也有些重了："弗罗兰·劳顿米尔，还没到时间吗？"

被问到的夫人现在正坐在小工作台的旁边绣花，她穿着一件非常奇怪的肥大的长袍，那个大领子——也许应该叫作披肩，将她衬托得非常严肃庄重，一个高高的圆顶头饰更增添了这种色彩。因为女主人早亡，多年来，赫·塞斯曼先生一直委托她照管家里，监督仆人。他自己经常不在家，弗罗兰·劳顿米尔夫人全权处理一切，但条件是要让他的女儿有充分的发言权，她的意愿不能有一点儿违背。

就在克莱拉不耐烦地问第二次的时候，迪蒂和海蒂到了前厅。迪蒂问刚从车厢里跳下来的车夫，她们现在去见弗罗兰·劳顿米尔夫人是不是太晚了。

"这事我不管。"车夫嘟囔着，"按门铃，找塞伯斯坦。"

听到迪蒂的门铃，塞伯斯坦下楼来了。他看见迪蒂后吃惊极了，眼睛瞪得很大，简直像衣服上的纽扣一样。

"我现在见弗罗兰·劳顿米尔夫人是不是太晚了？"迪蒂又问。

"那跟我无关，"他说，"按另一个铃，找蒂耐特女仆。"说完立刻就走了。

迪蒂又按了一次铃。这次出现的是蒂耐特了，她头上戴着一顶洁白无瑕的帽子，面带嘲弄。

"谁呀？"她站在最高的台阶上问。迪蒂又问了一遍。蒂耐特消失了，很快又回来朝下面喊："她正等你们呢，上来吧。"

迪蒂和海蒂上楼进了书房，蒂耐特在后面。迪蒂一边有礼貌地站在门口，一边将海蒂的手紧紧握住，她不知道在这新的环境中，海蒂会想什么做什么。

弗罗兰·劳顿米尔慢慢地站起来，走到孩子面前，她要看看主人女儿的伙伴长什么样，她好像不很中意孩子的外貌。海蒂穿着她那件很短的普通羊毛外衣，帽子很旧，已经皱得不成样子了，现在她正用天真的眼睛盯着这位夫人高高的头饰，毫不掩饰吃惊的神色。

"你叫什么？"弗罗兰·劳顿米尔问。她已经仔细打量了这孩子好几分钟，而海蒂也一直盯着她看。

"海蒂。"她的声音响亮得如铜铃一样。

"什么？一个基督教孩子不可能叫这种名字。你洗礼时不可能取这个名字，他们给你洗礼时叫你什么？"弗罗兰·劳顿米尔继续发问。

"我不记得了。"海蒂回答。

"这是什么话！"女管家摇着头说，"她是傻，还是缺乏教养，迪蒂？"

"要是您允许的话，让我来替孩子说吧。她还没习惯和陌生人交谈。"迪蒂说，她用手轻轻戳了戳海蒂，要她回答得再得体些。"她不傻，也不缺乏教养，她甚至根本就没有这些词的概念。她怎么想就怎么说。她今天是第一次站在一位绅士的家里，还不知道礼貌是什么。但是她很听话，也愿意学，只是您得先原谅她。洗礼时，她的名字叫阿得蕾德，随她妈妈，也就是我姐姐，她已经去世了。"

"噢，那个名字别人倒是可以称呼。"弗罗兰·劳顿米尔说，"不过，我得跟你说，迪蒂，我很惊讶，这孩子太小了。我跟你说的是要找一个和主人女儿年纪相仿的朋友，能陪她一块儿上课什么的。弗罗兰·克莱拉今年已经十二岁了，这孩子多大了？"

"要是您不介意的话，"迪蒂说得很流利，"她的具体年纪我也记不清了，她确实是有点儿小，但没小多少，我不清楚，可我想她有十岁了，或十岁左右。”

“我今年八岁，爷爷说的。”海蒂插嘴。迪蒂又用手戳了她一下，但是海蒂并不懂得这些事，因此十分沉着。

“什么——才八岁！”弗罗兰·劳顿米尔有点生气，“小了整整四岁！孩子还这么小能干什么！你学过什么？读过几本书？”

“一本也没读过。”海蒂说。

“啊?！你说什么？那你怎么认字？”夫人继续问。

“我不识字，彼得也是。”海蒂告诉她。

“天啊！你不识字！真的？”弗罗兰·劳顿米尔觉得很可怕，所以惊叫了起来，“怎么可能——不识字？那你学过什么？”

“什么都没学过。”海蒂很诚实地回答了弗罗兰·劳顿米尔的问题。

“姑娘，”片刻之后，震惊的女管家回过神来对迪蒂说，“这孩子根本不是我之前想的那样，把她带来你是怎么想的?”

迪蒂才不会这么轻易放弃，她随和地回答：“抱歉，夫人，我认为您需要的正是这孩子，当时您跟我们说要物色一个与众不同的人选，其他孩子都不太合适，我认识的许多孩子都没什么特别之处，很类似。只有这个孩子符合条件，好像是专为这个角色而生的。女主人在等我，我必须走了。要是您允许的话，我很快还会来的，看看她在这儿行不行。”说完，她鞠了一躬，飞奔出门了。弗罗兰·劳顿米尔愣愣地站着，醒过神来后赶紧去追迪蒂。她突然想到，要是孩子真留下来，她还要问她很多问题。夫人心里明白，迪蒂说什么都要留下她。

海蒂站在门旁边，和来的时候一样。克莱拉一直沉默着看着她们谈话。这时，她向海蒂招手：“来这儿！”

海蒂走了过去。

“海蒂或者阿得蕾德，你愿意别人叫你什么？”克莱拉问。

“我就叫海蒂，不叫别的。”孩子赶快回答。

“那我就一直那么称呼你，”克莱拉说，“这名字很适合你，我从没见过别人叫这个名字，见过的孩子也没有你这样的。你的头发一直都是那样的吗？又卷曲又短？”

“嗯，我想是的。”海蒂说。

"来法兰克福你愿意吗?"克莱拉又问。

"不愿意。但是明天我可以回家,还要给奶奶带一卷白面包。"海蒂解释道。

"你真有趣,"克莱拉叫道,"我需要有人陪着学习,所以你姨妈才专门把你送了来。这下可有他们忙的了,你不识字,我们可以做些别的。他们都太无聊了,我总觉得上午长得没有尽头。我的老师每天在上午十点到下午两点之间给我上课,时间太长了。有时,他把书贴到脸上,看起来像是在近看,其实我知道他那是忍不住想打哈欠。弗罗兰·劳顿米尔也总是装作被我们读的东西感动了,掏出手绢捂住脸,其实她也是在偷偷打哈欠。我也经常想打哈欠,但得使劲儿忍住,我一被弗罗兰·劳顿米尔发现打哈欠,她就去拿鱼肝油,说我身体又虚弱了,得吃点儿。那鱼肝油太令人恶心了,我只好竭力忍住不打哈欠。不过,现在可好了,我可以躺着听你念书了。"

听说要念书,海蒂摇摇头。

"别说傻话了,海蒂!你必须读书啊!每个人都得读。我的老师很和蔼,从不生气,你遇到的每一个问题他都会解释。但你必须了解,其实他讲什么,你都不会明白。可你千万别问问题,不然他就会没完没了地讲下去,你就更听不懂了。等你以后学得多了,知道的事情多了,自己慢慢就会明白。"

这时,弗罗兰·劳顿米尔回来了,她很生气没有追上迪蒂。孩子的事情她还有好多不了解的,迪蒂骗了她,海蒂做克莱拉的陪伴根本不适合。这件棘手的事她真不知道该如何处理,更令人气愤的是她自己必须对此负责,因为一开始是她同意把海蒂带来的。她暴躁地在餐厅和书房之间来回走着,像一头暴怒的狮子,然后对塞伯斯坦大声呵斥,他正检查刚刚摆好的桌子,看看餐具是否齐全。

"你要检查到明天早晨吗?快点吧,否则我们今天就别想吃晚饭了。"说完,她就高声叫着蒂耐特,把女仆吓得一阵小跑过来,但她看起来很精神,弗罗兰·劳顿米尔挑不出什么错,愤怒无处发泄就更加严重。

"给刚来的小姑娘准备好房间,"夫人极力克制着说,"东西准备了,但还得打扫。"

"我是该忙活一下了。"蒂耐特嘲讽地说着走了出去。

这时，通往餐厅的折叠门被塞伯斯坦使劲儿推开了，弄出的响声比往常大得多，他没法与弗罗兰·劳顿米尔当面顶嘴，但他憋了一肚子气，而且气还没消。他走到克莱拉的轮椅旁，要推她去餐厅。就在他摆弄后面的把手准备推轮椅时，海蒂走到旁边盯着他看。塞伯斯坦突然吼起来："看什么看？"他不知道弗罗兰·劳顿米尔正好进屋，不然肯定不会那么喊的。"你长得真像彼得。"海蒂说。女管家有点儿震惊。"太意外了！"她有点结巴地说，竟忘了压低声音，"她竟然像朋友一样跟仆人说话！还有这样的孩子，真想不到！"

塞伯斯坦推着克莱拉进了餐厅，帮她坐到椅子上。身边坐着弗罗兰·劳顿米尔，她示意海蒂坐到对面。餐桌上就这三个人，为方便塞伯斯坦上菜，她们坐得很分散。海蒂的盘子附近有一卷白面包，她高兴得眼睛一下亮起来，因为塞伯斯坦长得像彼得，海蒂对他很有信任感。她像个小仓鼠一样，坐在椅子上一动不动。等塞伯斯坦上鱼盘的时候，才看着面包问他："我可以吃这个吗？"塞伯斯坦点点头，瞥了瞥弗罗兰·劳顿米尔，看看她对这有什么反应。海蒂马上抓起面包，放进了自己的口袋。塞伯斯坦忍着笑，脸上抽搐着，但他碍于身份，还是忍住了，默默地静立在海蒂身后。他不能提出意见，也没法离开，只能等到海蒂自己吃完。海蒂疑惑地看了他一会儿后说："我吃点儿那个也可以吧？"塞伯斯坦又点点头。"那就给我来点儿吧。"她平静地看着自己的盘子说。听了这话，塞伯斯坦的表情很犹豫，手里的盘子也不安地晃动起来。

"盘子你可以先放在桌子上，然后赶紧回来。"弗罗兰·劳顿米尔的表情很严肃。塞伯斯坦离开了。"阿得蕾德，我认为你需要学习最基本的礼仪，"女管家叹息一声，继续说，"我就从餐桌上的规矩开始吧！"然后，她就给海蒂讲了许多规定的细节。"现在，"她接着说，"我需要强调的是在餐桌上不准和塞伯斯坦交谈，别的时候也不行，除非你有什么事情吩咐他，或者必须问他什么事，说话的语气也不能像对朋友或家人那样。不要让我再听到你跟他用那种语气说话，蒂耐特也是一样。至于我，你看看别人怎么称呼你就怎么称呼。如何称呼克莱拉由她自己决定。"

"没什么，自然叫我克莱拉了。"女孩儿说。接着，弗罗兰·劳顿米尔就讲了许多日常举止的规矩，包括起床上床、出门进门、保持整洁，等等。慢慢地，海蒂眼睛就睁不开了，她起床时还不到五点，还走了那么长一段路！她靠在椅背上，很快睡着了。弗罗兰·劳顿米尔终于结束了她的说教，她说："阿得蕾德，我说的你必须记住！明白了吗？"

"海蒂睡着好久了。"克莱拉说，小脸因为兴奋而闪着光，她好久没有吃过这么有趣的晚餐了。

"真受不了跟这样的孩子打交道。"弗罗兰·劳顿米尔生气地喊着，她粗暴地按铃叫来蒂耐特和塞伯斯坦，两人都是小跑过来的，几乎撞倒了对方，但是海蒂并没被吵醒。他们用了好久，才勉强把她叫醒，之后带着她穿过书房，然后是克莱拉的卧室，再经过弗罗兰·劳顿米尔的起居室，才走到最里面专为她腾出来的房间。

7. 弗罗兰·劳顿米尔糟糕的一天

来到法兰克福的第一天早晨，海蒂醒来的时候想不起来自己究竟在什么地方，她用力地揉了揉眼睛，看着周围。她发现自己坐在一张洁白的高高的大床上，这个房间非常宽敞，床挨着墙，窗户上挂着长长的白色窗帘，旁边有两把印着大花的椅子，还有一组同样花纹的沙发，沙发的前面是一个茶几；角落里放着一个支架，上面都是洗漱用品，海蒂从没见过这些东西。这时，海蒂突然想到，她在法兰克福。她想起昨天发生的事，最后清楚地回忆起了昨晚吃完饭时女管家对她的一番说教。她穿好衣服，离开了床，她想看看窗外的天空和田野。那些大窗帘将她罩在屋里，她感觉就像笼子一样。然而窗帘太过沉重，她拉不开；窗台实在太高，她的小脑袋刚刚到窗沿上，根本看不到外面。她从一个窗户跑到另一个窗户，但根本没用，除了墙和窗户，其他什么都看不到，海蒂开始害怕起来。天还很早，海蒂习惯了早起，起床后都会先出去看看天空是不是很蓝，太阳升到哪里了，杉树是否还随风摇曳，野花开了没有。她像只被困在笼子里的小鸟，冲来冲去，想从某个缝里钻出去，重返辽阔的天空，那才是海蒂。她不停地跑来跑去，想把窗户打开。她真受不了只看见墙和窗户。她觉得外面的哪里肯定有碧绿的草地，还有她渴望的山坡上的积雪。但是海蒂使出全身力气，即便是把小手伸到下面去把窗子往上托，窗户还是纹丝不动。后来，海蒂看到自己无能为力，也就不再折腾了，她在想能否出门看看，可能房子周围会有草坪。但是后来她想起来大门前只有石头，没有别的。就在这时，有人敲响了门，蒂耐特伸进头来说："早餐准备好了。"海蒂没明白她说的是什么，而蒂耐特那张脸也不准备回答任何问题，她心里明白，也就不自找麻烦。她从桌子下面把小板凳搬出来，放在角落里坐着，安静地等着。没过一会儿，一阵衣服的沙沙声由远而近，弗罗兰·劳顿米尔进来了，她怒气冲冲地朝海蒂喊道："出什么事了，阿得蕾德？早餐是什么你不知道吗？快过来!"

这回海蒂明白了，于是小跑地跟着。克莱拉已经吃了好久了，见到海蒂后她比平时高兴了很多，她友好地问着早安，并希望今天会很有趣。大家很安静地吃着早餐，海蒂用非常得体的姿势吃着面包。吃过早餐，克莱拉被推回书房，弗罗兰·劳顿米尔要海蒂也进去陪克莱拉，等老师来上课。

刚等大人们走开，海蒂就问："怎么从这儿看到外面呀?"

"打开窗户就能看到。"克莱拉觉得很有意思。

"可是窗户打不开呀!"海蒂很伤心。

"不，能打开，"克莱拉很肯定，"咱俩不行，但是塞伯斯坦可以帮忙。"

知道窗户能打开，可以向外看，海蒂放松了，她差点儿以为自己被关进了监狱呢！克莱拉问她家里的情况，海蒂开心地跟她讲着亲切的大山、羊群和开满鲜花的草地。

这时，老师来了。但弗罗兰·劳顿米尔并没有让他直接进书房，而是先带他去了餐厅。她在那儿向老师抱怨着，说自己现在处境尴尬，以及造成状况的原因。之前她写信给赫·塞斯曼，说克莱拉很想有一个伴儿，她个人也认为很有必要，这样克莱拉就会很高兴，玩伴儿可以陪着克莱拉学习和玩耍。由于对自身有利，弗罗兰·劳顿米尔很希望这样做，因为她可以解脱，不必一直亲自照顾这个有病的孩子了，照顾克莱拉她总是感到很累。女孩儿的父亲回信说这个主意很好，但条件是那个孩子要得到平等的待遇，他不能让别的孩子受到虐待或成为牺牲品。"这话真是多余，"弗罗兰·劳顿米尔说，"谁想虐待孩子呀!"然后，她又说自己在这孩子的问题上怎样上当受骗，还摆出了所有意想不到的事，她为此感到面上无光。所以她告诉老师，不仅要从 ABC 教她识字，还要教她日常生活中最基本的常识。在她看来，要想摆脱这种困境，只有一个方法，那就是老师去说明无法给两个孩子同时上课，不然会影响克莱拉的学业，因为海蒂太落后了，跟不上克莱拉。那样，就有充分的理由把这孩子打发走，赫·塞斯曼也肯定会同意把孩子送回家。但是现在主人已经知道孩子到了家里，没有他的吩咐，弗罗兰·劳顿米尔不敢这么做。然而，老师却有自己的想法，不愿意偏听偏信。他努力地劝说着弗罗兰·劳顿米尔，说明自己的看法，他说这女孩儿如果在某些方面落后，那么在其他方面就很可能超前，只需要短时间的正规教育，就会弥补差距。看到老师不支持她，而且很乐意从基础教起，弗罗兰·劳顿米尔只好打开了书房的门。老师刚一进去，她立刻就把自己关在外面，她很害怕那最基础的 ABC。她在餐厅里来回踱着步，想着仆人们应该称呼阿得蕾德什么。克莱拉的父亲回信说，要像对待自己的亲生女儿一样对待那孩子，她认为，这主要是说给仆人听的。然而，她却没有时间多想，因为书房里突然响起了可怕的声音，随后就是叫塞伯斯坦的喊声。她赶紧冲进去，只见地上堆得乱七八糟，有书、练习本、墨水台和一些其他物品，最上面是桌布，黑墨水撒得满地都是，上面压着其他东西，海蒂也没影了。

"发生了什么事？"弗罗兰·劳顿米尔搓着手叫道，"桌布、书、针线筐，都被墨水泡着！这肯定是那可怕的孩子干的！"

老师站在那儿，沮丧地看着眼前的一切。发生了这种事，显然只能有一种看法，且肯定对孩子不利。第一次碰到这种事，克莱拉却很高兴，她解释说："是海蒂，但她不是成心的，不能怪她。她站起来的速度太快了，把桌布带了起来，所以东西全掉在地上了。当时正好有许多汽车路过，她噌地站了起来，我想她以前应该没见过汽车。"

"我说得对吧？她什么都不懂，她根本不明白上课的时候应该坐着不动，认真听讲。惹了这么大的麻烦，这孩子哪儿去了？她不能自己跑掉的！赫·塞斯曼会怎么说我呢？"她跑出书房，下了楼。海蒂正站在楼下大门口，伸着脖子东张西望呢。

"你在干什么？怎么一下子就跑出来了？"弗罗兰·劳顿米尔问。

"我听见杉树的声音了，但是看不到它们，现在连声音都听不到了。"海蒂说。她失望地看着汽车声音传来的方向。海蒂听着那汽车的声音，就像南风吹过杉树的响声，所以她高兴极了，匆忙跑出来看。"杉树？我们又不是在森林里！真可笑！上楼来看看你干了什么好事！"

海蒂转身跟弗罗兰·劳顿米尔上了楼。她目瞪口呆地看着自己惹的麻烦，因为她兴冲冲地跑出去看杉树的时候，根本没感觉到自己带翻了一大堆东西。

"这是第一次，我就原谅你了，不许再有第二次。"弗罗兰·劳顿米尔指着地板说，"上课时不能随便乱动，要认真听讲，要是做不到，我就只好把你绑在椅子上了。明白吗？"

"明白了，"海蒂回答，"但是我不会再乱跑了。"

现在她才知道上课听讲时不能随便乱动。塞伯斯坦和蒂耐特进来把房间收拾好，把摔碎的东西弄出去。老师跟大家道了别就走了，那天不能再上课了，自然上午也就不用打哈欠了。

下午是克莱拉的休息时间，弗罗兰·劳顿米尔说海蒂可以去做自己喜欢的事。午饭后，克莱拉被放到了轮椅上，女管家也回到了自己的房间，海蒂知道可以自己做些事了。她盼望了好久，因为有件事她早就想做了，但是她需要别人帮忙。于是她就站在餐厅门前的大厅里，等着她想找的人。过了一会儿，塞伯斯坦从厨房走了过来，用托盘托着银质茶具，他要把茶具放到餐厅的柜橱里。当他走到楼梯的最高层时，海蒂走了过去，按照弗罗兰·劳顿米尔的吩咐，她说话时一本正经。

塞伯斯坦很惊奇，有点儿粗鲁地问："有什么事，小姐？"

"我有点事想跟你说，但不像上午那么糟糕。"海蒂说。她先让他安心，她看得出塞伯斯坦脾气很大，她认为一定是因为自己把墨水弄到地上了。

"是吗？但得先知道你那么称呼我的原因。"塞伯斯坦回答，显然气还没消。

"弗罗兰·劳顿米尔说我要这么做。"海蒂说。

听到这儿，塞伯斯坦笑了，这把海蒂弄得很奇怪，她并不认为有什么好笑的。但塞伯斯坦知道这孩子只是奉命行事，就语气友好地说："你需要我做什么呢，小姐？"

这回轮到海蒂生气了，她有点儿气愤地说："我不叫小姐，叫海蒂。"

"是的，但这么称呼你也是那位夫人说的。"塞伯斯坦解释。

"这样吗？噢，那我就只好被叫成那样了，"海蒂听话地说，她已经发现女管家说的话都必须执行，"那我就有三个名字了。"她叹了口气。

"小姐需要我做什么？"塞伯斯坦把银制茶具放好后问。

"能把窗户打开吗？"

"噢，能！"塞伯斯坦猛地推开了一扇大窗户。

海蒂跑过去，但她太矮了，看不到外面，头刚刚够到窗台。

"来，这样就能看见外面了。"塞伯斯坦说着，让她站到一个很高的木凳上面。

海蒂爬了上去，一直想要做的事情做到了，但是她却很快缩回头，脸上的表情非常失望。

"唉！外面除了石头大街，什么都没有。"她很伤心。

"塞伯斯坦，房子的另一边会有什么呢？"

"跟这边看到的东西一样。"他告诉她。

"那么，我要看到整个山谷，要去哪里呢？"

"你得爬到一座高塔上，比如教堂里的钟楼，就像那边顶上有个金球的那座。从那儿，你就能看得很远。"

海蒂立刻爬下木凳，跑出门去，下了楼，来到街上。但是事情并不像想象中那么简单。刚才那塔看起来很近，好像穿过马路就到了。可是现在她都跑到了街的另一边，那钟楼离着还是那么远，后来都看不见了。她拐到另一条街上，走了好久，依然找不到高高的钟楼。路上虽然有许多人，但他们看起来匆匆忙忙的，海蒂想他们肯定没时间给自己指路。突然，她看见一个背着手摇风琴的男孩儿站在拐角处，胳膊上的动物很可笑。海蒂跑过去，说："怎么去顶上有个金球的高高的钟楼？"

"不知道。"男孩儿回答。

"谁能知道？"她又问。

"不知道。"

"你知道其他有高高的钟楼的教堂吗？"

"我知道一个。"

"告诉我在哪儿。"

"作为回报你能给我什么？"男孩儿伸出手来。海蒂翻着口袋，拿出一张卡片，上面印着一个很漂亮的红玫瑰花环。她瞅了一会儿，很舍不得，上午克莱拉刚把这个作为礼物送给她——但是为了看到山谷和那可爱的翠绿的山坡！……"给，"海蒂把卡片递过去，"这个你愿意要吗？"

男孩儿缩回手，摇摇头。

"那你想要什么?"海蒂问，她高兴地把卡片装回去。

"钱。"

"你要多少? 我没钱，但克莱拉有，她会给我一些的。"

"两个便士。"

"那就走吧。"

他们走在大街上。海蒂问男孩儿他背着的是什么，他说那是手摇风琴，把琴摇一摇，就会奏出美妙的音乐。很快，他们就来到一座古老的很高的钟楼教堂前，男孩儿站住说:"到了。"

"我想进去怎么办?"海蒂望着那紧闭的大门。

"不知道。"男孩儿回答。

"你说我可以摇铃吗? 像叫塞伯斯坦那样?"

"不知道。"

这时，海蒂找到了墙上的门铃，使劲儿拉了起来。"我要是上去的话，你要在这儿等我，你得告诉我怎么走回去。"

"你给我什么?"

"你要什么?"

"再要两个便士。"

他们听见钥匙转动着开锁，随着一阵吱吱呀呀的声音，沉重的大门打开了，出来一个老头儿。他看到两个孩子，开始的惊奇变为愤怒，呵斥着说:"你们干吗使那么大劲儿拉铃让我下来? 没看见门铃上写的'登塔须知'吗?"

男孩儿没吱声，指指海蒂。海蒂说:"但是我想上去看看。"

"你上去干什么?"老头儿说，"谁让你来的?"

"我自己想来，"海蒂说，"我只是想上去看看。"

"别调皮了，快回家吧。下回要再让我放你走就不那么容易了。"说完，老头儿转身想关上大门。可是海蒂却扯住他的衣角，央求着:"让我上去吧，就一次。"

他看着海蒂乞求的眼神，改变了主意，和蔼地拉着她的手说:"好吧，你要真那么想上去的话，我就带你去吧。"

为了告诉海蒂他会在那儿等着，男孩儿坐到了教堂的台阶上。老人牵着海蒂的手，拾级而上。越往上走，台阶越小，最后来到一个极窄的台阶前，他们就算爬到头了。老人把海蒂抱起来，让她能看到窗外的景色。

"好了，这样就能看到了。"他说。

海蒂只看到了成片的屋顶、塔楼和烟囱。她马上把头收回来，又悲伤又失望："我想象的根本不是这样。"

"知道了吧，你这么小还不知道怎么欣赏风景！下来吧，不要再拉我的门铃了！"

他抱她下来，带着她从狭窄的台阶上下来。左边拐角是敲钟人的房间，那里要宽一点儿，旁边有平台伸出，延伸到尖尖的房顶旁边。平台的最里面有个大篮子，一只大灰猫坐在篮子前面。猫看到他们后警惕地叫着，警告过路的人不要靠近它的家。海蒂吓得呆住了，她见过的猫没有这么大的。这座古老的钟楼里老鼠泛滥，所以这猫每晚可以毫不费劲儿地吃六七只。老人看海蒂这么喜欢，就说："我在这儿呢，它不会伤害你的，你可以去看看小猫。"

海蒂来到篮子旁边，马上高兴起来。

"啊，多甜美的小东西！多可爱的小猫！"她不停地说着，绕着篮子走来走去，欣赏着七八只小猫滑稽地挤在一起又爬又滚，生怕漏掉了哪一只的表演。

"你想要一只吗？"老人说，看到孩子开心极了，他也觉得很高兴。

"给我？我来养它？"海蒂很激动，她简直不相信这种好事会让她遇上。

"对，当然。要是你喜欢，你可以多拿两只。一句话，只要你有地方，一窝带走都没问题。"要是能把这些小猫不费事就打发了，老人乐意极了。

海蒂激动的心情简直没法控制。那幢大房子里有的是地方养这些小猫，再说，克莱拉看到它们肯定不知道有多开心。

"可是我怎么拿回去呢？"她说着就试着用手去抱小猫。这时，那只老猫凶猛地扑过来，吓得她赶紧缩手。

"要是你能告诉我住哪儿，我可以帮你送去。"老人说，他拍打着那只大猫让它静下来，这只猫是老人的老朋友，这些年来一直陪他住在钟楼里。

"赫·塞斯曼家，大房子的门上有金狗头，门环叼在狗嘴里。"海蒂说。

其实根本不需要说得这么详细，老人看管这座钟楼已有许多年了，很熟悉远近的住户，更何况他和塞伯斯坦还是朋友。

"我知道那地方，"他说，"可是我什么时候送去呢？送去了又找谁呢？我不认为你是那家的人。"

"恩，我不是。但我把小猫带去，克莱拉会非常开心的。"

老人现在只想赶紧下楼去，但那些小猫太可爱了，海蒂舍不得离开。

"我先带两只回去行吗？一只给克莱拉，一只给我自己。"

"那你等一下。"老人说着小心地把大猫引到自己屋里，放上一盆食物给它，然后把它关在房间里，"现在你可以拿了。"

海蒂高兴得眼睛亮晶晶的，她挑了一只白色的小猫，还有一只黄白相间的，左右口袋各放了一只，然后下了楼。那个男孩还坐在外面的台阶上等着。当老人把教堂的大门关上后，海蒂问："怎么回赫·塞斯曼家啊？"

"不知道。"男孩儿回答。

海蒂把大门、台阶和窗户仔细描述了一遍，男孩儿只是一个劲儿地摇头，还是不清楚怎么走。

"你看，"海蒂接着说，"那是个灰色的大房子，从窗户能看到，屋顶是这个样子——"海蒂比画着一个奇怪的曲线。

小男孩儿明白了，他跳了起来。显然他认路时用的是相似的标志。他一直朝前跑去，海蒂跟在后边，没过一会儿，两人就跑到用大狗头做门环的门前。海蒂按了门铃，塞伯斯坦很快就打开了门，见是海蒂，他着急地说："快！快！"

海蒂赶紧跳进去，塞伯斯坦没注意旁边的男孩儿，随手把大门关上了。男孩儿愣愣地被留在了门外的台阶上。

"快点儿吧，小姐，"塞伯斯坦又催着，"直接去餐厅，她们早就在那儿了。弗罗兰·劳顿米尔发火了，这么长时间你跑哪里去了？"

海蒂走进餐厅。女管家根本不看她，克莱拉沉默着，屋里寂静得尴尬。塞伯斯坦帮她把椅子拿到桌旁，海蒂坐上去后，弗罗兰·

劳顿米尔严肃地开口了，语气严厉而庄重："阿得蕾德，细节以后再说，现在我只想说一点，那就是你在未经允许，也没跟任何人打招呼的情况下，就擅自跑出去逛到现在，这非常不礼貌，应该受到指责。这种事情我还是第一次遇到。"

"喵！"一声回答传来。

这下女管家气坏了，她尖着嗓子叫道："好啊，阿得蕾德，你闯了祸，还当是玩笑，这么和我说话！"

"不是我！"——海蒂说——"喵！喵！"

塞伯斯坦差点儿把手里的盘子扔了，他跑了出去。

"够了！"弗罗兰·劳顿米尔气得喘不过气来，她气急败坏地说，"起来！给我出去！"

海蒂害怕地站起来，她想解释一下。

"海蒂！"这时，克莱拉开口了，"弗罗兰·劳顿米尔已经气得不行了，你为何还喵喵的呢？"

"不是我，是小猫。"终于给了海蒂说话的机会。

"不可能！什么！小猫！"弗罗兰·劳顿米尔尖叫着，"塞伯斯坦！蒂耐特！快找出那些可怕的小东西！让它们消失！"说完，她站起来跑进书房，把门锁上，让自己待在安全的地方，她认为猫是世界上最可怕的东西。

塞伯斯坦在门外笑了好长时间，才又回到餐厅。他在给海蒂上菜的时候，就看到从她口袋里伸出一个小猫的头，随即想到，过一会儿肯定会很热闹。他听到第一声猫叫后，为了忍住笑，差点儿把盘子扔到地上。他在外面笑够了，整理了表情，又回到餐厅，这时夫人已经停止了尖叫，屋里已经安静下来，小猫被克莱拉放到了膝盖上，海蒂跪坐在旁边，两人正高兴地逗弄着那两只小巧柔软的小东西。

"塞伯斯坦，"他一进来，克莱拉就喊道，"你得帮我们个忙，把这两只小猫安顿下来，别让弗罗兰·劳顿米尔知道。她太怕猫了，会立刻把它们扔出去的，可我和海蒂想留下它们，没别人的时候就让它们出来玩儿。你觉得放哪儿合适？"

"包在我身上，"塞伯斯坦非常愿意，"我要在一个篮子里做张床，然后把它放在夫人不大可能去的地方。放心吧，我会弄妥的。"

说完他就立刻着手准备，一边做，还一边窃笑，因为他觉得这事以后还得引起乐子，塞伯斯坦很开心——因为弗罗兰·劳顿米尔被捉弄。

过了好久，几乎该睡觉了，弗罗兰·劳顿米尔才小心地把门开了条缝，从里面喊道："塞伯斯坦，那些东西弄走了吗?"

"弄走了，弄走了!"他为了让她放心重复了两次。塞伯斯坦为了等着回答这个问题在屋里一直做着事。说完以后，他就立刻静静地从克莱拉的膝盖上抱过小猫走了。

弗罗兰·劳顿米尔虽然觉得必须好好教训一下海蒂，但也只好忍到第二天去说，被恼火、愤怒和恐惧折磨了之后，她觉得累坏了，海蒂慢慢成了灾难。她默默地离开了餐厅，克莱拉和海蒂跟在后面。想到那一对可爱的小猫在床上睡着，她们心里美滋滋的。

8. 豪宅内一片混乱

次日上午，塞伯斯坦刚和老师一起进入书房，门铃就响了，他连忙跑去开门。"这样按门铃的除了赫·塞斯曼不会有别人了，"他想，"一定是他突然回家了。"但是当他打开门的时候，却看见一个穿得破破烂烂的小男孩儿，他背上还有一个手摇风琴。

"你在干什么？"塞伯斯坦非常生气，"谁叫你这样按门铃的？看我怎么收拾你！你想做什么？"

"我是来找克莱拉的。"男孩儿说。

"你这脏兮兮的无赖，吊儿郎当的家伙，你难道没学过礼貌吗？你应该称呼她'克莱拉小姐'！你找她做什么？"塞伯斯坦一副非常粗鲁的样子。

"她欠我四个便士。"男孩儿说。

"你肯定是个疯子！你是如何找到这里的？"

"我领她去那里，她欠了我两个便士；我领她回来，她又欠了我两个便士。"

"你根本是胡说八道！小姐根本就不会走路，她从没出去过。你从哪儿来回哪儿去，别等我亲自动手赶你。"

男孩儿并没有被吓跑，他理直气壮地站在那儿说："我昨天在街上遇见的她，不信你就听我说。她的黑发短短的，卷曲着，黑眼睛，一身褐色的衣服，说话的口音又重又奇怪。"

"噢，"塞伯斯坦笑着想，"这位小姐的麻烦还没结束。"于是，他让男孩儿进来，说："我知道了。跟我来，在这里等，我叫你你再进去。记住，夫人很喜欢音乐，你一进屋就摇动风琴。"塞伯斯坦在书房的门上敲了敲，就听见有人说："进来。""一个男孩儿非要见克莱拉小姐。"塞伯斯坦清楚地说。

克莱拉既意外又感到非常高兴。

"让他快进来，"克莱拉回答，"得让他进来，不是吗？"她望着老师补充了一句，"要是他特别想见我的话。"

男孩儿走进了书房，并且很听话地一进门就拉起了手摇风琴。这时，弗罗兰·劳顿米尔因为讨厌 ABC，已经回到了餐厅。琴声使她停下脚步，仔细听着。是外面大街上传来的？可是为什么听上去那么近呢?！但不可能有人在书房里弹琴啊！然而又千真万确是从书房里传来的。她跑到餐厅的那一头，使劲儿把门推开，她简直不能相信自己的眼睛，在书房的正中央，站着一个衣衫褴褛的男孩儿，正使劲儿摇他的风琴。老师好像在拼命说话，但根本听不到，两个女孩子正听音乐听得眉飞色舞。

"出去！快出去！"弗罗兰·劳顿米尔叫道，但音乐比她的声音更大。她向男孩儿冲过去时，注意到了她脚边的地上有个什么东西在爬着——黑色的很可怕的——乌龟！她吓得跳了起来，她很多年都没跳过这么高了。她歇斯底里地尖叫着："塞伯斯坦！塞伯斯坦！"

演奏突然停了下来，因为她的声音比琴声还尖。塞伯斯坦在门外笑弯了腰，他一直观察着屋里的情况。等他走进屋的时候，弗罗兰·劳顿米尔已经吓瘫在椅子上了。

"快把他们赶走，两个都是！把他们扔出去！"她命令道。

塞伯斯坦把男孩儿拽出去，男孩儿赶紧拿起自己的乌龟。到了外面，塞伯斯坦把什么东西往男孩儿手里塞："这四个便士是克莱拉小姐欠你的，这四个便士是为你好听的音乐！"说完关上了大门。

书房里又平静下来，继续上课。弗罗兰·劳顿米尔重新在书房坐定，以防止再发生类似的可怕事件。

但是不一会儿门又被敲开，又是塞伯斯坦。他说有人送来一只大篮子并嘱咐要立刻交给克莱拉小姐。

"给我？"克莱拉惊喜而又很奇怪地说，"是什么？快拿进来给我。"

塞伯斯坦把一只有盖的大篮子拿进来，退了出去。

"我想打开篮子之前我们最好先讲课。"弗罗兰·劳顿米尔说。

里面是什么克莱拉想不出，她心里痒痒的，时不时地望一眼，根本没注意听讲。后来她实在忍不住了，就突然跟老师说："我可不可以待会儿再上课，哪怕就看一眼？"

"有些原因让我觉得可以，另一些原因让我反对，"他回答，

"同意，是因为你的注意力都在篮子上——"但他的话没能说完就停住了，因为篮子上的盖布没盖严，只见一只、两只、三只，又有好几只小猫突然滚落到地上，四处乱跑。它们动作敏捷，好像整个屋子里都是小猫。它们蹦到老师的靴子上，咬他的裤腿；爬上弗罗兰·劳顿米尔的衣服上，围着她的脚转着；还跳到克莱拉的轮椅上，又抓又挠，喵喵地叫，屋子里乱成一团。这把克莱拉高兴坏了，她欣赏着它们蹦跳翻滚，还一直喊："啊！小家伙们多可爱！它们真漂亮！看！海蒂，看这只，快看那边那只！"海蒂兴奋地追着小猫满屋乱跑，老师手足无措地站在桌子旁边，一会儿抬右脚，一会儿又抬左脚，因为小猫在挠他。弗罗兰·劳顿米尔被吓得连话都说不出了，也不敢从椅子上站起来，生怕这些小恶魔会扑到她身上。最后，她终于放声大喊："蒂耐特！蒂耐特！塞伯斯坦！塞伯斯坦！"

两人赶紧过来把小猫抓住，放回篮子里去，带着它们去找先来的那两只了。

今天当然更没有机会打哈欠了。晚上，弗罗兰·劳顿米尔终于平静下来后，把两个仆人叫了过来，仔细地调查了前因后果，发现这些祸都是海蒂闯的，都是她前一天出走的恶果。女管家脸色发白，气得简直说不出话来。然后，她摆摆手让蒂耐特和塞伯斯坦离开，转向海蒂，她正站在轮椅旁，并没发现自己有什么过错。女管家严厉地说："阿得蕾德，我认为也许只有把你关到一间到处是老鼠和黑甲虫的地窖里，才能让你发现自己做的是错的。你简直就是个小野人，必须好好教训你一顿，看你还敢不敢。"

海蒂默不作声，她有点儿好奇女管家描述的这种地窖是什么样子的。她爷爷的地窖是用来储藏新鲜奶酪和羊奶的，很美，很吸引人，她根本没见过老鼠和黑甲虫。

但是，女管家的话被克莱拉伤心地打断了："不！不！弗罗兰·劳顿米尔，这个需要爸爸回来后由他决定。他来信说他就要回来了，他听我解释了事情的经过后，会决定如何处置海蒂。"

克莱拉的权威弗罗兰·劳顿米尔是不敢违背的，特别是她爸爸确实快回来了。她站起来，很不愉快地说："好吧！克莱拉，你说这么办就这么办吧。但我需要跟赫·塞斯曼先生谈一谈。"说完她就走了出去。

两天过去了，并没再发生什么事。但弗罗兰·劳顿米尔却完全不能平静下来，她总觉得海蒂在嘲弄她，她觉得自从海蒂来到这个家后，所有事情都乱成了一团，她怎么也理不出头绪。克莱拉变得很开心，她再也不用忍着难熬的哈欠了，因为海蒂总会弄出些稀奇古怪的事。那些字母海蒂全弄混了，她好像永远也学不会，只要老师暗示她按字母的不同形状来记，比如说这个像个小号角，那个像鸟嘴，她就高兴地喊起来："这是一只山羊!""那是只吃肉的鸟!"她只能按老师的比喻想出画面，字母还是记不住。每天傍晚，海蒂总是坐在克莱拉身边，没完没了地给她描绘大山和山上的生活。讲着讲着，她就非常想回家去，她每次都以这句话结尾："明天我一定得走了! 我必须回家去了!"但克莱拉每次都安慰她说等爸爸回来就有办法了。而每次听到这句话，海蒂都能重新恢复精神，因为有一个隐秘的原因，在这儿多待一天，奶奶就能多得到两卷白面包，这样她就会高兴起来。每天午餐和晚餐，她都把自己盘子旁边的白面包放到口袋里。她舍不得自己吃，因为她知道黑面包太硬了，奶奶嚼不动。每天午饭后，海蒂都得一个人在屋里寂寞地待几个小时，她不敢出去，她知道在法兰克福不能像在山上那样到处乱跑。她也不能跟塞伯斯坦在餐厅里说说话，至于蒂耐特，她一直躲着她，根本不愿理她，海蒂发现她总是用轻蔑的目光看别人，说话时总是挖苦人。这样，海蒂坐在屋里想象家里的景色用了大部分时间：现在绿色覆盖了大地，黄灿灿的山花盛开在阳光下，所有的一切都享受着明媚的阳光——雪，岩石，还有那整个山谷，海蒂简直没法再忍受想回家的欲望了。迪蒂跟她说，她想什么时候回去就什么时候回去，所以有一天，她觉得再也忍受不了了，就急急忙忙用自己的红披肩把白面包包好，戴上草帽下楼去。可她刚走到大厅门口，就遇到了刚从外面散步回来的弗罗兰·劳顿米尔。海蒂也就没回成家。

弗罗兰·劳顿米尔很吃惊，她在那儿打量着海蒂，尤其注意到了她背着的红包袱。她开口了："你怎么这么打扮? 这像什么样子? 我不是已经不许你上街乱跑了吗? 可你又准备出去了，还打扮得像个小乞丐。"

"我不是要到处乱跑，我要回家。"海蒂很害怕。

"你说什么? 回家? 你想回家?"弗罗兰·劳顿米尔被激怒了，

尖叫起来，"就这个样子跑回去！要让赫·塞斯曼先生知道了，他会怎么说呢?！千万不能让他知道！再有，我倒要问问你，这里有什么不好？你得到的远远多于你应得的！你缺过什么吗？你以前住过这样的房子吗？还有那么多人伺候着，你享过这个福吗？"

"没有。"海蒂回答。

"我认为也是，"女管家火冒三丈，"你在这里什么都不缺，却恩将仇报，就是因为太娇惯你了。你整天无事可干，就知道调皮捣乱！"

这时，海蒂也激动起来，她把苦水一股脑儿吐出来："我就是想回家。我离开家太久了，小雪花会抱怨，奶奶也在等我，因为我不能给彼得奶酪吃，格林芬奇又该挨打了。再说，我到这里没有太阳跟大山告别。要是大鸟飞到法兰克福，它肯定会叫得更响，嘲笑这里的人们都挤在一起，不干好事，山上比这里好多了，但人们就是不肯去。"

"愿上帝饶恕我们，这孩子疯了，"弗罗兰·劳顿米尔惊恐地叫着往楼上跑去，迎面撞上塞伯斯坦，就对他说起来："赶紧把那个可怜的小东西弄进来。"她吩咐，同时揉揉撞疼了的前额。

塞伯斯坦赶紧一边照办，一边忙着揉自己的头，他撞得更疼更厉害。

海蒂一动不动，她气得浑身直抖，眼睛冒火。

"怎么了？又闯祸了？"塞伯斯坦愉快地问，当他走近看着海蒂，见她站着不动，就好心地安慰地拍拍她的肩，"好了，好了，别去理她。开心起来，那才对呢！她差点儿撞破了我的头，但欺负你可不行。"海蒂还是没动，他就接着说，"她让你回去，我们回去吧。"

海蒂开始上楼梯了，但跟平时很不一样，慢得简直是在爬。她这么伤心让塞伯斯坦很难过。他在身后一直鼓励着："别灰心！别让她扫了你的兴！勇敢一点儿！我们这位小姐特别懂事，到这儿来还没哭过呢，同龄的孩子哪个不是每天又哭又闹。那些小猫现在过得很舒服很开心，发了疯似的跳来跳去。待会儿等弗罗兰出去了，我们去看看好不好？"

海蒂点点头，但是并没打起精神，这刺痛了塞伯斯坦的心，海蒂慢慢走向自己的房间，他就一直用怜悯的目光望着。

那天晚餐时，弗罗兰·劳顿米尔沉默着，不时地用眼睛扫一下海蒂，好像以为她会突然爆发。但海蒂坐在那儿，只是忙着把白面包塞到自己口袋里，一口也没吃。

第二天上午，弗罗兰·劳顿米尔在老师刚来的时候悄悄把他拉到一边，说自己担心海蒂，因为空气的变化、新的生活方式和不熟悉的环境而脑袋出了问题，并给他讲述了前一天发生的事和海蒂说的怪话。但老师让她不用大惊小怪，他认为这孩子确实有点儿怪，但并非脑子有毛病，经过细心照料和教育，他很有信心她会恢复心理健康的，而他正为此努力。听说了这件事，又想到她一直学不会认字母，更加坚定了老师的想法：海蒂好像根本不能理解这些字母。

弗罗兰·劳顿米尔从老师那儿得到许多安慰，就让他上课去了。下午，弗罗兰·劳顿米尔突然又想起昨天海蒂打扮得像一个小乞丐一样，她决定用克莱拉的一些衣服，把海蒂好好打扮起来，好让赫·塞斯曼回家看到她像模像样。她告诉克莱拉这个想法，克莱拉非常支持，自己的衣服送多少给海蒂都行。于是，女管家就上楼去收拾小姐的衣服，该留的留着，该扔的扔掉。但她很快就一脸惊恐地回来了。

"阿得蕾德，看我在你衣柜里找到了什么！"她喊道，"这种事我从来没听过！阿得蕾德，衣柜是用来放衣服的，我居然在里面发现了一堆面包！简直不能相信！把面包放到衣柜里！一大堆！蒂耐特，"她叫那个正在餐厅里的年轻女仆，"上楼去把阿得蕾德衣柜里的面包扔掉，还有桌子上的破草帽。"

"不行！不行！"海蒂叫起来，"那顶草帽我必须留着，面包是要拿回去给奶奶的！"说着，她向蒂耐特冲过去，弗罗兰·劳顿米尔却抓住了她。"你哪儿也不许去，那些面包和垃圾赶紧处理掉。"她说得很强硬，并使劲儿抓住孩子，不让她跑过去。

海蒂绝望地猛扑到克莱拉的轮椅上，号啕大哭起来，声音越来越大，越来越伤心："没了！奶奶的面包！那都是给奶奶攒的，现在都没了，奶奶一个都吃不上了！"她非常悲痛地哭着，简直心都要碎了。弗罗兰·劳顿米尔转身出了门。克莱拉既伤心又惊恐地看着她哭。"海蒂！海蒂！"她恳求着，"别那么哭了，求你！听我说，别那么伤心。面包你还会有的，我向你保证，甚至更多，都是新鲜的，等你回家的时候给奶奶带去。你攒的面包到那时会变硬变味的。来，海蒂，别哭了。"

海蒂抽泣了好久，克莱拉的许诺是个小小的安慰，不然她根本没办法停下来。但为了弄清楚这话确实可信，她一直哽咽着问克莱拉："你会给我……同样多的……面包，让我……送给奶奶吗？"克莱拉保证了很多次肯定会一样多。"或者更多，"她补充说，"只要你高兴。"

晚餐的时候，海蒂来了，眼睛哭得又红又肿，看到桌上的白面包，她又禁不住哽咽起来。但她努力克制住，因为她知道在餐桌上要保持安静。那天晚上，每当海蒂望见塞伯斯坦，他都做出各种奇怪的手势，指指自己的头，又指指海蒂的，还不时点点头，好像说："没事了！我都帮你弄妥了。"

晚上海蒂上床睡觉的时候，在自己的床单下面发现了那个旧草帽。她高兴极了，于是把它弄成一团后用手绢包起来，塞到了衣柜角落的最里边。

是塞伯斯坦帮她藏起来的，他一直听着女管家和海蒂的对话，于是他就跟着蒂耐特，当她从海蒂的房间出来准备处理面包和草帽的时候，塞伯斯坦走过去取过草帽说："这破玩意儿给我吧。"他非常高兴能帮海蒂把草帽留住。在吃晚饭时，他跟海蒂打的鼓励的手势，说的就是这件事。

9. 赫·塞斯曼听到了新鲜事

没过几天，赫·塞斯曼家就开始乱了起来，人们不断地忙上忙下。主人回家了，塞伯斯坦和蒂耐特忙着将箱子搬到楼上去，赫·塞斯曼每回回来都会带很多好玩的东西。他下车做的第一件事就是去看看自己的女儿。这时海蒂正坐在克莱拉身边，因为天就要黑了，通常每天这时候她们都会在一起。父女俩见面，非常亲切。在热烈的问候之后，他把手伸到躲在角落里的海蒂面前，友好地说："这肯定就是那位来自瑞士的小姑娘了，来，和我握握手吧。对，就是这样！告诉我，你们两个相处得好吗？你和克莱拉是不是经常互相生气、吵架，然后大哭一场后握手言和，不多久又开始吵架呢？"

"克莱拉一直对我很好。"海蒂说。

"海蒂从没和我吵过架。"克莱拉很快补充道。

"不错，这令我很高兴。"她爸爸一边站起身，一边说，"抱歉，克莱拉，我得吃饭了。这一整天我还没吃什么饭呢。吃完饭，我再带你看我带回来的东西。"

他见弗罗兰·劳顿米尔正在餐厅里指挥着准备饭菜，就去餐桌旁坐了下来，女管家坐在了对面，她看起来好像遇上了极大的不幸，赫·塞斯曼就问："弗罗兰·劳顿米尔，有什么事吗？你脸上的表情好吓人，怎么了？克莱拉还挺开心的。"

"赫·塞斯曼，"女管家沉痛地说，"关于克莱拉这件事，我们被人骗惨了。"

"真的吗？怎么了？"赫·塞斯曼喝着酒平静地问。

"您还记得吧，当初我们决定给克莱拉找个玩伴儿，我知道您想找的女孩儿是那种有教养的、举止文雅的，我想也许瑞士女孩儿更适合。因为书里写着，瑞士人生长呼吸的都是山里的空气，从不碰土地。"

"我认为任何孩子都要接触土地，即使她是瑞士孩子，因为她总得去什么地方吧。"赫·塞斯曼不太相信，"不然，就是他们长翅膀了。"

"唉，赫·塞斯曼，您明白我的意思。"弗罗兰·劳顿米尔继续说，"我说的是，一个人习惯了高山上与世隔绝的生活，她对我们来说，就像是从另一个世界来的生灵，太理想化了。"

"那么，弗罗兰·劳顿米尔，这跟我的克莱拉有什么关系呢？"

"这不是玩笑，赫·塞斯曼，事情比您想象的要严重得多。我很意外自己很丢脸地被人骗了。"

"但是到底发生了什么呢？怎么意外和丢脸了？我看那孩子不错嘛！"赫·塞斯曼还是很平静。

"主要是您不知道她都干了什么。您要是知道她趁您不在时往家里带的人和动物就明白了！老师会详细告诉您的。"

"动物？弗罗兰·劳顿米尔，'动物'这个词怎么说？"

"无法理解。这孩子的脑子肯定有问题，不然别人不可能理解不了她的行为。"

赫·塞斯曼到现在都没往心里去——但"头脑有问题"却引起了他的重视。这一点很严重，而且会危害到自己的孩子，他仔细地观察着女管家，想先看清她的脑子是否健全。这时，门开了，老师走了进来。

"啊，您来得正好！"赫·塞斯曼喊道，"您可以解释清楚这件事，快请坐。"他把手伸向老师，接着说，"陪我喝杯咖啡吧！这可不是什么礼仪，我保证！现在请您告诉我，我女儿那个朋友出了什么事？我听说她竟然带了动物回家，发生什么事了？她头脑正常吗？"

老师认为自己应该对赫·塞斯曼表示欢迎，并说明自己特意来就是为了这件事，赫·塞斯曼却要他马上讲海蒂的事给他听。于是，老师像往常一样说："要是一定要我对这个女孩发表评论，有一点我要声明，那就是即使她在某一方面有欠缺，不管是因为抚养者对启蒙教育的疏忽，还是由于她在与世隔绝的山上生活所导致，都不能对这一面绝对否定；相反，这种生活也是有好处的，如果没有超越特定时间界限的允许——"

"朋友，"赫·塞斯曼把他的话打断了，"不要想得那么复杂。

我只是想知道您对这孩子把动物带回家这件事怎么看，您觉得她适不适合继续和我女儿做伴？"

"我一点儿也不希望您对她产生偏见，"老师又开始了，"她在社会生活方面缺乏经验显然是由于在来法兰克福之前未开化的生活导致的，但是另一方面，她具有某些很好的品质，总之——"

"抱歉，亲爱的先生，别为难自己，但是我需要——我想女儿肯定在等我。"说完，赫·塞斯曼赶紧走掉了，并没打算回来。他到女儿旁边坐下，转向赶紧站起来的海蒂说："小家伙，帮我拿点儿——"他说着停了一下，想不出有什么好拿的，但他希望孩子出去一下，就接着说，"给我拿——拿杯水。"

"新鲜的水吗？"海蒂问。

"对——对，如果你能弄到的话。"他回答。海蒂立刻跑了出去。

"小克莱拉，亲爱的，"他说着把自己的椅子拉得更近些，并握着她的手，"现在请你清楚并理智地回答我的问题：你的小朋友带回来的是什么动物？为什么弗罗兰·劳顿米尔觉得她脑子有问题？"

对克莱拉来说这两个问题并不困难，不管那位受了惊吓的夫人如何认为她说话很粗鲁，但克莱拉知道她的话是什么意思。她详细地把乌龟和小猫的故事讲给爸爸听，对弗罗兰·劳顿米尔受惊吓那天海蒂说过的话也解释了一遍。听女儿解释完，赫·塞斯曼开心地大笑起来。"这么说你不希望我送这孩子回家了，"他说，"她在这儿使你厌烦吗？"

"不烦，不烦，"克莱拉叫着，"别让她走。自从海蒂来了后，时间就不那么难熬了，每天都有新鲜事，之前过得太无聊了。她讲的事情总是那么有趣。"

"那就没问题了——你的小伙伴来了。拿来了吗，新鲜的水？"海蒂把杯子递过去的时候，他问。

"嗯，刚用水泵压出来的。"海蒂回答。

"你不是亲自去压水了吧？"克莱拉问。

"是的，我去了，水很新鲜。我走得有点儿远，因为第一个水泵那儿有很多人，我就继续沿着大街往前走，但第二个水泵人也一样多。这杯水是在另外一条街的水泵打的，那儿有一位白发绅士还让我替他向赫·塞斯曼先生问好。"

"这么说你的历险很成功呢，"赫·塞斯曼笑了，"那位绅士是谁?"

"他路过时停下来对我说:'你这杯子能借我喝口水吗?这水是给谁弄的啊?'我说:'给赫·塞斯曼。'他听了就大笑起来，然后让我帮他带那个口信，他还说希望您喜欢喝这水。"

"啊，这么美好的祝愿是谁给我的呢?——告诉我，他是什么样子。"赫·塞斯曼说。

"他很慈祥，还爱笑，有一条很粗的金链子，上面吊着一个金坠，金坠上镶着的红宝石很大，有个马头在他手杖顶端。"

"原来是医生——我的老朋友。"克莱拉和她爸爸都叫起来。赫·塞斯曼先生想到他的这位医生朋友会怎样看待他让小女孩用杯子打水这件事，便禁不住笑起来。

那天晚上，弗罗兰·劳顿米尔单独向赫·塞斯曼回报家务的时候，他说他要把海蒂留下，因为孩子的头脑很健全，克莱拉也很喜欢她。"所以，我希望，"他加重了语气，"在每个方面这孩子都要得到善待。她只是很特别，但不是有毛病。如果你认为你实在受不了她，我还有别人可以指望，因为我母亲马上要来这儿长住，你知道不论别人什么样，她都能合得来。"

"是的，我知道。"弗罗兰·劳顿米尔回答，但即使知道帮手马上就来，她也并没有感到轻松。

赫·塞斯曼没在家多待，不到两周就又去巴黎了。克莱拉很难过，她很想让爸爸多留几天。赫·塞斯曼安慰她说还有几天奶奶就来了。没错，赫·塞斯曼离开不久，福蕾·塞斯曼就来信了，说她第二天就到，预计几点到，让人们派车去车站接她。克莱拉高兴极了，那天晚上，她说了许多关于奶奶的事，弄得海蒂也开始称她"奶奶"了，惹得弗罗兰·劳顿米尔直翻白眼，但海蒂并没放在心上，因为这种态度她已经习惯了。但那天晚上她准备回自己房间的时候，弗罗兰·劳顿米尔把她带到了自己的房间，严厉地命令她称呼福蕾·塞斯曼时要符合规矩，不准叫"奶奶"，只能称"太太"。"你知道了吗?"女管家发现海蒂神色迷茫，就问她。海蒂并不理解，但是看到女管家严厉的表情，也就不敢要求她解释了。

10. 又一个奶奶

第二天晚上，克莱拉家是一片忙碌的景象，大家都在热烈地期待着，并紧张地准备着。很明显就可以看出，即将要来的这位老太太德高望重，受到大家的尊敬。蒂耐特头上还特意戴了一顶白色的新帽子，塞伯斯坦忙着搜集一大堆脚凳，并把它们分别摆在恰当的地方，以使老太太无论坐在哪里，都可以将脚放在上面。弗罗兰·劳顿米尔昂首挺胸，穿过各个房间，一直威严地对这一切进行监督，就像在向大家宣告，尽管马上就要有一个和自己权力相当的竞争对手，但她的权威依然不会被削弱。

这时，门外有一辆四轮马车停了下来，蒂耐特和塞伯斯坦忙跑下楼去，女管家迈着缓慢而稳重的步伐跟了上去，以端庄的姿态和老太太问好。小海蒂被命令待在自己的屋子里，除非有人叫她，否则不能随便出门，因为老太太也许想首先去看克莱拉，和她单独待一会儿。海蒂坐在屋子的一角，嘴里反复念叨着她对奶奶的称呼。可没坐多久，蒂耐特突然开门伸进脑袋，像往常一样粗暴地对海蒂说："下楼去书房。"

海蒂不敢再问自己为什么要这样称呼老太太，她觉得女管家肯定弄错了，名字就是用来被别人称呼的呀。她把书房的门打开的时候，听到一个和蔼的声音说："啊，这孩子来了！快到我这儿来，让我仔细看看你。"

海蒂走过去，很精神地向她问候："晚上好！"然后听从女管家的吩咐叫她"太太"。

"哈哈！"老太太笑了，"你原来在山上住的时候，别人是这么叫的吗？"

"不，"海蒂回答得很正式，"我以前从没听过别人这么叫。"

"我也没听过，"老太太轻轻拍拍海蒂的脸，笑着说，"没事儿！孩子们总是叫我'奶奶'，这么叫你忘不了吧？"

"不会忘的，"海蒂表示肯定，"我在家也这么称呼别人。"

"我明白了。"奶奶点点头说，她很高兴。她认真观察了海蒂一会儿，若有所思地再次点了点头。海蒂也一直望着她，有一种温柔和蔼的东西从新来的老太太身上散发出来，很让海蒂愉快，她着迷地看着，几乎挪不开自己的目光了。老太太的银发很漂亮，帽子的缎带长长地从两边垂下来，随着她的动作轻轻摇摆。好像有微风吹过，这一点使海蒂觉得很舒畅。

"你叫什么名字，孩子？"奶奶问。

"别人一直叫我海蒂，但在这里我叫阿得蕾德，我会留神记住——"海蒂突然停下来，因为她还没有习惯这个名字，认为这是她做得不对。有时弗罗兰·劳顿米尔会用这个名字叫她，她总是反应不过来。这时，女管家进了房间。

"我想福蕾·塞斯曼会与我的意见相同，"她说，"我们有必要选择一个容易叫的名字，哪怕只为了仆人。"

"尊敬的劳顿米尔，"福蕾·塞斯曼回答，"要是一个人名字叫海蒂，而且她对这个称呼已习惯了，那么我就只称呼她海蒂，就这么定了。"

老太太对她只称呼姓，弗罗兰·劳顿米尔因为这件事很窝火，但是窝火也无济于事，因为老太太我行我素，不偏听偏信。更不用说老太太聪颖敏锐，洞察力强，她只要一走进屋就知道有什么事发生。

第二天吃过午餐，克莱拉像往常一样躺在轮椅上，奶奶在旁边坐着，闭了会儿眼睛，然后站起来，精神很好地走进餐厅。那儿没人。"睡着了吧，我想。"她一边想一边去了弗罗兰·劳顿米尔的房间，随即敲门。等了一会儿，弗罗兰·劳顿米尔才开门，见到是老太太，她很吃惊。

"那孩子在哪儿？在干什么？我是专门来找她的。"福蕾·塞斯曼说。

"在她自己的房间里呢。在那儿，她为了不让自己闲着总会想出办法，可是福蕾·塞斯曼，您根本理解不了她想的和她做的那些疯狂的事，在文明社会里我简直不好意思说。"

"跟你说吧，如果是我，我也会那么做。如果那样的话，不知你好不好意思在文明社会里说！我给她带来了几本好书，把那个孩子叫到我房间。"

"那真是令人遗憾，"弗罗兰·劳顿米尔的手势表示无奈，说，"给她书有什么用？来了这么长时间，她连 ABC 都没学会，最基础的东西根本学不会，这一点老师更清楚。要不是这位老师的耐心如天使一般，他早就放弃她了。"

"真奇怪，"福蕾·塞斯曼说，"我看那孩子不像是那种连字母都学不会的人啊。不管怎么说，叫她来吧，至少看到书里的图画她会很愉快。"

没等弗罗兰·劳顿米尔说完，老太太已经快步朝自己房间走去了，她很吃惊海蒂竟然学不会字母，她决定弄清事实真相，但她不想去问老师，尽管她很尊敬这位正直的老师。她打招呼时总是很友好，交谈却尽量避免，因为她有点厌烦老师的谈话方式。

海蒂来了，老太太拿了书给她看，她眼睛顿时亮了起来，又高兴又兴奋地望着这些漂亮的、色彩斑斓的图画。老太太翻到下一页的时候，孩子突然哭了。她看图时先是很兴奋，然后眼泪就开始往下掉，最后甚至开始抽噎。老太太看了看图画——那上面画了一个绿色牧场，里面有好多小动物，有的在吃草，有的在啃咬着树丛。中间是个牧羊人，拄着棍子，看着一群山羊活蹦乱跳。整个画面都被夕阳的余晖笼罩，太阳刚刚躲到水平线上。

老太太握住海蒂的手很慈祥地说："好孩子，别哭，你肯定是因为这幅图想起了什么。可是，你看，这幅图讲了一个动人的故事，今天晚上我就给你讲。书里好听的故事还有好多好多，值得我们反复阅读。现在咱俩得先谈谈，快别哭了，来我这儿，那样我能看得清楚些。好了，打起精神来。"

但是，海蒂的伤心劲儿持续了一段时间，老太太等了一会儿，让她慢慢平静下来，还逗着她说："行了，这下好了，咱们又开心起来了。"

看到海蒂终于不再哭了，她就说："来，告诉我你学习学得怎么样？那些课程喜欢吗？是不是学到了许多东西？"

"不太好，"海蒂叹息一声，"但我早知道我根本学不会。"

"什么根本学不会？"

"读书太难了。"

"别那么说！谁说的？"

"彼得告诉我的。他很了解这件事，因为他一遍一遍地学，但就是学不会。"

"彼得肯定是个很怪的孩子！可是，听我说，海蒂，我们要自己尝试，不能全听彼得的。我敢说你根本没注意听老师教你的字母。"

"再怎么认真也没用。"海蒂说，那语气像是痛苦得无药可救。

"听我说，"老太太继续说，"你相信了彼得说的，所以你没学会字母。现在我要你相信我说的——别的孩子用一小会儿就能记住，我认为你也能做到，你跟彼得不一样。接着听我说——你看那张有牧羊人和山羊的图画——你只要学会读书，我就把书送给你，你就可以知道那上面的羊群都发生了什么事，牧羊人都做了什么，在他身上发生了什么故事，你就可以自己读故事了。你一定想知道，是不是？"

海蒂听老太太说着，表情显得很渴望，然后叹了口气大声说："我现在真希望我会读书！"

"你会学得很快的，我能看出来。现在咱们带着书去找克莱拉。"于是，两人牵着手下楼回到了书房。

最近海蒂的变化很大。自从那天弗罗兰·劳顿米尔把要回家的她拦住，并且责骂她，说这样跑回去是可恶的、忘恩负义的，还说不能让赫·塞斯曼先生知道这件事；海蒂终于明白过来，她的姨妈迪蒂说她想什么时候回去都可以其实是骗她的，她以后都要住在法兰克福，住一辈子也有可能。她还明白如果自己想回家，赫·塞斯曼先生肯定会觉得她忘恩负义，她认为奶奶和克莱拉应该也会这么想。因此，她不能告诉任何人她想回家，无论如何不能因为这件事而让和善的奶奶变得像弗罗兰·劳顿米尔那样凶狠、暴躁。但这负担压得她幼小的心灵越来越沉重，她吃不下饭，脸色也不好，晚上翻来覆去一直睡不着，因为一旦屋子里就剩下她一个人，眼前就浮现出一幅生动的图画：高山、阳光、鲜花。好不容易睡着了，又梦见被夕阳映得红彤彤的岩石和雪地，早晨醒来，她都会以为自己在山上的家里，正准备起来出去跑跳，然后就发现自己睡在大床上，想起自己是在远离家乡的法兰克福。海蒂经常把脸埋在枕头里，长时间地无声哭泣，生怕别人听见。

海蒂情绪低落，老太太一直看在眼里，她连续观察了好几天，看这孩子是不是能甩掉愁容，愉快起来。但事情没有出现转机，一连几个早晨，海蒂很明显在下楼前哭过。一天，她叫海蒂来自己房间里，把她拉到面前问："告诉我，海蒂，你遇到什么困难了吗？"

但海蒂很害怕老太太说她忘恩负义，不再喜欢她了，就回答："我不能告诉您。"

"克莱拉也不能告诉吗？"

"不行，不能告诉任何人。"海蒂语气很坚决，脸上却露出了十分痛苦的表情，老太太觉得她很可怜。

"好孩子，那么我告诉你该做些什么：你知道，当我们有了困难，却又不能跟任何人说的时候，我们就应该祈祷，请求上帝帮忙，他能让我们远离痛苦。你知道吗？每天晚上，你就向天堂中的上帝祈祷，向他表示感谢，然后请求他帮你远离罪恶，你这样做过吗？"

"不，我从没祈祷过。"海蒂回答。

"海蒂，有人教过你怎么做祈祷吗？你还不知道什么是祈祷吧？"

"山上的奶奶以前带我做过祈祷，但那都是很早之前了，我早都忘了。"

"海蒂，这就是为什么你会闷闷不乐了，因为你不知道从谁那儿得到帮助。每当你悲伤的时候，都可以去告诉上帝，他会帮助你的，别人谁也做不到，这是多么让人高兴的事啊！而且他有能力帮助我们，他会做一切使我们高兴起来的事情。"

海蒂眼里闪过一丝喜悦："所有的一切事情，我都能告诉他吗？"

"能的，海蒂，任何事情。"

海蒂把手从老太太温柔体贴的手心里抽了出来，急急地说："我可以走了吗？"

"当然可以。"老太太回答。海蒂立刻就跑回了自己的房间，坐在一张凳子上，交叉双手，把所有使她忧伤的事都告诉了上帝，并求他帮助自己尽快回到爷爷身边。

大概一周之后，老师请求拜访福蕾·塞斯曼，因为他有一件很不寻常的事要汇报。于是，老太太就邀请他来自己的房间，他进门时她还伸手问候他，还把一张椅子拖到他面前，说："见到您非常高兴，请坐下来说说吧。我希望不是坏消息或者抱怨什么的。"

"恰恰相反，"老师说，"对于发生的这件事，本来我已经放弃了希望，了解内情的人也绝对想象不到。因为根据所有的期望来说，除非奇迹出现，但它却发生了，而且又那么不同寻常，完全与所有的预料相反——""海蒂学会识字了吗？"福蕾·塞斯曼打断了他说。老师有些惊讶，一下子没说出话来，半天才又开口道："这实在是件奇妙的事，不仅是因为不管我以前如何费尽苦心地解释她都学不会 ABC，而且更因为她那么快就学会了。我已经决心放弃去做一切不切实际的事，不再解释那字母的来源和意义，只是把它们摆到她面前，可她却正如您所说，一夜之间她把字母都学会了，并且一上来就可以读得很标准，根本不像刚学会的人。而同样令我吃惊的是您竟然一下子就猜到发生了什么不可思议的事。"

"生活中总是发生许多看似不可能发生的事，"福蕾·塞斯曼高兴地笑着说，"两件事同时发生有时产生的效果会很理想，比如这新的学习热情和教学方法，这些会有助于学习的。这孩子的开端很不错，我们只能为她高兴并为她取得更大进步而祝福。"

老师走后，她又亲自到书房去证实这个好消息。正好看到海蒂大声地朗读给克莱拉听，她自己显然也很吃惊，并越来越着迷于新展开的世界：那黑色的字母有了生命，成了人、事物和令人激动的故事。那天晚上，海蒂坐到餐桌旁，发现放在自己盘子上的正是那本带有漂亮图画的大书，她用询问的目光看着老太太，老太太和蔼地点点头，说："对，送给你了。"

"我的，那我可以一直留着它吗？甚至我回家也能留着它吗？"海蒂问，脸因为高兴而涨得通红。

"当然可以，它永远都是你的，"老太太肯定地说，"明天咱们就开始读这本书。"

"但你还不能回家，海蒂，还有好多年，"克莱拉说，"奶奶走了，你还要继续陪着我呢。"

那天晚上上床睡觉前，海蒂又捧起书看了一眼。从那时起，她的欢乐就是一遍一遍地读这本书里配着漂亮插图的那些故事。晚上大家在一起坐着的时候，如果老太太说："现在咱们听海蒂读书吧。"她就会开心起来，因为对她来说读书已经不那么困难了，大声朗读着，那些情景会变得更加漂亮、逼真，老太太还会进一步地给她解释。

小海蒂最喜欢的一幅画，还是那一幅绿色牧场的图画，画面中有一个牧羊人拿着鞭子在中间，羊群在吃草。因为那时牧羊人是在自己家里每天开心地帮父亲照顾着羊群。第二幅图画说的是他离开了父亲和家，流落到很远的地方给人看猪，每天只能吃一些残羹剩饭，脸色变得惨白，人也变得瘦骨嶙峋，就连画面中的太阳都不像之前那么金光灿灿了，蒙上了一层灰色。第三幅图画是这个故事的结局：画面上年老的父亲张开双臂从房子里跑了出来，拥抱了儿子并欢迎他，儿子忏悔着，胆怯地往前挪动着脚步，瘦弱的身体上穿着破破烂烂的衣服。海蒂最爱读这个故事：有时大声，有时小声，一遍一遍地不厌其烦，她还总愿意听老太太给她和克莱拉讲解。除了这个故事之外，书里还有很多其他故事。就这样读着故事、看着图画，日子过得很快，不久老太太就决定要动身回家了。

11. 海蒂的得与失

老太太住在这里的期间，每天吃过午饭后，都要去看看正在休息的克莱拉，并且她会在那儿坐几分钟。这时弗罗兰·劳顿米尔应该也在休息，所以她会在自己的屋子里待着。然而老太太在那也只待五分钟，接着她会站起身，告诉海蒂让她去自己的房间。在那儿，她会和海蒂聊天，想出各种办法调动她的情绪，从不让她觉得无聊。老太太有很多漂亮的布娃娃，她会教海蒂怎样给娃娃做衣服和围裙，于是，海蒂在不知不觉中学会了缝纫。她用五颜六色的碎布头给娃娃做了很多美丽的衣裳，那些都是老太太不用的碎布。老太太还喜欢听她念书，至于海蒂，她也很开心，因为每当她多读一遍那些书，她就越喜欢书里面的故事，她仿佛已经变成书里的一分子了，故事中的人物也都变成了她最好的朋友，每次和他们在一起，海蒂都会变得非常开心。尽管如此，但是海蒂的内心深处却并没有真正快乐过，她那明亮的眼睛已失去了光彩。老太太留在这里的时间只有一个星期了，一天午餐过后，老太太又像往常一样让海蒂来她的房间。当海蒂胳膊下夹着书走进来时，老太太让她走近点儿，放下书说："过来孩子，可以告诉我你在为什么事不开心吗？还在烦心同一件事吗？"

"是的，"海蒂点点头回答说。

"你告诉上帝了吗？"

"告诉了。"

"你有没有每天祈祷，求上帝帮助你渡过困难，重新高兴起来呢？"

"没有，祈祷我都不做了。"

"不许那么说，海蒂！你为什么不祈祷了？"

"没有用，上帝不会听的，"海蒂有些生气了，"我知道，在法兰克福，每天晚上向上帝祈祷的有那么多人，他根本听不过来，他一定是没有注意到我。"

"海蒂，你怎么能肯定？"

"因为我好几个星期每天都在祈祷同一件事，但上帝根本就没有帮助我。"

"你错了，海蒂。你绝对不能那么看待上帝，上帝是我们所有人的慈父，他比我们更了解什么对我们更有利。如果我们祈求的对我们没有好处，他就不会答应，但是他会给我们更好的东西，只是我们必须一直保持虔诚，不能半途而废，不再信任上帝。现在上帝也许觉得不答应你的祈求对你更好些，但你必须相信他已经知道了你的祈求。他能同时听到所有人的话，也能同时观察所有人，因为他是上帝，并不是凡间的人类。他认为现在就给你你想要的东西并不正确，就对自己说：对！海蒂祈求的东西她应该得到，但现在时机还没到，等时候到了再给她，她会非常高兴的。如果我马上帮助她，将来她回想起来会后悔的：'上帝要是没给我该多好啊！我想象中的应该更好才是！'同时，这也是上帝的观察和考验，看你是否信任他，有没有一直坚持祈祷，告诉他一切。而你却跑开了，不再祈祷，把上帝扔到脑后。当上帝再也听不到那个祈祷者的声音，就会认为他非常愚蠢，不再管他了。这个人就会遇到很多困难，并大叫：'救救我吧，上帝！没有人能帮我了。'而上帝会说：'你为什么从我这里跑开呢？你抛弃了我，那我就帮不上忙了。'上帝在对你好的时候，你肯定不愿意伤害他，海蒂，是不是？那你就该向他请求宽恕，接着表达你的信任，你应该相信他会给你安排好一切，让你幸福，那样你就可以轻松开心地生活了。"

海蒂非常信任老太太，把她的话都牢牢记住了。

"我现在就去请求他的宽恕，再也不会把他忘掉了。"她十分懊悔。

"这就对了，亲爱的孩子。"老太太说，她希望看到海蒂开心，就又说，"别难过，上帝会在合适的时机把一切都为你安排好的。"

于是，海蒂回去虔诚地祈祷，说要永远在心里记着上帝，并求他对自己继续照顾。

老太太要走了——对克莱拉和海蒂来说那天很令人悲伤，但老太太决心使那天像个节日，想了好多方法逗她们高兴，不让她们忧郁，这样她们就没有时间去想伤心的事了，直到她真的乘车离开。老太太离开了，房子空空荡荡的，十分安静，海蒂和克莱拉都不知要做什么，就像两个弃儿一样坐到天黑。

第二天，两个人又坐在一起，海蒂带着书，建议说，如果克莱拉喜欢的话，每天下午她可以读书给她听。克莱拉同意了，因为那样就不会很枯燥。于是海蒂就热情依旧地开始读书了。但是读了没多久就停下来了，因为一个故事里描述了一位奶奶正生命垂危，海蒂叫起来："啊！奶奶死了！"接着她放声大哭。对她来说故事就像真的一样，她以为死去的是家中的奶奶，于是她哭得更厉害了，还一直喊着："她死了，我再也见不到她了，可是我还没来得及给她带白面包！"

克莱拉为了安慰她想尽了办法，解释说故事中的奶奶跟现实中的不一样。尽管最后海蒂终于相信了，但她还是没停止哭泣，因为她意识到奶奶可能死去，甚至还有爷爷，而她却在离家很远的法兰克福。她要是很长时间都不能回去，她会发现那里一片死寂，就剩自己孤零零的一个人，那些她爱着的亲人她再也见不到了。

这时，弗罗兰·劳顿米尔进来了，克莱拉跟她解释了事情的经过。海蒂还没有止住哭泣，女管家的耐心已经到了极限，她走到海蒂面前，严厉地说："阿得蕾德，我已经受够了你无缘无故的悲伤，我最后一次警告你，以后读书的时候再出现这种情况，我就把书拿走，不会让你再看见。"

她的话很见效，海蒂脸色都吓白了，她最宝贵的财富之一就是这本书。她赶紧把泪擦干，使劲儿忍住抽泣，让声音憋住。这番威吓确实起了作用，以后海蒂在读书的时候，不管读什么故事，都再也没哭过，但她却总是努力压抑自己，把眼泪忍住。克莱拉看着她说："海蒂，你为什么那样愁容满面啊？我从来都没见过你这样！"只要不出声，就不会惹恼弗罗兰·劳顿米尔。海蒂忍住自己的伤心之后，就会平静一会儿，她的痛苦别人看不出来。但她根本吃不下东西，看上去非常苍白、消瘦，塞伯斯坦见她这样觉得很难过，自己为她端上桌的美味佳肴她动都不动，他简直看不下去，所以有时就柔声细语地劝她："吃点儿吧，味道很棒！来，吃一勺，再来一勺。"然而这没什么用，海蒂还是没有胃口。晚上，她头一挨枕头，就想起家中的景象，接着她就把头埋在枕头里无声地哭泣，不让别人听见。

就这样，秋天过去了，又送走了冬天，海蒂现在也不清楚外面究竟是冬天还是夏天，因为从所有窗口望出去外面的墙和窗户没有任何变化，她也根本没办法去外面，只有在克莱拉觉得身体还不错的时候，她们才能出去一下，但出门的时间总是很短暂，运动稍久克莱拉就会受不了。因此，她们一般情况下看到的只是整齐的街道、高大的房屋和密集的人群，除此之外，其他的几乎什么都没有，看不到花草树木和山脉，因为这些景物都还在更远的地方，海蒂强烈地想念着家中美好的景色，而且这种想念与日俱增，只要一读到这些景物的名字，她的记忆就能被唤醒，她就会很难止住眼泪。就这样一个秋冬又过去了，太阳照在对面房屋的白色墙壁上，还是那样金光灿烂。海蒂想，彼得出去放羊的季节又到了，在那美丽的牧场上，金色的蔷薇映着阳光，闪闪发亮，傍晚的群山又会被太阳照射得火红一片。海蒂在角落里孤独地坐着，用手挡住眼前射到墙上的阳光，她就这样坐着一动不动，默默地忍受着强烈的思乡之情，直到克莱拉派人来叫她。

12. 豪宅闹鬼

这几天，弗罗兰·劳顿米尔经常心事重重地在家中走来走去。黄昏时分，当她从一个房间走向另一个房间，或者走过一条长长的走廊时，都会看看四周和各个角落，不断地张望，时不时还会猛地回头看看，总感觉一直有人悄无声息地跟在她身后，在暗中猛地拉住她似的。只有进寝室的时候，她才会独自一人进去。楼上是装饰得富丽堂皇的客房，楼下是那间每走一步都会发出响亮回声的神秘大厅，在那里，穿着高高的白领衫的老参议员们都大大地睁着一双眼睛，表情严肃，似乎在目不转睛地看着走进这间屋子的每一个人。每当弗罗兰·劳顿米尔想要上楼或下楼去办什么事，她都会找借口说需要搬上或搬下某种东西，然后叫来蒂耐特陪她。蒂耐特也同样如此，如果她必须去楼上或楼下去做某件事情，就肯定会叫上塞伯斯坦一起，也借口说有东西她搬不动，需要别人帮忙。然而更奇怪的是，连塞伯斯坦也需要人陪伴。假如他想要去某个僻静的房间，他就把车夫约翰找来陪他一起进去，说是需要帮忙抬东西。总而言之，所有人都非常希望有人陪着，尽管根本没有需要搬动的东西，每件事都完全可以由一个人完成。可是，每一个被叫去陪同的人都暗自想着，或许不久之后他也需要别人做同样的事情。当楼上发生这样的怪事时，楼下的那个在这里工作了很多年的女厨师便会站在她的锅前沉思，接着摇着头，叹气道："活到现在，我竟然也会遇到这种事。"近日来，赫·塞斯曼的豪宅里发生了一系列奇怪而又神秘的事情。每天清晨，仆人们下楼后都会发现前厅的门是敞开的，但并没有人在附近。事情发生的最初几天，大家惊慌失措地查看了宅子的每一个角落，想要看看是否丢了东西，因为有人觉得家里进了小偷，小偷晚上偷完东西后逃走了，但是家里什么也没丢，东西一样不少的待在原处。鉴于此，晚上他们在大门上上了两道锁，还用大木棍顶着，但是并没有起作用，第二天早晨起来，大门依旧敞开着。不管仆人们多么早地起床，然后惊慌失措地下楼查看，大门依旧大敞着，这时四周的一切都还在沉睡，附近人家的房屋都还紧闭着门窗。最后，在弗罗兰·劳顿米尔的恳切要求下，塞伯斯坦和约翰鼓足勇气，决定在议事厅旁边的房间里熬一宿，看看究竟发生了什么。弗罗兰·劳顿米尔翻出塞斯曼的武器，交给了塞伯斯坦，还给了他一大瓶甜烧酒，想要他在必要的时候，喝酒壮胆，并进行有力的防守。

当天晚上，两个人刚坐下就打开酒喝起来。开始也确实起了作用，但后来却更困了，很快，他俩就靠着椅子睡着了。睡到半夜，塞伯斯坦醒了，便去叫约翰。叫醒他可不容易，他的脑袋摇晃着，睡得很沉。这时塞伯斯坦已经完全清醒了，他仔细地听着周围是不是有什么声音。屋里一片寂静，连大街上也毫无动静，他睡意全无，因为周围静得吓人，他甚至只能轻轻地推约翰，都不敢大声叫他。最后，时钟在一点响起的时候，约翰醒了，想起自己为什么没在自己床上却在这里，他站了起来，很勇敢地说："来，塞伯斯坦，咱们需要出去瞧瞧有没有发生什么事。别害怕，在我后面跟着就行。"

说完，他打开门走进大厅。突然一阵风吹过来，把约翰手中的蜡烛吹灭了。大门敞开着！他赶紧后退，几乎把塞伯斯坦撞倒，塞伯斯坦被他一把抓住推回屋里，约翰关上房门，飞快地用钥匙把门锁上。然后他取出火柴重新点燃蜡烛。塞伯斯坦不知道发生了什么，约翰身材高大，在他前面挡住了风，他也没看到大门敞开着，但是灯重新点燃后，当他看到约翰的脸色时，不禁惊叫起来。因为约翰面色苍白，从头抖到脚。"出什么事了？外面有什么？"塞伯斯坦同情地问。

"门半开着，"约翰喘着气说，"有一个白影儿站在最高的楼梯那儿，一转眼就没了。"

塞伯斯坦只觉得恶寒，两个人坐在一起紧靠着，不敢乱动。直到天蒙蒙亮了，街上有了动静，两人才出来把大门关上，然后上楼跟弗罗兰·劳顿米尔讲了发生的事。女管家一夜没睡，正焦虑地等着呢。他们一五一十地把事情说完，她就马上写信给赫·塞斯曼，她的主人从来没收到过这种信。她写道，她几乎都没办法写字，她吓得手指都僵硬了。之后请赫·塞斯曼先生赶紧抽时间回来，因为家里发生了莫名其妙的可怕事情。然后她又对情况详细描述了一番，比如，每天早晨门莫名其妙开着啦，大家都没有安全感啦，这些神秘的事情带来的后果无法预料啦，等等。

赫·塞斯曼回信说，他不可能马上安排好生意回家，他也非常奇怪为什么会发生闹鬼的事，但希望收到回信的时候，问题已经解决。倘若家里继续被鬼骚扰，请弗罗兰·劳顿米尔写信问问老太太能不能帮忙，他相信老太太肯定会有办法解决，使宅院恢复平静的。弗罗兰·劳顿米尔很不满意主人信中的语气，她认为这件事并没引起主人的足够重视，她立刻写信给福蕾·塞斯曼，但从那儿的答复也不能使人满意，有些话还令人很生气。福蕾·塞斯曼在信里说，她不想因为劳顿米尔自以为见到了鬼，就再从霍斯坦到法兰克福折腾一趟。还说就她所知，那宅院里从没闹过鬼，即使真的有鬼，肯定也是活人装的，劳顿米尔理应能够处理，如果实在不行，可以请求巡夜人的帮助。

但弗罗兰·劳顿米尔再也不想担惊受怕地过日子了，她知道要达到目的怎么做才有效。闹鬼这件事她还没告诉给孩子们，生怕她们知道后乱成一团，那样自己麻烦事就更多了。但现在是非常时期，她直接走进书房，用很神秘的语气低声告诉孩子们发生了什么事情。克莱拉立刻尖声惊叫，说她不能一个人待着，必须叫爸爸马上回家，弗罗兰·劳顿米尔要搬到她的房间陪她，海蒂一个人住也不行了，克莱拉怕鬼会伤害她。她坚持让大家都睡在一个屋里，彻夜掌灯，蒂耐特要在隔壁就寝，让塞伯斯坦和约翰也在楼上大厅里过夜，这样鬼一旦走上楼梯他们就能看到，可以大声喊叫把它吓跑。总之，克莱拉非常激动，女管家费了好大的劲儿才让她平静下来，弗罗兰·劳顿米尔答应立刻写信给她父亲，并把床搬过来，时刻陪伴她。但是她们不能都睡在一个房间里，蒂耐特可以搬到海蒂的房间陪海蒂。但是比起鬼海蒂更害怕蒂耐特，她不知道鬼长什么样，所以她就让大家相信她不怕鬼，晚上可以自己睡。

于是，弗罗兰·劳顿米尔给赫·塞斯曼写了第二封信。信中说，那可怕的事情并没有停止，克莱拉本已孱弱的身体已经受到影响了，在这种情况下容易引出严重后果，要是问题不赶快解决，后果不堪设想。

这封信起作用了。两天后，赫·塞斯曼就使劲儿地按着自家大门的门铃了，院里的人们从四面八方聚拢到一起，互相望着，都以为是鬼胆大妄为，大白天居然来闹事。塞伯斯坦小心翼翼地向一扇百叶窗外看去，急促震耳的门铃又响了起来。当然按着门铃的是人类的手，认出手的主人后，塞伯斯坦慌忙向外跑，一个倒栽葱摔下了楼，但他还是爬起来，冲过去开了大门。赫·塞斯曼打了个招呼，就直接去看女儿了。克莱拉高兴地叫了起来，看到女儿并没有什么异常，还像平时一样精神，他脸色才缓和些。克莱拉亲口告诉他她一点儿也没受影响时，他才慢慢舒展开紧皱着的眉头。女儿还说见到他太高兴了，她真要谢谢鬼，没有它爸爸也回不了家。

"现在情况怎么样？"他带着一丝嘲笑的口气问弗罗兰·劳顿米尔。

"我向你保证这不是玩笑，"女管家说，"赫·塞斯曼，明天早晨您就笑不出来了：这宅院里的事很恐怖，以前发生的这种事都被隐瞒了。"

"我从没听说过，"主人说，"然而我还是请你对我可敬的先辈不要有任何怀疑。现在你把塞伯斯坦带到餐厅来，我想单独和他聊聊。"

赫·塞斯曼知道塞伯斯坦与弗罗兰·劳顿米尔两人不太和睦，他想知道闹鬼的缘故。

"过来，小伙子，"塞伯斯坦刚进门，他就说，"诚实地回答我——装神弄鬼开玩笑的是不是你，为了让弗罗兰·劳顿米尔担惊受怕？"

"不是，先生，我以自己的名义起誓，您可别那么想，这件事我自己也很头疼。"塞伯斯坦很认真。

"好吧！这样我明天早晨就把鬼抓来给你和约翰看看。你真该感到羞愧，塞伯斯坦，一个小伙子那么壮实，竟然被鬼吓跑了！不过，你现在送信儿给我的老朋友医生：替我问候他，问他今天晚上九点钟能不能过来一趟。就说我为了向他请教，特意乘特快列车从巴黎赶回来，情况很糟，请他留在这儿过夜，请他酌情安排一下。你听明白了吗？"

"听明白了，先生，"塞伯斯坦回答，"您吩咐的我会做到的。"

随后，赫·塞斯曼去看克莱拉了。他让她安心，因为闹鬼的事他很快就会查得水落石出。晚上九点，孩子们和仆人们都睡了，医生来得很准时。他头发花白，脸红扑扑的，目光明亮、慈祥。进门时他还忧心忡忡，但一见到自己的老朋友，就开始大笑，还拍着他的肩膀说："啊哈，您要我陪您过夜，您看起来真不太好啊！"

"别着急，朋友，"赫·塞斯曼回答，"只要我们抓住那位您要陪的人，您就会发现他身体更差。"

"这么说，有位病人在这里，而且我们还得先抓住他？"

"比这还糟糕，医生！有鬼！我家闹鬼了！"

医生放声大笑。

"这种方式来表达同情很好，医生！"赫·塞斯曼接着说，"只可惜劳顿米尔夫人没有听到，她坚信在这房子里转悠的是我的一位先辈，正忏悔着自己的罪过。"

"她是如何知道的呢？"医生问，他认为很好玩。

于是，赫·塞斯曼就把晚上大门敞开的事跟医生说了，并说大家都这么说。所以他准备了两把左轮手枪，装了弹药，以防不测。这事说不定就是哪个仆人的朋友干的，他为了吓唬一下家人，在离开时故意没关门，若是这样，就朝天开一枪把他吓个半死；也许鬼是个贼，他先让大家害怕，那样他就可以安全地偷东西，因为一有动静，大家就都躲起来了。如果是这种情况，有把好枪在手比较好。

两个人住了塞伯斯坦和约翰守夜的屋子，并准备了一瓶酒，熬夜的时候提神用的。边上是那两把左轮手枪和两盏大号油灯，等候鬼魂的到来需要明亮的灯光。

门严严实实地关着，怕鬼被泄漏的灯光吓跑。两个人在扶手椅里很舒服，开始聊天，还时不时地喝上几口酒。很快半夜十二点就到了。

"鬼肯定是听到了风声，今晚不会来了。"医生说。

"等会儿，它出现的时候一般在一点以后。"他朋友回答。然后，他们又开始谈话。一点了，房子周围还是静悄悄的，外面的大街上也没有任何动静。突然，医生竖起一个手指。

"嘘！塞斯曼，您听到什么了吗？"

他们把耳朵竖起来听着，门闩被拨开了，然后就是钥匙转动的声音。赫·塞斯曼抓起手枪。

"您没害怕吧?"医生在他站起来的时候问。

"最好当心。"赫·塞斯曼低声说,他一只手拿着手枪,另一只手拿着油灯,医生也是同样装备走在前面,两人轻轻走进了大厅。门被打开了,门口的月光里站着一个一动不动的白色身影。

"你是谁?"医生大喊,声音回荡在整个大厅里,两个人提着油灯和手枪向白影走去。

那白影低声叫了一下,转过身来,是海蒂。她穿着白色睡袍,赤着脚,眼睛大大地睁着,惊恐地盯着油灯和手枪,浑身像风中的落叶一般抖着。两个人吃惊地对视了一下。

"这不是那位为您端水的小女孩儿吗,塞斯曼?"医生说。

"孩子,出了什么事?"赫·塞斯曼说,"你要找什么?怎么到这儿来了?"

海蒂吓得脸色苍白,回答的声音几乎令人听不到:"不知道。"

这时,医生走过来,说:"塞斯曼,这事儿得交给我。您先去椅子那儿等我,我把这孩子带回她的房间。"

说完,他就把枪放下,轻轻牵着孩子上楼去了。"别害怕,"医生说,两个人并排走着,"什么也不用怕,很好,慢慢走。"

来到海蒂的房间,医生放下灯,把海蒂抱到床上,仔细地帮她盖好被子。然后,他坐到旁边,等海蒂平静下来,抖得不是那么严重了,才握着她的手,轻声说:"好了,你现在好多了。现在请告诉我,你准备到哪儿去?"

"我没想去哪儿,"海蒂说,"我不记得我下楼了,突然就到那儿了。"

"我明白了,你做梦了吧?有什么要看得或听得更清楚的呀?"

"是,我天天晚上都做梦,都是同样的梦。我梦见又回到了爷爷身边,有门外杉树的声音,还看到星星也明亮地闪着,于是我把门打开跑了出去,外面可美了!但是醒来后,发现自己还是在法兰克福。"海蒂为了说下去,努力忍住抽泣。

"你有哪里觉得疼吗?比如头或是后背?"

"没有,就是觉得这里好像有块大石头压着。"

"你有没有吃什么不好的东西,消化不了?"

"不，没有。我憋得慌，特别想大哭一场。"

"我明白了。那么你哭过吗？"

"没有，我不敢。弗罗兰·劳顿米尔不许。"

"那么说，你是在忍受这一切了？你觉得在法兰克福高兴吗？"

"高兴。"回答的声音很低，听起来更像是在说"不"。

"你和爷爷以前住哪儿呀？"

"在山上。"

"那里不是很有趣吧，有时非常无聊，是不是？"

"不对！不对！那儿很美！非常漂亮！"海蒂继续不下去了。对过去的回忆、刚刚平静下来的激动和长期的压抑使这孩子一下子崩溃了，她眼泪不停地往下掉，进而剧烈地抽泣起来。

医生站起来，轻轻地把海蒂的头放到枕头上："哭吧，孩子。使劲儿哭吧，这会对你有好处的。哭完好好睡一觉，明天就没事儿了。"

然后，他就下楼去见赫·塞斯曼。刚坐到朋友对面的椅子上，他就说："塞斯曼，首先要告诉您的是，这孩子患有梦游症，半夜起来开门让所有人都害怕的鬼就是她；其次，我还要告诉您，这孩子想家想得特别严重，都快成一具骷髅了，所以必须立即治疗。这第一种病是因为激动过度，疗法就一种：那就是送她回山上的家里去。第二种病的疗法也只有一种，一样的答案。所以，我开的药方是，明天这孩子就得回家。"

赫·塞斯曼已经站了起来，在屋子里发愁地走来走去。

"什么！"他叫道，"这孩子有梦游症，还得了思乡病！变得骨瘦如柴！在我家发生这种事，竟然没有一个人看出来或是了解！这么说，医生，这孩子来的时候健康活泼，现在给她爷爷送回去的竟然是一具小骷髅吗？我不会那么做，我绝不做这种事！好好照顾这孩子，吃点药什么的，总之她只有健康起来，然后才能把她送回家，但您必须先做点儿什么。"

"塞斯曼先生，"医生非常严肃地回答说，"仔细想想你说的话吧！她得的这种病不是药粉和药丸可以治好的。她的身体素质很好，只要你现在马上把她送回到她习惯了的有新鲜空气的山上去，她很快就会痊愈，不然——以后再让孩子回到爷爷那儿恐怕就晚了，甚至可能根本就回不去了。"

赫·塞斯曼先生以一副吃惊的表情站在那里。

"噢，医生，这么说就只能这么办了，而且必须尽快。"说着，赫·塞斯曼先生挽起了他朋友的胳膊，两人在屋里一边踱着步，一边商量着接下来要怎么做。然后，医生必须告辞了，因为不知不觉间已经过去了好长时间。大门打开了（这次是这家的主人亲自打开的），明亮的阳光洒了进来。

13. 山中夏夜

赫·塞斯曼先生异常激动地走上楼梯，迈着坚定的步子走到弗罗兰·劳顿米尔的卧房前。他一反常态，非常用力地敲着门，吓得这位还在熟睡的女管家大叫了一声，从睡梦中惊醒。她听到她的男主人在门外喊道："请赶快到餐厅里来，尽快做好外出旅行的准备。"弗罗兰·劳顿米尔向她的钟看了一眼，正好是凌晨四点半，她有生以来还从未在这个时间起过床。到底出了什么事？由于好奇和紧张，她不禁变得手忙脚乱，过了很长时间都没有穿戴好；其实衣服已经穿在了身上，可她还是惊慌失措地找遍了整个屋子。

那边，赫·塞斯曼又开始使劲儿按铃叫他的仆人们，他们都惊得从床上跳了起来，以为他们的男主人受到了鬼的攻击，需要他们的帮忙。他们陆陆续续地来到餐厅，都是一副提心吊胆的样子。这时他们的男主人正在房间里踱来踱去，没有一点事，而且非常活跃，一点都不像见了鬼的样子，大家都觉得十分奇怪。主人要约翰立刻把马车备好，还命令蒂耐特把海蒂叫醒，让她准备好旅行，要塞伯斯坦赶快把迪蒂从她干活的人家那儿带过来。这时，弗罗兰·劳顿米尔才总算出了房间，从楼上走下来，她收拾得十分稳妥，除了帽子戴反了。赫·塞斯曼认为她这样是因为自己太早叫她起来，他马上给她安排了事情。她必须马上找一个箱子，把属于那个瑞士女孩——他对海蒂的名字不太习惯，他常常这么称呼她——的所有东西都放进去，把克莱拉的衣服也带些，好让这孩子体体面面地回家。没时间考虑，所有事必须立刻执行。

弗罗兰·劳顿米尔立在那儿像钉子一样，吃惊地看着赫·塞斯曼。她很希望主人详细讲讲他本人是怎样在夜里与鬼魂相遇的，认为白天听会很有趣。却被派了累人又烦人的活儿，这太出乎她的意料了，她既惊愕又失望，好长时间没回过神，仍然站在那儿，希望主人能详细解释。

但赫·塞斯曼根本不想、也没时间向她解释，他扔下她去找克莱拉了。正如他想的，她已经被家里不寻常的声音惊动了，正躺在床上侧耳倾听，猜测出了什么事。赫·塞斯曼坐下来，把前一天晚上的事讲给她听，并解释说，医生认为海蒂现在身体条件非常差，因此她的梦游症会越来越严重，说不定哪天她会跑到屋顶上去，显然这很危险。所以他们决定立即送海蒂回家，让海蒂留下来的责任他可能承担不了，他说克莱拉应该也能看出这件事只好这么做。克莱拉很伤心，先是为了让海蒂留下来想了各种借口，但她爸爸很坚决，答应她说要是她理解这件事，不再吵闹，明年夏天他会带她去瑞士。既然已经没有办法了，克莱拉只好答应了，但她坚持要把箱子搬到自己屋里来，好随自己的心意给海蒂装上衣服，他爸爸也这么想，让克莱拉把海蒂好好装扮一下是最好不过了。这时迪蒂来了，等在大厅里，她不知道发生了什么事这么早就把她叫来。赫·塞斯曼把海蒂的情况讲给她听，要她当天就送海蒂回去。迪蒂感到很失望，没想到会发生这种事。阿尔姆大叔说过，他不想再见到她，而且自己当初把孩子硬推给他，后来又硬把她带走，现在又要送回去，这样做显然不明智，也不妥当。于是，迪蒂开始能言善辩，她解释说这两天事情很多，现在安排长途旅行根本不可能，可不可以再等两天。赫·塞斯曼知道她是在推诿，就让她走了，然后吩咐塞伯斯坦准备出发，他要在当天陪海蒂到达百斯勒，第二天她就能到家了。他把给孩子爷爷的信交给塞伯斯坦，上面解释了发生的事情，送到后他自己回来就行了。

"还有一件事你要特别注意，"赫·塞斯曼最后说，"千万要照我吩咐的做。百斯勒旅馆的人我认识，名片上有这家旅馆主人的名字，他们会帮助照应，给你们准备房间。一到那里，你就立即去这孩子的房间，要注意每个窗户都关好到不能打开。孩子睡着之后，从外面把她的房门锁上，因为这孩子梦游，一个人下楼去把一个陌生地方的大门打开可能会很危险。你清楚了吗？"

"噢！原来是这样！"塞伯斯坦叫起来，马上明白了闹鬼的真相。

"对！就是这样！你是个胆小鬼，告诉约翰他也是。你们这帮人简直是群笨蛋。"说完，赫·塞斯曼就去书房写信给阿尔姆大叔。

塞伯斯坦在检讨自己有多么愚蠢："我要是跟上那个白影看清楚就好了！约翰那个笨蛋却把我拽回了屋里。现在要是看见了，我绝对会跟上去！"他嘟囔个不停，但这时太阳已经升起来了，屋里的每个角落都看得清清楚楚。

海蒂把最好的衣服穿上，在屋子里很疑惑接下来要发生什么，因为蒂耐特只是把她摇醒并给她穿好衣服。蒂耐特一言不发，因为她觉得这个孩子没教养，还没有那么高的地位值得她蒂耐特理会。赫·塞斯曼拿着信回到餐厅，早餐已经做好了。他问："那孩子在哪儿？"

海蒂被带了过来。她走进房间，跟赫·塞斯曼道了早安，他用询问的眼神望着她，说："小家伙，你知道发生了什么事吗？"

海蒂纳闷地望着他。

"看来，你还什么都不知道，"赫·塞斯曼笑了，"今天就送你回家，马上就走。"

"回家？"海蒂喃喃自语，脸色慢慢变白，她太激动了，以至于几乎喘不过气来。

"你不想知道发生了什么事吗？"

"想！当然想知道！"海蒂叫道，脸蛋因为高兴而出现红晕。

"好吧，"赫·塞斯曼说着坐了下来，示意海蒂也坐下来，"但是你现在要把早餐好好吃下去，然后就上路。"

海蒂很努力但还是没吃下去。她太激动了，不知这是不是在做梦，不知会不会还是一睁眼就呆呆地站在大门口，穿着睡袍。

"让塞伯斯坦多带点吃的。"赫·塞斯曼对弗罗兰·劳顿米尔说，这时她刚进屋，"孩子没办法吃东西，这很正常。你快去看看克莱拉，等马车来了就叫你。"他友善地对海蒂说。海蒂正等着他这么说，于是立刻向楼上跑去。一只大箱子开着盖放在克莱拉房间中央。

"快来，海蒂，"克莱拉一见到海蒂就喊，"看看我都准备了什么——满意吗？"

说完，她就念叨了一遍她收拾的东西，礼服、围裙、手绢，还有手工用的材料，应有尽有。"看这个！"她说着把一只篮子得意地举起来。海蒂瞧了一眼，高兴地跳了起来。里面是给奶奶准备的一打精美的白面包。孩子们只顾高兴，都没发现她们马上就要分别，下面已经在喊"马车来了"，已经没有时间惜别了。

海蒂跑回房间把心爱的书拿出来，她知道没有人会想起帮她把这个带上，因为书在她的枕头底下，那样海蒂就能时时读到它。她把书也放到装面包的篮子里。然后，她又去衣橱里找另一件宝贝，这东西估计没人会想到它——猜对了——那里果然有她被遗忘的红披肩，弗罗兰·劳顿米尔觉得它不值得放在箱子里。海蒂用它把其他一些东西裹起来。搁在篮子上面，看起来很引人注目，随后她戴上漂亮的帽子，出了门。两个孩子道别没花多少时间，因为赫·塞斯曼在等着海蒂上车，弗罗兰·劳顿米尔站在台阶的最高一阶，等着跟她告别。看到奇怪的红包裹后，她马上把它扔出了篮子。"阿得蕾德，这可不行，"她尖叫着，"你带着这破东西回家做什么？"说完她就跟孩子道别。包裹被扔在地上，海蒂不敢去拿，只好乞求地看着男主人，好像被人夺走了最宝贵的财产。

"不行，不行。"赫·塞斯曼的语气很坚定，"这孩子喜欢带什么都可以，小猫啦，乌龟啦，她喜欢就行。弗罗兰·劳顿米尔，咱们自己的意愿不能强加在她身上。"

海蒂马上把红包裹捡起来，她站在马车门口，又感激又高兴。赫·塞斯曼向她伸出手，说希望她一直记着他和克莱拉，并祝她一路顺风。海蒂非常感谢他的好意，她说："请帮我跟医生道别，说我非常非常感谢他。"她还记得昨天晚上医生说的："明天一切就好了。"她猜得没错，她的愿望是医生帮她实现的。海蒂被抱上马车，篮子和食物也好好地放到了车里，最后塞伯斯坦也上了车。赫·塞斯曼又说了一遍"祝一路顺风"，马车就慢慢走了起来。

很快，海蒂就坐上了火车。她把篮子放到膝盖上紧紧抱住，一刻也不松手，因为里边精美的白面包是给奶奶带的，一定要妥善保管，她还不时瞅瞅，饱饱眼福。她一直静静坐着，现在她才感觉到自己要回家了，就要见到爷爷、大山、奶奶和彼得了，眼前浮现出一幕幕场景，她想象着家里的情形，然而其他想法却冒了出来，她突然焦虑起来："塞伯斯坦，山上的奶奶还活着吗？你能肯定？"

"活着呢，活着呢。"塞伯斯坦说，他尽力安慰她，"我们希望她没死，她还好好活着呢。"

海蒂又开始想心事，她不时地瞅瞅篮子，她现在最想做的事就是把所有面包一下子倒在奶奶的桌上。沉默了好久，她又说："要是我们肯定奶奶还活着，那就好了。"

"活着呢，"塞伯斯坦已经困了，"她当然活着，她怎么会死呢？"

又过了一会儿，海蒂也困了。她觉得很累：夜里梦游，早上又起得早，于是闭上眼睛睡着了，后来是被塞伯斯坦抓着胳膊摇醒的。他说："醒醒！快醒醒！下车了，百斯勒已经到了！"第二天坐火车又坐了很久，海蒂还是紧紧搂着那个篮子，塞伯斯坦要帮她照管她也不给。这一天，她一直沉默着。火车一直向前奔跑着，离家越近，海蒂的心情就越激动，她几乎说不出话来。突然，有人大喊一声："梅恩菲尔德。"她和塞伯斯坦都吃了一惊。两人上了站台，海蒂将箱子放在身边，火车冒着白烟又朝山谷出发了。塞伯斯坦望着火车，有些遗憾，比起徒步吃力地爬山，他更喜欢轻松一些的旅行，特别是在农村，累就不用说了，还存在着危险。因为在塞伯斯坦看来，这里的人和一切还是半开化状态。所以他很小心地张望着，想找个合适的人，可以打听怎么去德芙里最安全。有一辆破旧的马车停在车站外，一个壮实的男人正在往车上扛从火车上卸下来的麻袋，塞伯斯坦走过去问哪条路去德芙里最安全。"这儿的每一条路都很安全。"那人回答得很粗鲁。于是，塞伯斯坦换了种问法，问怎么走才能避免坠崖，怎样才能把箱子运到德芙里。那人看了看那箱子，然后主动说要是箱子不太沉，他可以帮着捎到德芙里去。两人商量了一下，最后决定那人带着箱子和海蒂去德芙里，到那儿之后，再找人送海蒂上山。

"我自己就能上山，我知道怎么走。"海蒂说，她一直在听着两人商量。不用爬山了，塞伯斯坦轻松了许多。他把海蒂拉到一边，把一个很厚的包裹和给爷爷的信交给她，说包裹里是赫·塞斯曼先生送的礼物，一定要把它搁在篮子底下，用白面包压住，丢了的话，赫·塞斯曼会很生气，以后就不对她好了，要海蒂一定好好保管。

"我不会把它弄丢了的。"海蒂信心十足地说，且马上就照他说的做了。这时，箱子已经在车上放好了，塞伯斯坦把海蒂和篮子抱到高高的座位上，跟她握手道别，示意她千万照顾好篮子。介于赶车人就站在旁边，塞伯斯坦觉得还是小心为上，尤其是当他意识到，其实自己应该亲自把海蒂送到家。赶车人跳上车坐在海蒂身边，马车就向山上出发了。塞伯斯坦非常高兴，他不用遭罪了，不用冒着危险徒步爬山了。他在车站上坐下来，等着返程火车。

赶车人是德芙里村的磨坊主，来这里是为了拉面粉。他不认识海蒂，但是跟其他德芙里人一样，知道她的身世。他认识她父母，看见海蒂后，马上就知道这孩子就是人们挂在嘴边谈论的那个。他很奇怪她为什么回来，于是边赶车边跟她聊起来。"你就是那个跟爷爷——阿尔姆大叔——一起住的孩子吗？"

"是。"

"你为什么这么快就回来了？他们在那边对你不好？"

"不，不是那样，我在法兰克福住得很好。"

"那怎么会急着回来？"

"幸亏有赫·塞斯曼先生，不然还不知什么时候能回来呢。"

"既然他们愿意留下你，你为什么不留在那儿呢？"

"我最喜欢跟爷爷一起住在山上了，世界的其他地方我哪儿都不想去。"

"等你回去就不这么想了，"磨坊主嘟囔着，"真是个怪孩子，家里什么样儿她应该知道啊。"

他吹着口哨，不再说话。海蒂望着周围，心情激动，她熟悉路边的每一棵树。头顶的大山高耸入云，像老朋友一样俯视着她。海蒂也点头问候着它们，喜悦和渴望几乎弄得她发狂了。她简直想跳下马车，一口气跑上山顶。但她抑制着内心的激动，还是静静坐着不动。他们进村时，钟正好敲了五下，马车一下子就被女人和孩子围住了，人们好奇地看着车上的箱子和孩子，他们很想知道她从哪儿来，要去哪儿，是谁家的。海蒂刚被抱下车，就急急忙忙说："谢谢你，箱子我爷爷会来拿。"然后就准备跑，大家都拉住她问问题，但海蒂很用力地推他们，他们只好把她放开。"你看，"他们互相说，

"瞧她被吓得，这很正常。"然后，他们又提到阿尔姆大叔，说他去年变本加厉，一直沉默着，好像要杀人，这孩子肯定被逼得没办法了，要不怎么会愿意和恶魔一起生活。这时，磨坊主插话了，说自己更清楚些，接着就告诉他们海蒂是被一位好心的绅士送到梅恩菲尔德的，还跟她道别，给车费时根本没讲价，甚至还多给了些。更重要的是，这孩子说得很明白，她在法兰克福过很舒适，是她自己要回家找爷爷的。大家听了很吃惊，很快整个德芙里都传遍了，那个晚上，家家都在谈论这件事，谈论着海蒂自愿放弃美好的生活，回来跟爷爷一起住。

海蒂急匆匆地往陡峭的山上爬，但不得不停下来喘口气，那篮子很沉，山路也越来越陡，海蒂现在只想着："我还能看到奶奶坐在墙角纺线吗，她还活着吗？"最后，山间那座奶奶的小房子终于出现了，她的心乱跳起来，她越跑越快，心跳也开始加速——她来到了房前，却颤抖得简直连门都打不开——然后，她一下子站到了屋里，激动得说不出话来。

"啊！上帝！"一个声音在墙角响起，"海蒂以前就是这么进门的，回到我身边的要是她该多好啊！是谁呀？"

"是我，我，奶奶！"海蒂边跑边喊，在老太太身边跪下来，抓住她的手，抱住她，高兴得一句话也说不出来。快乐突然降临，奶奶也好久想不起来要说什么，最后她伸手抚摸着海蒂的鬈发，说："没错，这是她的头发，她的声音，感谢上帝实现了我的愿望！"说着，她失明的眼睛里滚落出泪水，打湿了海蒂的手，"真的是你吗，海蒂？你真的又回到我身边了吗？"

"是的，奶奶，真的是我。"海蒂肯定地回答着，"别哭，我真的回来了，我以后也不会走了，天天都过来看您。还有，您好几天都不用再吃那硬面包了，看！"

海蒂说着把白面包都拿出来堆到奶奶膝上。

"啊，孩子！真是好孩子！你带了多好的东西给我啊！"老太太叫着，用手摸着那堆白面包，像是总也摸不够，"但你才是最好的礼物，海蒂。"她抚摸着她的头发和红脸蛋，"说说话，孩子，让我听听你的声音。"

于是海蒂就说自己很伤心，怕奶奶死了就吃不着白面包了，她永远也见不到奶奶了。

这时，彼得的妈妈走了进来，惊讶得呆立在那儿。随后她叫道："噢，是海蒂！真的是海蒂吗？"

海蒂站起来，布蕾吉特很羡慕孩子的衣服和打扮，绕着她看，一直惊叫着："妈妈，您要是能看见她，就会看到这孩子穿的衣服多么华丽，都认不出她了。这顶带羽毛的帽子一定是你的吧？戴上我瞧瞧。"

"我不戴，"海蒂坚决拒绝了，"你喜欢就拿走吧。我可不要，我自己有帽子。"说着，海蒂就把红包裹打开，拿出自己的旧帽子，尽管因为旅途颠簸它已经变形了，但海蒂不介意，因为爷爷说过，他再也不想见到迪蒂和那带羽毛的帽子了，这就是为什么她那么拼命保留着这顶帽子，她还要戴回去见爷爷。然而，布蕾吉特说她不要犯傻随便把帽子送出去，这么漂亮的东西她可不想要。还对海蒂说，要是她实在不想戴，德芙里村学校校长的女儿会买，能换许多钱呢。可海蒂没听，偷偷把帽子搁在奶奶椅子后面的墙角里，然后把漂亮的衣服也脱下来，把红色的披肩直接罩在罩衣上，外边露着两只胳膊。她拍拍老太太的手，说："我回家看爷爷去了，我明天再来。再见，奶奶。"

"好吧，再见。明天可千万要来啊！"奶奶请求说。她把海蒂的手用力握住，不舍得让她走。

"那身漂亮的衣服你怎么脱掉啦？"布蕾吉特问。

"去见爷爷要打扮成原来的样子，不然他就认不出我了。你一开始不就差点儿没认出我来嘛。"

布蕾吉特送她到门口，很神秘地说："你应该穿着那衣服，他当然会认出你的，但是你可要小心，彼得跟我说，阿尔姆大叔现在经常发火，也从来不说话。"

海蒂和她告别，继续挎着篮子往山上爬。山坡绿油油的，十分陡峭，被夕阳照得十分明亮。不一会儿，就看见了高山上的大片雪地，太阳的光芒映在上面。海蒂不时停下来往后看，因为她已经把高高的山峰甩在了身后。突然，脚下的草地上出现了一抹温暖的红色，她又转身向后看去——她简直无法描述有多么绚丽，她连做梦都没梦到过——两座高峰像两支火炬高耸入云，雪地整个被染成了深红色，空中飘动着玫瑰色的云，青草全变成了金色，岩石都闪烁着金光，一层金色的迷雾笼罩着整个山谷。海蒂站立着，静静凝视着周围壮美宏大的景色，脸上淌着激动和幸福的热泪，她突然合拢双手，对着天空，大声地感谢上帝让她回家，让景色还如以前那样美丽，甚至比以前更漂亮，感谢她又重新拥有了它们。她太高兴太感激以至于找不到合适的词语好好表示感谢，直到壮丽的景色开始褪去了，她才离开那里。她使劲儿向上跑去，很快就看到了高高的杉树尖，接着屋顶也出现了，最后整个小屋冒了出来，爷爷抽着烟斗坐着，跟原来一样，她还能看到杉树在风中起舞。海蒂向前越跑越快，阿尔姆大叔还没来得及看清是谁，她已经冲到他面前，把手中的篮子扔掉，用双臂把他的脖子搂住，激动得一直喊着："爷爷！爷爷！爷爷！"

老人沉默着，这么多年头一次含着热泪，他只好抬手去擦，然后拿开海蒂的双臂，抱着她坐到自己的膝盖上，他打量了她一会儿，说："海蒂，你总算又回来了，出了什么事？你看起来一点儿不像阔小姐，他们不要你了吗？"

"不是，爷爷，"海蒂马上说，"您可不能这么说，他们都非常好——克莱拉，老奶奶，还有赫·塞斯曼先生。但是，爷爷，我待在那儿受不了，只有回家见到您才能高兴起来。我还以为自己快要死了，总是喘不过气来。但我没跟别人说，因为他们觉得这样是不知好歹，忘恩负义。那天一大早，赫·塞斯曼先生突然告诉我——不过我觉得一半是医生劝了他——信里应该解释这些事了——"海蒂说着跳起来，拿出信和包裹递给爷爷。

"这是给你的。"爷爷说着，把包裹放到了身旁的长凳上，他把信打开，从头到尾读了一遍，默默装到口袋里。

"海蒂，你还愿意喝羊奶吗？"他问，抓着孩子的手走进小屋，"但是，那些钱你还是自己收着吧，你可以买张床、睡衣和礼服，够用好几年呢。"

"我不需要，"海蒂说，"床我都有了，克莱拉装了好多衣服给我，够我穿的了。"

"带进来搁到衣橱里，以后肯定有用的。"

海蒂听话照办，蹦蹦跳跳跟爷爷进了小屋。在房间每个角落都转了一圈后，很高兴一切照旧。然后，她爬上梯子——她愣在那里，又吃惊又沮丧地喊："爷爷，我的床呢？"

"很快就能再铺好，"爷爷在下面说，"我不知道你还能回来。好了，快下来喝奶吧。"

海蒂下了梯子，还是坐在原来高高的凳子上，端起碗，大口咕咚咕咚地喝奶，仿佛好久没喝过这么好喝的东西似的。喝完奶，她把碗放下叫道："爷爷，世界上最好喝的就是咱们的羊奶。"

突然一声尖厉的口哨传来，海蒂赶紧冲出去。羊群正从岩石上蹦下来，彼得在它们中间。见到海蒂，彼得惊讶得愣在了那儿，盯着她说不出话来。海蒂倒先说起来："你好，彼得。"说完，就挤进羊群中间。"小天鹅！小熊！还认识我吗？"它们肯定听出了她的声音，因为它们争着用头蹭着她，高兴地大声地叫着。海蒂挨个儿叫着名字，山羊都赶过来，乱哄哄地在她身边挤着。为了靠得更近，格林芬奇心急地跃过了两个同伴的头顶，连小雪花也不再害羞，十分坚决地把特克撞开。特克很惊讶，不知道为什么今天小雪花胆子那么大，它高昂起头，以此来显示自己的存在。

海蒂忘我地跟老朋友们玩着，她搂住漂亮的小雪花，打了一下骄傲的格林芬奇，羊群从四面八方顶过来跟她亲热，最后她被顶得离彼得很近，他愣愣地待在那儿。

"彼得。"她喊道，"快下来向我问候呀！"

"这么说，你真回来啦？"他总算找出了合适的话，随即跑下来把她伸出的手握住，还像以前放羊回来那样问道，"明天也和我一起去吗？"

"明天得去陪奶奶，后天差不多。"

"真高兴你能回来。"彼得说，他高兴地做着各种鬼脸。随后他打算回家了，但今天的羊群着实不听话，这种事还从来没有过。彼得连诱带吓，总算把羊拢到了他的四周。然而，海蒂一手搂着小天鹅，一手搂着小熊刚想离开羊群，羊群又转身追着她。海蒂没有办法，不得不先把两只山羊领进羊圈，然后紧紧关上门，要不彼得是很难将羊群赶回家了。当小海蒂跑回屋里时，发现自己的床已经用厚厚的干草铺好了，还散发着好闻的清香。草是爷爷刚收进来的，他还在床上铺了一条干净的亚麻布床单。小海蒂高兴地钻进去，那一晚睡得很香，整整一年都没有睡得这么香了。夜里，爷爷至少醒来十次，每次都爬上梯子仔细倾听海蒂的动静，直到确定她睡得很安稳，他还仔仔细细整理了一番圆窗户里的草，使月光不会很刺眼地照到海蒂。但海蒂在这张床铺上一觉睡到天明，并没有出现梦游的状况。那是因为她一直以来的愿望被满足了：她又重新看见了晚霞中的高山和岩石，听到了风刮杉树的"哗哗"声，她终于又回到了高山牧场上的家。

14. 礼拜钟声

在随风摆动的杉树下，海蒂正站在那儿等着爷爷，爷爷要到德芙里去拿箱子，她则要去奶奶家。海蒂迫切地想见到奶奶，以便听奶奶说一说小白面包的味道。不过于她而言，时间过得并不算很慢，因为那棵她熟悉的杉树就在她的头顶呼啸，那声音她总也听不够，而从山坡远远飘来的青草香和黄花的香味，她也总是闻不够。这家乡的美景，她更是总也看不够。这时，爷爷走出了茅屋，他向四周看了一眼，十分满意地说道："行啦，我们现在可以上路了。"今天是星期六，按照惯例，阿尔姆大叔会在这天收拾茅屋、羊圈和四周的一切，使一切变得干干净净，井然有序。今天清晨，他早早地干完了这些活，以便下午能陪海蒂一起出门。此刻，他看着整洁的四周，由衷地感到满意。他将海蒂送到了彼得家的茅屋前，然后道别离开了。海蒂迅速地跑进屋子，奶奶听到海蒂的脚步声，亲切地喊道："孩子，是你来了吗？你又来了吗？"

然后她紧紧握住海蒂的手，好像生怕她再被谁带走似的。她说白面包太好吃了，自己觉得身体强壮多了，这时彼得的妈妈接着说，奶奶要是一周都吃白面包，她肯定会很快恢复健康，她怕白面包一下子就吃完了，于是每次她就吃一个。海蒂听着布蕾吉特的话，思考着，突然有了主意。

"奶奶，我有主意了，"她急切地说，"我写信给克莱拉，她还会给我送的，也许比这多一倍。我以前在衣橱里攒了好多好多，后来别人拿走了。克莱拉答应我要再给我那么多，她肯定会给我的。"

"好主意，"布蕾吉特说，"不过那样白面包会变硬变臭的。德芙里就有白面包，我们只要时常去买——只可惜我能买得起的只有黑面包。"

海蒂有了个更好的主意，她高兴得跳起来嚷道："噢，对了。奶奶，我有许多钱，现在知道该怎么花了。您每天都要吃一个新鲜的白面包。周日吃两个，彼得可以去德芙里买。"

"不，孩子！"奶奶说，"你不能为我这么做，人家给的钱不是这么花的，你要把钱给爷爷，他会教你怎么花。"但海蒂并没有因此改变主意，她仍然在房间里蹦着，兴奋地不停地说："这下好了，奶奶天天都吃白面包，身体很快就能好起来——哎，奶奶，"她突然高兴地说，"您要是恢复健康，就能看见东西了，您看不见东西可能就是因为身体不好。"奶奶没说什么，她不想让海蒂扫兴。就在这时，海蒂发现了奶奶的诗集，她又想出一个好主意："奶奶，我现在识字了，我给您读这上面的两首诗好吗？"

"噢，好啊！"奶奶惊喜地叫起来，"可是，你真的识字了吗？"

海蒂站在椅子上，把那本书取下来，带下一团灰尘，因为书搁在那儿好长时间没人动。海蒂把灰擦掉，坐在老人旁边的小凳上，问她想听哪首。

"哪首都行，孩子，随便哪首都行。"说着，奶奶推开纺车，坐了下来，急着听海蒂读书。海蒂翻着书，这儿读两句那儿读两句，语调很温柔。最后，她说："奶奶，这一首是关于太阳的诗，我就念它吧。"接着，海蒂开始了朗读，渐渐情绪高昂起来——

太阳升起
温暖又明亮
金色的阳光下
大地静卧着——
重重迷雾的阻挡已被黎明冲破
到处都能见到
上帝的结晶
凡间的万物
都是他的杰作——
到处都有他博大的爱
唯上帝永生
他法力强大
完成愿望——
他坚强的意志从不改变

拯救人们从没间断
即使恐惧伤心
仍坚强如铁——
任凡夫俗子前往
快乐存在
在祝福的花园
经历了狂风暴雨
身心安憩——
我静静等着——上帝的甄选

　　老太太交叉双手，静静地坐着，脸上洋溢着幸福，泪流满面。海蒂从没见过她这样。诗读完了，奶奶央求她："再读一遍吧，好孩子，再读一遍吧。"
　　于是，孩子继续朗读着，她和奶奶一样在字句间流露出欢乐——

快乐存在
在祝福的花园
经历了狂风暴雨
身心安憩——
我静静等着——上帝的甄选

　　"啊，海蒂！我心里明亮多了！你给了我多大的安慰啊！"老太太不停地说，高兴极了。海蒂也开心得红光满面，她望着奶奶，奶奶从来没这么高兴过，她不再满面愁容，而是快乐慈祥，好像老太太的眼睛又亮起来，见到了天国的花园。
　　这时，有人敲门。海蒂一抬头，原来是爷爷叫她回家了。离开前，海蒂跟奶奶说明天再来，即使跟彼得上山放羊，她也半天就回来了。一想到这样奶奶就能感到光明和快乐，她就觉得幸福无比，觉得比被阳光照耀、与鲜花和羊群做伴还开心。她出门时，布蕾吉特追过来，把她扔下的衣服和帽子递给她。她把衣服搭在胳膊上，因为她觉得反正爷爷都看过了。但那顶帽子她坚决不收，布蕾吉特可以留着，她坚决不戴的。海蒂一直想着上午的事，她一件一件跟爷爷讲：有了钱，天天都能买白面包回来啦，奶奶很快就又健康又开心啦，又能重见光明啦，等等。最后，话题又转回到白面包："爷爷，要是那笔钱奶奶不肯要，您能都给我吗？那样，我可以把买白面包的钱给彼得，平常一个，星期天两个。""但床怎么办呢？"爷爷说，"得给你买张好床，剩下的钱买白面包够了。"

然而海蒂不干，一直缠着爷爷，要是老头儿不听她的，她就安静不下来，她说比起法兰克福的高级床褥，自己在干草铺的床上睡觉香得多。最后，爷爷只好答应，说："钱是你的，你喜欢怎么花都行。你给奶奶买白面包能买好几年。"

想到奶奶再也不用吃了那硬邦邦的黑面包，海蒂高兴地叫起来："噢，爷爷！比起以前现在的日子好多了！"她像小鸟一样快活，又跳又唱地拉着爷爷的手。可是，她突然安静了，说："要是上帝当时就答应了我的祈求，送我回家，事情肯定不一样了，我可能带回的只是一点白面包，还不识字，而奶奶听我念书特别高兴！上帝安排了这一切，怎么做更好，他比任何人都了解，那个老奶奶说得没错。现在我真高兴，幸亏上帝没有马上给我我要的东西。以后我要听老奶奶的话，一直祈祷下去，感谢他。要是愿望没实现，我就告诉自己，这跟法兰克福时一样，上帝会安排更好的给我。所以每天都要祈祷，对不对，爷爷？我们不能抛弃他，不然他也会抛弃我们。"

"要是有人确实把他忘了呢？"爷爷小声说。

"那会遇到麻烦，上帝不会再理他，等他落魄的时候，他会开始后悔，没有人会同情他，人们会说，你当初为什么要离开上帝呢？其实上帝能够帮助你，但现在他不会管你。"

"这是真的，海蒂，你怎么知道的？"

"老奶奶跟我说得清清楚楚。"

爷爷沉默了，然后接着话头说："要是那样，就永远那样了。没人能重新开始，被上帝遗忘了就永远也记不起来了。"

"不对，爷爷，可以重新开始的，老奶奶说过，我那本书中的故事也这么说——但是您还没听过。咱们赶紧回家，我给您读，您知道有多感人的。"海蒂着急地使劲儿爬着，速度越来越快，刚到山顶，海蒂就把爷爷的手松开，跑进了小屋。爷爷把肩上的篮子放下，那是箱子里东西的一部分，箱子太沉扛不上来，然后他就坐下沉思着。

　　很快，海蒂把书拿出来了。"很好，爷爷，请坐好!"见爷爷坐下了，她叫道，并在他身边坐下。一下就把书翻到了那个故事的那一页上，这故事被她读了无数遍，所以书一打开，就自动翻到那一页。海蒂开始朗读：牧羊人的儿子高兴地在家里帮父亲牧羊，他衣着整洁，拿着鞭子，望着夕阳，跟插画上一样。但是他突然说要自立，要自己的钱和财产，自己说了算，于是就要父亲跟他分家。然后他就离开了家，财产花光了之后，他就给人放猪，那户人家没有父亲家那样的土地和羊群。他只好照看这些猪，衣衫褴褛，吃的是猪狗食。这时，他想起家里的生活一直很幸福，想起父亲以前一直疼爱他，自己实在是忘恩负义，他又伤心又渴望回家，忍不住哭了。他想："我要是还能回家，会在父亲身边说：'爸爸，我不配做您的儿子，就让我做您的仆人吧!'"他离家还有好远的时候，父亲看见了他……这时海蒂停住了："爷爷，您觉得后来怎么样呢?"她说，"他父亲是否依然生气，并对他说：'我早就说过!'好，让我接着讲下去吧。"父亲见到他非常激动，跑过去低头亲吻着他的脖子，儿子说："爸爸，我在您的面前亵渎了圣灵，已经不配再做您的儿子了。"然而父亲却吩咐仆人："给他穿上最好的衣服；给他戴上戒指，穿上鞋子；宰一只最肥的小牛，我们要美餐一顿，我的儿子死而复生了，他迷途知返，浪子回头了。"他们又和以前一样快乐了。

　　"多美的故事啊，爷爷。"海蒂说，期待爷爷惊喜的表情，可是老人只默默坐着。

　　"没错，海蒂，很美的故事。"他回答的时候异常严肃，海蒂坐在那儿沉默着看图画。一会儿，她指着图画给爷爷看："瞧他多幸福啊!"她指着那站在父亲身边的回头浪子，他衣着整洁，又成了父亲的好儿子。

　　过了几个小时，海蒂睡着之后，爷爷登上梯子，让灯光照到孩子身上。她的双手还在合着，好像做梦也在祈祷着，稚嫩的小脸儿平静而又虔诚。爷爷入了迷，默默瞅了好久。最后，他也交叉着双手，低头小声说："爸爸，我在您的面前亵渎了圣灵，已经不配再做您的儿子了。"说着，脸上滚落下两颗大大的泪珠。

第二天一大早，他就起床出门，静静地望着。清晨的阳光明亮地照耀着山坡和幽谷，山下传来几声悠扬的钟声，鸟儿在杉树林里欢唱。他回到屋里喊："快来！海蒂！天亮了！把你最好的衣服穿上，我们今天去教堂做礼拜！"

海蒂很快准备妥当，爷爷跟平时不太一样，她要更快点。她很快穿上法兰克福带回来的衣服下楼了，瞅着爷爷惊呆了，她愣愣地盯着爷爷。"噢！爷爷！"海蒂叫道，"我都没见过您这么打扮！这件银纽扣外衣也是！您穿着它真精神！"

老人微笑着说："你也是呀！走吧！"说完，他拉着海蒂往山下走。此时，到处都响起了钟声，离谷底越近，钟声越响亮、饱满，海蒂兴奋极了，她说："爷爷，您听！好像过节一样！"

海蒂和爷爷走进教堂，坐在后排，这时大家已聚在一起，开始唱诗了。但圣乐还没奏完，人们你捅我我捅你地耳语着："瞧见没？阿尔姆大叔来教堂了！"

很快，教堂里所有人都发现了大叔，女人们都停下来往后看着他们。但开始布道后，大家都很专心地听着，因为传道士的讲话洋溢着感激和温暖，每个人都被感动了，看起来所有人都是快乐的。结束了仪式，大叔就拉着海蒂走出了教堂，直奔牧师家。大家望着他们的背影很感兴趣，有些人甚至在身后跟着，看他是不是去牧师家里，他确实去了。大家就三三两两谈论起来，眼睛一直盯着牧师家的大门，想看看大叔走出来的时候是怒气冲冲还是和颜悦色，大家实在不知道今天是怎么了，这老头儿是被什么风吹下山的。不过，有的人观点变化了，觉得大叔也许并不是那么坏，"你看他拉着那孩子的手时多用心啊！"其他人也表示赞同，说早就觉得人们夸大其词，他要是真那么坏，肯定不敢去牧师家。这时磨坊主插嘴说："我早就跟你们说过，那个孩子为什么会放弃有好吃好喝好招待的地方，偏要回家跟可怕的爷爷一起生活呢？她爷爷那么冷酷无情！"

于是，所有人对大叔都友好起来，女人们纷纷走过来，转述着彼得和她奶奶说过的话，最后，大家都站在那儿，好像等着失散已久的老朋友回来。

话分两头，大叔来到牧师家，敲着书房的门。牧师迎了出来向他问好，并没有很惊奇，好像早就在等着他来，他很可能在教堂的时候就注意到他了。他热情地跟大叔握手，大叔却说不出话来，他没想到牧师会这么热情。最后，他平静下来，说："牧师，我来这儿是希望您忘了我说的话，您别放在心里，您好心劝我，我却冥顽不化，跟您对着干。您是对的，我错了。我已经想开了，就像您说的，在德芙里村找个地方过冬，孩子并不结实，抗不住山上的严寒。要是大家不相信我，对我冷眼相待，那都是我自己的错，我相信，您不会那么做的。"

牧师的眼睛和善而又愉悦，他把老人的手用力握住，动情地说："老邻居，我很高兴您来之前去了应该去的教堂。您回到我们中间不会后悔的，对我来说，您作为朋友和邻居永远都是受欢迎的，我期待着许多美好的冬夜跟您一起度过，我会非常珍惜您来陪我，我们也会为孩子找到许多好朋友的。"说着，牧师和蔼地抚摸孩子的鬈发，拉着她，与大叔一起走到门口，一直送他们到门外，牧师才道了别。所有人都看到了握手惜别的场面，他们好像老朋友一样依依不舍。刚关上大门，众人就拥过来，争相与阿尔姆大叔握手，面对许多只伸过来的手，老人都不知道该握哪只了。有人说："我真高兴您又回来了。"又有人说："我早就想跟您好好聊聊了。"友好的问候从四面八方传来，当阿尔姆大叔告诉众人他打算冬天回到德芙里的故居时，大家都欢呼起来。看了那场面的人都会以为老人是全村最受爱戴的人，没了他，大家简直都生活不下去。大多数人都陪他和海蒂往山上走了一段路，道别的时候，每个人都邀请他下次到自己家做客。最后分手时祖孙二人站在一起，望着大家远去的背影，老人的脸上神采奕奕，流露出内心深处的欢乐。海蒂抬起清澈的眼睛对他说："爷爷，您今天真了不起，这可是头一回啊。"

"是吗?"他微笑着回答，"你说得对，海蒂!我今天真的非常高兴，没想到这么高兴，与上帝和人们重修旧好真是件高兴的事!感谢上帝把你赐给我!"

他们走到彼得家时，爷爷推开门径直走了进去。"早啊，老太太，"他说，"我看咱们在寒风刮起来之前要再把房子修一修。"

"我的上帝，是阿尔姆大叔吧!"老太太高兴坏了，惊喜地叫起来，"真没想到您居然来了!您为我做了那么多事情，我一定要好好谢谢您!愿上帝赐福给您!愿上帝赐福给您!"她颤抖地伸出手去，爷爷亲热地握住了那只手，她紧紧地握着阿尔姆大叔的手说："我还有件事想请您帮帮忙，阿尔姆大叔，不论我以前是不是做过什么对不起您的事情，您千万不要生气，千万不要把小海蒂送到别处去，真的希望您不要用这种方式惩罚我。哦，您不知道这孩子对我来说是多么重要呀!"说着，她紧紧地搂住海蒂。

"别害怕，老太太，"阿尔姆大叔语气很坚定，"我不可能用那种方式来惩罚您和我自己，从今以后我们大家一起生活，不再分开。愿上帝保佑我们永远如此。"

布蕾吉特把大叔拉到一个墙角，然后把插有漂亮羽毛的帽子拿给他看，告诉他为什么帽子会在那儿，而且还说，她怎么会要一个小孩子的东西呢。

但爷爷没有表现出一点儿不高兴，他说："这帽子是属于她的，她有权利决定这顶帽子的归属，既然她不想戴，又把它送给了您，您就安心地收下吧。"

听了这话，布蕾吉特高兴极了，她说："它值整整十个先令呢!"说着，她拿起帽子又欣赏了一番，"您看，这次海蒂去法兰克福帮了我们多大的忙啊!我常常想如果能把彼得送到那儿去待一段时间，肯定不错，您说呢，大叔?"

爷爷的眼里闪出快乐的光芒，回答说那也许会不错，不过还是要等到有好机会再去的好。只见彼得急匆匆地跑了过来，一头撞在了门上，震得屋里的东西都跟着摇晃。他上气不接下气地跑了进来并拿出了一封信。这可又是一件从未发生过的大事：这封信是写给海蒂的，刚从德芙里的邮局送来。大家围坐在桌子旁边，准备听海蒂读信中的内容，这个时候，海蒂已经打开信封，毫不犹豫地读了起来。这是克莱拉写给海蒂的，她说自从海蒂走后，家里就变得非常的没意思了，无聊极了，她不知道该如何做，再也受不了了，就缠着她的父亲，让他带她出去玩，而她父亲终于同意秋天带她去雷格兹的温泉浴场，奶奶也打算去那里会合，然后她们就一起来看看海蒂和爷爷。老太太还说，海蒂把白面包作为礼物带给山里的奶奶是非常好的事情。还说要是再带点儿喝的东西就更好了，所以她说她要送些咖啡来，已经寄过来了。老太太还希望秋天她来到阿尔姆山后，海蒂能带她四处转转，并能看看她的老朋友。

听到这个消息，大家又高兴又惊讶，不禁大叫起来。大家兴高采烈地聊了起来，时间不知不觉地就过去了，连爷爷都没有觉察出时间是怎么过去的。想到即将来临的日子，大家都很兴奋，更让人高兴的是，今天终于能聚在一起有说有笑了。奶奶说："世界上最令人高兴的事就是能和老朋友见见面，聊聊天。不管怎么说，我们又找到了属于我们的东西，人的心灵为此感到安慰。你们明天还会来吧，阿尔姆大叔？还有你，孩子？"

阿尔姆大叔紧握着奶奶的手，承诺一定会再来。此刻，到了该分别的时候了，海蒂跟着爷爷向高山牧场走去。清晨下山时，伴随他们的是远近的洪亮的钟声的问候，此时此刻，伴随他们上山去的，正是从山谷里传来的清幽的晚钟，这晚钟一直将他们送到高山牧场上的茅屋前。那时，他们的小屋正沐浴在礼拜日的晚霞之中。

倘若法兰克福的奶奶能在秋天来到这里，那么一定会给海蒂和彼得奶奶带来新的快乐和惊喜。毫无疑问，放干草的茅屋的阁楼上马上就会迎来一张名副其实的床，因为法兰克福的奶奶无论走到哪里，那里的一切，不管屋里屋外，都会马上各就各位，井井有条。

15. 准备旅行

　　此时，曾给海蒂看病、并决定送她回家乡休养的那位友善的医生正穿过法兰克福的宽阔的街道，向塞斯曼家中走去。这是一个九月的清晨，阳光明媚，天朗气清，不难想象，每个人都会因这样的日子而心情舒畅。但医生并没有去观望头顶上蓝蓝的天空，而是双眼死死盯着脚下的白石头。他的脸上写满了悲伤，在此之前从没有人看到过他露出这样的神情。从今年春天开始，他的头发就渐渐变得灰白。他有一个独生女儿，自从他的妻子离开人世，他全部的快乐就都寄托在了他仅有的女儿身上。但是，几个月以前，这个如花似玉的姑娘被死神带走了，他永远失去了她，自此人们就再也不曾看到过医生的笑容。

　　医生拉响门铃后，塞伯斯坦给他开了门，并热情地请他进去。医生不单单是塞伯斯坦及其女儿的好朋友，因为他很善良，这里所有人都非常尊敬他。

　　"一切都好吗，塞伯斯坦？"医生用和往常一样愉快的语调问道，然后向楼上走去。

　　"您来了，我真高兴。"塞斯曼冲着医生说，"我们得好好聊聊关于这次的瑞士之行。现在克莱拉的身体确实比以前好多了，您还是坚持不能让她旅行吗？"

　　"我亲爱的塞斯曼，您怎么会这样，虽然她的身体比以前好了点儿，可是还是不能去旅行的！"医生说着坐在朋友身边，"我真希望您母亲能在这儿，如果她在这儿的话，她的想法会和我一样，根本不可能让克莱拉旅行的。我们昨天已经谈了很多次了，每次她都会问同样的问题，而您又很清楚我的想法。"

　　"是的，我很清楚，也许我已经把您问烦了，可是，我亲爱的朋友，您一定要理解我的心情。"赫·塞斯曼乞求地把手放在医生的肩上，"我没有勇气拒绝孩子，而且我已经给孩子做了保证，答应过她了，这几个月来，她日夜盼望着那天的到来。现在又突然说不能去了，她该多难受啊。上次发病，她能顽强地忍受下来，完全是因为这件事给了她希望，一想到能很快去瑞士见朋友海蒂，她就非常高兴，她的精神就振作起来了。可是现在您让我对她说，她那盼望已久的旅行必须取消吗？我不敢也不忍心这么说，如果我说了，您想想，这对她来说将是一件多么残酷的事情。"

"您一定要拿定主意，塞斯曼，这是没有办法的事情。"医生很严肃地说，看到朋友垂头丧气，一言不发的样子，他停顿了一下，然后又说，"您好好考虑一下目前的情况。克莱拉有好几年没像今年夏天病得这么厉害了，您想想这么远的旅行，将会导致什么后果。对克莱拉来说，她的身体完全撑不下来。现在已经九月份了，牧场的风景肯定很迷人，但也同样可能已经很冷了。白天已经开始越来越短了，而且克莱拉又绝不能在山上过夜。她每天只有两个小时的时间外出探望朋友，但是她只能坐在轮椅上被抬上山，所以这要用去好几个小时。所以，塞斯曼，一句话，这是不可能的。要是您有什么顾虑的话，我可以和您一起去对克莱拉说，她是个懂事的孩子，我会告诉她我的计划。明年五月份，带她去温泉浴场，并住在那里治疗，一直住到天热起来。然后再带她到山上玩，那个时候她的身体会好很多，会比现在更能感受到旅行的乐趣，玩得更开心。您要明白，塞斯曼，如果我们想让孩子有机会恢复健康，就必须尽可能小心谨慎，不出一丝差错。"

这时，一直默然静听的赫·塞斯曼突然站起来说："我的朋友，请您告诉我实话，这孩子的病真的能治好吗？"

医生耸耸肩，低声回答："这个很难说。可是，我的朋友，您想想我啊。现在您毕竟还有一个可爱的孩子，盼着您回家，是吧。您不用像我一样回到家，孤单单地坐到餐桌旁。孩子在家里也会感到幸福和舒适。如果说她失去了很多快乐，那么从另一方面看，她却比别人受到更多的爱护。不，塞斯曼，您不该说这些自怜的话。因为您还有克莱拉可以相依为命，而我却是孤独一人！"

赫·塞斯曼在屋里来回走着，这是他平时的习惯动作。突然，他在朋友身边停下来，把手放到他肩膀上说："医生，我忽然有了个主意。您变了，考虑得太多了，我不忍心看到您现在的样子，现在你应该出去散散心，知道我是怎么想的吗？请您这就出发，代表我们去看看小海蒂。"

听到这话，医生大吃一惊，正想开口反对，但朋友却不给他说话的机会。赫·塞斯曼显然很高兴自己的想法，他抓住医生的胳膊，把他拉进了克莱拉的房间。克莱拉总是很高兴见到这位善良的医生，因为他总能讲些愉快的故事给她听。可是最近，他不讲，而且还变得有些严肃，但克莱拉明白其中的原因，她希望这位善良的医生能尽快好起来，像从前那样有说有笑。医生走过来的时候，克莱拉向他伸出手，让他坐在床边。赫·塞斯曼也拉过一把椅子坐下，握住孩子的手，跟她说起了关于这次旅行的事情。由于害怕孩子落泪，他说得非常快，他说目前克莱拉的身体情况不允许她旅行，然后又立刻说到刚才的新主意，他想让克莱拉意识到，如果医生肯答应这次旅行，出去散散心的话，肯定会改变医生的心情，让他变得和从前一样。

克莱拉的蓝眼睛里盈满泪水，她拼命忍耐还是无济于事。她知道自己一哭，爸爸会非常难受的。想起自己病了这么久，瑞士之行一直是她唯一的快乐与安慰，现在却不得不放弃，她没法不伤心失望。但同时她也很明白，父亲从来都没有拒绝过她任何事情，除非他认定这件事对她不利。因此克莱拉尽力忍住眼泪，去想剩下的唯一的一个愿望。她拉住医生的手摩挲着，恳求道："亲爱的医生，请您答应我，去一趟海蒂那儿吧。然后您可以回来告诉我，那山上怎么样，海蒂和爷爷还有彼得他们每天都做些什么，还有山上的山羊。我是从海蒂那儿知道这些的。您可以帮我带些东西给海蒂，礼物我早就想好了。对，还要给奶奶带些。亲爱的医生，请您答应我。您要是肯去，我就听您的话，天天吃鱼肝油。"

不知道是不是因为克莱拉最后承诺的关系，医生很肯定地微笑着说："如果是这样的话，我肯定会去。克莱拉，因为这样你的身体就会慢慢地好起来的，这正是你爸爸和我希望见到的。你打算让我什么时候出发呢？"

"明天早晨——如果可能的话，我希望明天一大早就出发。"克莱拉回答。

"对，她说得对，"赫·塞斯曼插话道，"现在正是阳光明媚、秋高气爽的时节，千万不能错过山上的风景，那么美的风景，可不能留下任何遗憾。"

医生忍不住大笑起来："您接着就会怪我为什么还坐在这儿不动了是吧！好吧，我走了，回去收拾东西，明天一大早就出发。"

可是，克莱拉却不放他走，先请他向海蒂捎去各种口信，然后又嘱咐了一遍让他到处看看，回来好给她讲。她要带的礼物回头再送过，因为得先让弗罗兰·劳顿米尔帮忙打包，而她这会儿去了城里，要过一会儿才能回来。医生答应一切都按克莱拉的吩咐去做，明天就出发，争取一早就走，并会把自己沿途的所见所闻都详细地讲给克莱拉听。

家里的仆人们好像都有一种不可思议的能力，那就是在被正式通知什么事之前就已经把它猜测出来了。塞伯斯坦和蒂耐特就是有这种才能的人，因为就在医生要下楼的时候，蒂耐特就走进克莱拉的房间，而克莱拉刚刚按过铃。

"蒂耐特，请您把那个箱子拿去，装满我们喝咖啡时吃的那种软点心，记住，一定要装满。"克莱拉说着，指了指早就预备好的一个箱子。蒂耐特提起箱子，一脸轻蔑地搬出门去。

"瞎折腾，真是。"离开房间时她粗鲁地说。

塞伯斯坦为医生开大门时，弯腰行礼，说："医生，麻烦您向那个小姑娘说塞伯斯坦也向她问好，好吗？"

"我知道了。"医生说，"这么说，我要旅行的事儿你也知道了？"

塞伯斯坦不自然地轻轻咳嗽了一声，急忙解释说："我是——我已经——我自己还不大清楚。啊，是这样的，刚才我碰巧路过餐厅，听见你们说到那个小姑娘的名字，就推测——所以我想是——"

"呵呵，好了，我知道了。"医生微笑着，"有头脑的人总能发现些什么。再见了，塞伯斯坦，我会把你的问候带到的。"

医生说完，正要快步从敞开的门口走出去。没想到，有人一下撞到了弗罗兰·劳顿米尔身上。因为风太大，没法再在街上逛下去的弗罗兰·劳顿米尔回来了，她正要从外面走进大门。风把她身上的披肩吹得鼓鼓的，像一面张开的帆。医生猛地后退了几步，而弗罗兰·劳顿米尔由于一向景仰面前的男人，为表示特别有礼貌，向后退去，想让他先过。两个人站在门边互相谦让着。突然，又来了一阵大风，一阵大风险些把弗罗兰·劳顿米尔吹到医生怀里，她用力站稳脚跟，等回过神来，才彬彬有礼地与医生握了个手。她觉得今天的大风让她出丑了，特别的懊恼，但医生都有一套安抚人的办法。不一会儿，这位女管家就恢复了常态，姿态优雅地听医生说话了。他把旅行计划告诉了她，然后和蔼可亲地请她把给海蒂的礼物收拾包装好，因为只有她才知道怎么做这事。随后，医生就离开了。

克莱拉本来以为自己一说给海蒂礼物的事，弗罗兰·劳顿米尔就会先唠叨一顿，才会把自己选定的礼品都打到包里去，可是这回出乎意料了。弗罗兰·劳顿米尔今天心情特别好，立刻把大桌子清理了一下，把克莱拉说的所有东西都摆到上面，让克莱拉亲眼看着打包。要把那些东西打包，可不是件容易的事情，因为那些礼物各种各样，而且有大有小。先是一个有帽子的厚实的大衣，那是克莱拉亲手设计的，为的是让海蒂在冬天随时都能去看望奶奶，不用像原来似的只能等爷爷一起去时，让爷爷用床罩把她包起来送下山去。然后，是一件看上去很暖和的厚披肩。克莱拉想：不管外面风多大，奶奶只要围上它，都不会觉得冷的。再有就是满满的一大箱糕点，也是送给奶奶的，因为喝咖啡时，不能只吃些面包，还可以吃一些其他东西。还有一根巨大的香肠，那本来是想送给彼得的，因为他只吃过面包和奶酪，还从来没有吃过香肠，可是后来克莱拉转念一想，要是彼得高兴起来一下子把香肠吃光了可就糟了，那样会撑坏的。所以她决定把香肠送给布蕾吉特，因为布蕾吉特可以为自己和奶奶留下些，还可以给彼得吃一些。除此之外，还有一些烟草，那是给爷爷准备的，因为海蒂说过爷爷喜欢傍晚的时候坐在小屋前抽烟。最后是许多小袋子、小包裹和小盒子，里面的东西都是克莱拉收集起来的，克莱拉猜想：海蒂看了准会又惊讶又高兴。过了一段时间，包终于打完了，弗罗兰·劳顿米尔满意地看着，欣赏着自己完美的打包艺术。克莱拉也高兴地看着大包裹，她眼前浮现出小海蒂看见送来这么大个儿的包，吃惊得直跳，欢喜得直叫的样子。

这时，塞伯斯坦走了进来，弯腰一把把包裹扛了起来，接着就离开了房间，准备让人马上把它送到医生家。

16. 来访者

　　早晨的霞光染红了山脊，一阵清凉的晨风穿梭在杉树林里，剧烈地摇晃着那些老树枝，发出阵阵沙沙声。海蒂被树枝发出的沙沙声所唤醒，睁开了双眼。风吹树枝发出的美妙音乐总是能紧紧地抓住她的心，好似存在一股强大的吸引力，将她吸到杉树下面。于是，海蒂一下子跳下床，几乎已经没有时间收拾自己了，可是她知道一定要将自己打扮得干干净净，因为她深知小女孩时刻都应该保持干净整洁。

　　她爬下床，顺着梯子走了下来，爷爷的床上已经没有人了，海蒂一蹦一跳地走向外面，发现爷爷正站在门口，一如每天早晨那样抬头看着天空的各个方向，想看看今天的天气怎么样。

　　天空中有一朵粉红色的云，天渐渐亮了起来，而且慢慢变成了蔚蓝色。对面的群山和牧场附近都被染上了一层金色。早晨的太阳正慢慢爬向山顶上高高的岩石。

　　小海蒂边跑边喊道："啊，太漂亮了！实在是太漂亮了！早上好，爷爷！"

　　"怎么？你睡醒了？"爷爷冲她挥挥手，微笑地说道。

　　海蒂跑到杉树下去倾听那让她心动的声音，每当大风吹来，树梢高声响起来时，她就大声地欢呼起来，蹦得更高，跑得更快。

　　这时，爷爷去给山羊挤奶了。挤完奶，还要给它们洗澡、刷毛，把它们俩收拾得干干净净，带到屋前的空地上，准备让它们待会儿上山。海蒂一看到这两位朋友，就赶紧跑过去抱住它们的脖子，和它们亲热地打招呼。两只山羊也高兴地"咩咩"直叫。它们用头顶她，看谁离她更近，海蒂被夹在了中间，都快给挤扁了。不过，海蒂一点儿都不害怕，当小熊用力有些过猛的时候，海蒂只需要说一声："别那样，小熊，那跟野蛮人一样了。"小熊就赶紧把头收回，不再使劲儿了，同时还把头挺得高高的，做出一副文雅的样子给她看。脸上的表情像是在说："谁也不会说我像特克的。"然而雪白色的天鹅要比棕黑色的小熊高雅多了。

这时，从山下传来了彼得的口哨声，所有的山羊都围拢过来，蹦着，跳着，小海蒂眨眼工夫就被团团围住了，羊儿们都想亲近她，它们来回顶撞着，以自己特有的方式向她问候。最后，海蒂终于冲出重围，走到没有办法靠近她的小雪花身边。

这时，彼得走过来又吹了一声口哨，他想把山羊都赶跑，自己去跟海蒂说句话。羊群一听到口哨声，就散开了，于是，彼得走了过去。

"你今天能跟我一块儿出去吗？"他问，好像有点儿不太高兴。

"恐怕不行，彼得，"她说，"我不知道从法兰克福来的人什么时候到，我得在家等着他们，万一他们到的时候，我不在家多不好啊。"

"这话你都说了好几天了。"彼得不满地嘟囔着。

"可是，我还得这样说，他们来之前，我都不能去。"海蒂回答，"你想想，彼得，他们到的时候，我怎么可以不在家呢？我能做出这种事情吗？"

"让阿尔姆大叔在家等着不就行了吗？"他咆哮着。

就在这时，响起了爷爷那洪亮而浑厚的声音："怎么样了？这部队怎么还不出发啊？是将军不听话？还是小兵们不听话？"

一听这话，彼得立刻转身离去，他使劲儿挥起了手中的鞭子，抡得呼呼直响。山羊对这个信号很熟悉，都飞快地向山上跑去，彼得紧紧跟在后面。

自从海蒂从法兰克福回到爷爷身边以后，就经常想一些以前从未想过的问题。每天早晨，她认认真真地整理床铺，把床单抚得没有一丝皱褶。然后，她就下楼，把每张椅子都放回原位，并把放得到处都是的东西都收拾到柜橱里。然后又拿起抹布，站到椅子上，把桌子擦得干干净净。过一会儿，爷爷回到屋里，四处一瞧，非常高兴地自言自语："我们家收拾得真干净，每天都像是在过礼拜天，海蒂从法兰克福回来后变化真大啊！"

彼得离开后，小海蒂像每天那样，和爷爷吃过饭，立刻开始了她的工作，但是进展得不够快。因为，今天外面的天气太好了，每干一小会儿，小海蒂就会被外面的风景给迷住，忘了手里的活儿。就像现在似的，一缕明亮的阳光从敞开的窗户射进来，像是在活蹦乱跳地说："出来呀！海蒂！快出来！"小海蒂待不下去了，忍不住跑到屋外。明亮的阳光照着小屋周围的一切，还有那群山和远方的山谷，草地上金光闪闪，格外诱人，海蒂非常想坐到上面去望望周围迷人的景色。突然间，她想起凳子还摆在屋子的中央，早上吃过饭的饭桌也还没擦，于是，海蒂跳起来，跑回小屋。可是不大一会儿，外面杉树哗啦啦的响声又钻进小海蒂的耳朵里，海蒂又忍不住跑了出去，随着摇动的树枝翩翩起舞。爷爷在里侧的仓房收拾东西，会时不时地出来看看，微笑地看着蹦蹦跳跳的海蒂。这一次爷爷刚刚回到棚子里，就听海蒂喊道："爷爷！爷爷！快来！快来呀！"

爷爷吓了一跳，以为她出了什么事，赶忙跑出来。却看见她向通往山下的路口跑去，一边跑一边喊："来了！他们来了！他们真的来了！医生在最前面！"

海蒂冲上前去欢迎自己的老朋友，医生伸出手来跟她打招呼。海蒂走到跟前，抓住他伸过来的胳膊，高兴坏了，又蹦又跳地大声说："早上好，医生！欢迎您来。太谢谢您了！"

"啊，你好，小海蒂！你谢我什么呢？"医生微笑着问道。

"多亏您，我才能回到爷爷这儿。"孩子解释说。

医生的脸色顿时为之一亮，仿佛有一道阳光扫过：他没有想到会受到这么热情的欢迎。刚才上山的时候，他心情黯淡，沉浸在失去女儿的痛苦之中，根本没有留意周围的美景，而且越往上爬景色越美。他以为小海蒂已经不记得他了，因为他根本没有和小海蒂见过几次面，医生来的时候就没抱什么希望，没指望受到热情的欢迎。但事实恰恰相反，没想到海蒂欢喜的亮眼睛里充满感激和热爱，一直拉着自己的手不放。

他慈父般握住海蒂的手说："带我去见你爷爷，海蒂，带我看看你们的住处。"

海蒂听了，仍然一动不动地站在那儿，疑惑地向下凝望着。"克莱拉和奶奶呢？"她问道。

"哦，我来跟你说点儿事，听了后你会和我一样伤心，我真的不想和你说这件事，"医生回答，"海蒂，其实，我是一个人来的。因为克莱拉的身体不适合远途旅行，所以奶奶也就没来。不过等到春天，天长了，暖和起来的时候，她们一定会来的。"

小海蒂完全不能相信这个事实：许多天来她盼望的一切竟都不会实现了！小姑娘为这意外的消息惊呆了，好半天没回过神来。医生站在她面前，没再说什么。周围静悄悄的，只能听到杉树的叹息声。然后，海蒂突然想起自己跑下山的目的，想起医生真的已经站在面前，便抬起头看了看眼前的人，看到了他眼中悲哀的神色，这神情她在法兰克福的时候可从来没见过。海蒂的心痛了，她最不忍心看别人难过的样子，更何况是那么和蔼、善良的医生。毫无疑问，那肯定是因为克莱拉和奶奶不能一同前来，于是，小海蒂开始想怎么安慰下医生。

"噢，这样啊，春天马上就要到了，那个时候她们就会来了。"她说话的语气很肯定，"我们这儿时间过得很快。等她身体好了，就可以来这里住一段时间的，克莱拉会非常高兴的。走吧，我带您去见我的爷爷。"

两个人手拉着手，向山上的小屋爬去。路上海蒂还在一直琢磨着，怎么才能让医生高兴起来呢，就又一次向他保证说山上的冬天过得非常快，春天很快就会来临的。她对自己的话充满信心，因此刚走到爷爷跟前，她就高兴地说："克莱拉和奶奶没有来，但很快就会来的。"

对爷爷来说，这位医生并不完全是个陌生人。因为孩子已经多次跟他谈起过这位朋友。老人友好地伸出手向客人表示问候。两个人在屋前的长椅上坐下来。海蒂也坐在自己的小凳子上，医生亲切地让她坐在自己身边。医生告诉阿尔姆大叔，是赫·塞斯曼先生坚持让他到这里来的，他很长时间以来一直心情郁闷，也觉得出来走走也许会好些。随后，他低声告诉海蒂，他从法兰克福带来的礼物马上就会送上山来，还说她见到以后，会比见到他这个老医生要高兴得多。听了这话，海蒂心里激动起来，猜想着会是什么，急切地盼着礼物快快送上山来。阿尔姆大叔希望医生能在这里多住几日，在天气晴朗的时候经常到山上来，因为山上的秋天非常美，能让人心情舒畅。因为这里无法提供医生住宿，但是他劝医生不要再回雷格兹，住在德芙里就很好，虽然简朴，却也整齐干净。那样的话，他可以每天早晨上山来，而且还不会太累。如果医生愿意的话，大叔可以亲自做向导，带着他在山上四处逛逛。医生听了很高兴，完全同意爷爷的意见，就按爷爷说的住了下来。

这时，太阳已经高高地爬上天空，中午到了。风早就停下来，杉树枝安安静静的。山上的空气温暖适宜，诱人的清新中透着阳光的温馨。

阿尔姆大叔站起身走进小屋，不一会儿，搬出一张桌子，放在长椅前。

"海蒂，快去拿餐具出来，准备吃饭了。"他说，"我们就是这样，请将就些吧，虽然食物不是太丰盛，但是味道还是很不错的。"

"我就是这么想的，"医生回答，眺望着阳光普照的山谷，"我很高兴接受您的邀请，在这美丽的山上，食物一定会非常美味。"

海蒂忙得像只小蜜蜂，飞快地跑来跑去，把壁橱里的东西拿到桌上。一想到能有机会为医生服务，她就特别的高兴。没过多长时间，爷爷就准备好了午饭，他端来一大罐热气腾腾的奶和许多烤得金黄的奶酪，然后他又切了一些在山上清新空气中风干的熏肉，切得整整齐齐的。医生说，他有一年没吃过这么香喷喷的午饭了。

"克莱拉是得到这山上来住几天，"他说，"这里的食物这么美味，如果她能像我今天这样吃上一段时间，我相信用不了多久就会变得非常壮实了。肯定胖得认不出来了！"

就在他说话的时候，一个背着大包裹的人从下面爬上山来，来到小屋前面，把包裹往地上一放，深深地吸了几口山上清爽的空气。

"啊，就是这个，这就是我从法兰克福一路带过来的东西。"医生站起身说。他拉起海蒂的手一起走到大包旁，解开上边的绳子。海蒂怀着期盼的心情盯着看。把最外层的厚包装打开后，他说："好了。孩子，来，你来把自己的礼物拿出来吧。"

然后，海蒂把送给她的礼物一个接一个地全部打开了，摆放了一地，她盯着面前摆的这些东西，极度的惊喜使她一时说不出话来。医生又来到她旁边，把一个大箱子的盖子打开给她看，告诉她那里面是送给奶奶喝咖啡时吃的糕点。她高兴地大叫起来："这是真的吗？这下奶奶可就能吃到好吃的点心了。"说着她就想把东西都重新包好，给奶奶送去。但爷爷说晚上他要和医生一起下山，那个时候让海蒂带上东西，跟着一起去比较好。这时，海蒂发现了那包精美的烟叶，跑着给爷爷送了过去。爷爷马上高兴地把烟丝装进烟斗吸起来，然后两个大人坐在长椅上各自吐着大大的烟圈，谈论起各种各样的事情，而海蒂则一件一件地翻看着自己的礼物。突然，她跑到医生面前，等他们说完了事情后，开口说："不，医生，那些礼物加起来带给我的快乐，也没有您来这儿让我高兴。"

两个人听完，不禁大笑起来，医生说他可真没这么想过。

过了一会儿，太阳开始落山了，医生站起来说，该下山去德芙里找旅馆了。爷爷抱着点心箱子、大香肠和披肩，医生拉着海蒂的手，三人一起向山下走去。到了彼得家，海蒂就跟他们说再见了，说好爷爷把医生送到德芙里后回来顺路接她，海蒂就在奶奶这等着。医生跟她握手告别，她问："您明天早上想不想和我们一起到山上放羊？"除此之外，小海蒂再也想不出什么好玩的事情了。

"当然，我非常愿意！"医生回答，"咱们一块儿去。"

于是，爷爷和医生下山了。海蒂跑进屋去看奶奶，她费了好大劲儿才把点心箱子给拖进屋，然后又跑出来拿香肠，最后又跑出来拿披肩。她把这些东西都放在奶奶身旁，好让奶奶用手一摸就知道是什么，还把披肩放到奶奶腿上。

"这些都是法兰克福的克莱拉和奶奶送的礼物。"她对感到惊奇的奶奶和布蕾吉特说。布蕾吉特早就惊得手脚都不会动了，从刚才海蒂使足力气一件一件搬进来时，她就只能呆呆地望着这一切，不知道怎么回事。

"奶奶，您尝尝，特别的软！您喜不喜欢这些糕点？"海蒂一遍一遍地说。奶奶也就不停地回答："是的，是的，海蒂，真的很好吃，奶奶特别的喜欢！他们真是好人呀！"然后又用手抚摸着又柔软又暖和的披肩说："这么好的披肩现在是我的了，真是想也不敢想啊，冬天围着它肯定特别的舒服。"

哦，和糕点比起来，原来奶奶更喜欢披肩，这不禁让海蒂感到奇怪。与此同时，布蕾吉特正用一种不可思议的眼神看着那根大香肠，因为她从来没有见过那么大的香肠，更不用说拥有一根了，她简直不能相信自己的眼睛！布蕾吉特摇摇头，有些惶恐地说："我得问问大叔这是干什么用的。"

可海蒂听了，毫不犹豫地回答："这是吃的，没别的用途。"

这时，彼得跌跌撞撞地走了进来，"阿尔姆大叔就在我后面，马上就来了，海蒂她——"他开口说道，然后突然停住了，因为他看见了那根大香肠，吃惊得说不出话。而小海蒂知道自己该走了，立刻同奶奶握手道别。现在爷爷每次路过彼得家门前都要进去向老太太问好，奶奶经常听他对自己说些安慰鼓励的话，所以一听到爷爷的脚步声就十分高兴。但是今天对海蒂来说太晚了。因为她每天早上都起得特别早，所以爷爷从不让她睡得太晚。今天晚上他只是从门外向老太太道了声晚安，就带着正好跑出来的海蒂回家了，爷孙俩在星光的陪伴下，静静地向山顶的小屋走去。

17. 补 偿

次日一早，医生就和彼得一起从德芙里出发向山上走去。这位和善的绅士好几回都想和彼得说句话，他找了很多话题，但是不管他问什么，彼得都不肯开口和他说话，因为他从不轻易和别人说话，对此医生也束手无策。所以，这一路上他们都非常沉默，等两人来到小屋旁边的时候，小海蒂正带着爷爷的两只羊在那里等他们。这三个小家伙看着就像山里新升的太阳那样朝气蓬勃。

"今天你会去吗?"彼得问道。他每天早晨都会这样问一遍，不知道究竟是询问还是命令。

"要是医生去，我自然也会去啦。"海蒂说。

彼得斜着眼看了看医生。这时爷爷手里拿着放面包的口袋走了出来，他和医生问好之后，就来到彼得面前，让他背着袋子。和以前相比，这个袋子要重很多，因为还装了些肉，他想：医生到了山上，也许会喜欢那片牧场的，也许会想和孩子们一起在那儿吃午饭。彼得咧嘴笑了笑，他猜想里面肯定有很多好吃的。

于是，大家开始向上爬去。跟往常一样，小海蒂又被羊群团团围住了，它们都想离她最近，最后海蒂站住说："好了，好了，你们不要再这样了，都规矩点儿，快点儿往前跑，我要跟医生说说话。"说完，她就在小雪花背上轻轻地一拍，嘱咐它要好好听话，然后，好不容易从羊群里跑出来，来到医生旁边。医生拉起她的手，握得紧紧的，这次可不会像刚才那样没人和自己说话了。海蒂说了很多，她告诉医生山羊和它们各自的习性，而且还讲到了山上的鲜花、石头、小鸟等等，谈着聊不完的话题，不知不觉地就到了牧场。一路上，彼得不知瞥了医生多少次，那眼神很不友好，但是医生一直都没有看到，否则他会非常吃惊的。

海蒂带着医生来到了她认为最美的地方，坐在那儿，能欣赏周围的美景。医生跟着她，也学她的样子坐在温暖的草地上。秋天金黄的阳光洒遍山顶牧场，也洒向远处绿色的山谷。到处都是温暖的阳光。

对面广袤的雪地在明亮的阳光下闪烁着耀眼的金色光芒，那两个灰色的山峰古朴肃穆，笔直地冲向蔚蓝的天空。一阵清晨的微风吹来，柔和凉爽，吹着蓝铃花随风轻柔地摇曳，纤美的花朵在阳光下频频点头微笑。天上，一只老鹰在一圈一圈地盘旋，可今天它没有叫，只是展开翅膀在蓝天上慢慢地绕着飞。海蒂欣赏着周围的美景，一会儿看看左边的，一会儿看看右边的，她高兴极了。波浪起伏的鲜花，海水般清澈的天空，亮丽明媚的阳光，悠然自得的老鹰，这一切真是太美了！她的眼里闪烁着极为兴奋的光芒。她想问问医生这里的风景怎么样，就扭头看向了他。医生正坐在那儿，若有所思地看着身边的景色。当他看到海蒂那兴奋的目光，他说："海蒂，这里的风景真是美极了，这里的一切都是那么美丽。可是请告诉我，如果一个心情悲伤的人来到这里，怎么才能治愈心灵的创伤，使他也能欣赏这眼前的美景呢？"

"噢，医生，"海蒂说，"在这个地方没有人会感到伤心难过的，只有法兰克福才会有。"

医生笑了笑，然后低声说："假如一个人把悲伤从法兰克福带到了这里呢？你有什么办法帮助他吗？"

"如果您不知道该怎么办，那就把这件事告诉上帝吧。"海蒂很有把握地回答。

"啊，这个主意很不错！海蒂，"医生说，"但是如果这些悲伤的事情都是上帝安排的话，那还能跟他说什么呢？"

海蒂坐在那儿想了又想，她相信一个人无论有多么伤心难过的事，上帝都会帮助他的，对于这个问题，她只好从自己的经历中找答案。

"那您就得等，"她说，"还要不断对自己说，上帝当然知道如何使我们摆脱痛苦，获得欢乐，我们要有信心，要相信上帝，不能半途而废。然后一切都会变好的，到那时我们就能明白上帝是怎么帮助我们的。可我们不能预见事情的发展，不能一直都在想那些伤心难过的事情，觉得自己很不幸，认为事情总会那样。"

"这是个美好的信念，孩子，一定要坚持这个信念。"医生说。

他默默地望了一会儿远处高大的岩石和阳光下绿色的山谷，又说：
"海蒂，你知道吗？有个人眼前被一片阴影遮住而看不到周围美丽的
景色，坐在这儿心里很难受，而且这会儿更难受了，你知道吗？"

一阵剧痛刺过孩子那年轻快乐的心灵，"看不到周围美丽的景
色"，这一下子让她想到了奶奶，她老人家再也看不到山上美丽的景
色和灿烂的阳光了。海蒂感到非常难过，每当想起黑暗，她都不由
自主地会有这种感觉。她快乐的心情被这突如其来的悲伤打断了，
她沉默了一会儿，低声说道："我知道，不过，在伤心难过的时候，
可以朗诵赞美诗，那会带来一些光明，如果光明常常照亮她的心，
她就会变得很开心。这是奶奶自己告诉我的。"

"哦，那是什么样的赞美诗呢，海蒂？"医生问。

"我知道有唱太阳的歌，唱美丽的庭院的歌，这些都是奶奶喜欢
的，还有另外几首长些的。我总是把这些给奶奶念上三遍。"海蒂
回答。

"小海蒂，你能给我朗诵吗，我也喜欢听。"医生靠着石头动了
动，让自己坐得舒服些，准备认真听小海蒂朗诵。

海蒂双手合在一起，认真想了想，说："奶奶说有一首能给她带
来希望和信心。我就朗诵那首行吗？"

医生点点头。海蒂就开始了：

> 不要心烦意乱，
> 也不要担惊受怕，
> 因为，有一位睿智的保护神，
> 为你排忧解难。
> 当你没有办法的时候，他就会帮你，
> 看哪！你的敌人被他打得四处躲藏！
> 此时，你所有的难过，
> 都会变成惊喜的笑颜。
> 有时，他看上去，
> 像是收回了怜悯，
> 不再照顾他的子民，
> 但就算这样也不要怀疑。

他那无尽的仁慈和博爱，
他会满足你所有的愿望，
只要耐心地等待。

突然，海蒂停了下来，她以为医生已经不在听了，因为他用手捂着脸，坐在那儿一动不动。她以为医生睡着了，等他醒了如果他还想听的话就再接着给他朗诵。四周静悄悄的，医生虽然一声不吭地坐着，但却没有睡着。他的思绪已经飞回遥远的过去：那时，他还是个小男孩儿。站在妈妈椅子旁边，妈妈搂着他的脖子，把海蒂刚才朗诵的歌念给他听。他已经有许多年没听过那首诗了。他好像又听见了妈妈的声音，仿佛妈妈慈爱的目光正注视着他。海蒂停下来后，那亲切的声音像是还在小声吟诵着什么。医生完全沉浸在小海蒂的诗歌中，双手捂着脸，坐在那里一动不动，过了好久他才回过神来，把手拿开。最后，他站了起来，看到小海蒂正用一种惊讶的眼光看着自己。

"海蒂，"他拉起海蒂的手说，"你朗诵得真好，"他说话的神情，好像好了许多，"你以后能不能经常朗诵这首诗歌给我听。"

而另一边的彼得却烦得想发脾气。海蒂已经有好几天没和他出来放羊了，现在总算来了，却又总是和那个老家伙聊天，自己都没机会跟她说句话。但是又没有什么办法，他只能跑到医生身后几米远的地方，握紧一只拳头，冲着他威胁似的挥舞着，然后又双拳紧握，海蒂在那儿待的时间越长，他的拳头就挥舞得越猛，胳膊就举得越高。

这时，太阳升到头顶，已经到了中午。只听彼得猛地大喊一声："该吃午饭了！"

海蒂一听，站起来想去拿来袋子让医生就坐在这儿吃。但是医生叫住小海蒂说自己一点儿都不饿，只想喝杯奶，然后爬到更高的地方去。海蒂自己也不觉得饿，也想喝一杯奶。她告诉医生，她可以带他去长着苔藓的大石头那儿，那里的草很茂盛，有一只叫"格林芬奇"的小羊差点儿从那儿掉下去摔死。于是她就跑过去跟彼得说，让他去挤两杯奶。彼得吃惊地看着她，过了一会儿，他不解地问道："那这袋子里的东西谁吃呀？"

"都是你的了，"她回答，"不过你得先去挤两杯奶。"

彼得一会儿就把奶挤好了，动作比任何时候都迅速，因为他只要一想到那个袋子的食物都属于他的了就很兴奋。他刚把奶递给海蒂和医生，就迫不及待地打开了袋子，看到里边的肉，他高兴极了。他刚伸手去拿，却像是做了坏事似的马上就缩了回来。想起刚才自己站在医生身后挥舞拳头，而医生却把这么好吃的食物都给了自己，他觉得很不好意思，认为现在没资格享用。他马上跳了起来，跑到刚才挥舞拳头的地方，举起双手，意思是说他收回刚才的拳头，什么事都没有发生。他就这样站了一会儿，直到认为已经全部收回了，才跑回饭袋旁边，问心无愧地坐下来，津津有味地把那丰盛无比的午餐吃光了。

海蒂和医生一路向上爬着，说着各种话题，过了好长时间，直到医生说他该往回走了，两人才停住脚步。医生又问小海蒂，是不是还想和羊群再待一会儿，他自己一个人下山就行。小海蒂不愿意让医生一个人孤独地下山。她坚持陪医生走到爷爷的小屋那儿，甚至再远一些。一路上，她总是拉着医生的手，滔滔不绝地给医生说这说那，指给他看哪里是山羊最爱吃草的地方，哪里是夏天各种鲜花开得最艳最多的地方。她还告诉医生，夏天时爷爷把自己知道的花名全告诉了海蒂，所以她现在对山上的各种花草都能叫出名字。最后，医生坚决不让她再送了，于是两人就互相道别，医生一边向下走，一边回头看，每次都见海蒂站在老地方向他挥手。他想起以前的日子，他每次离家外出时，可爱的小女儿也是这样目送着他……

每天早晨，医生都爬到山上来，然后遍游群山，有的时候爷爷陪他去爬那些较高的山峰。在那边有很多古老的杉树，巨大的老鹰一边叫一边呼啦啦地拍打着翅膀，贴着他们的头皮盘旋。医生发现和大叔聊天特别的高兴，同时也被他那渊博的知识所吸引。他知道这山上长的每一种植物，懂得它们各自的用途，从芳香的杉树和黑色的针叶松，到古老树丛里长在树根和树根之间的卷卷曲曲的青苔和那珍稀的植物与那毫不起眼的花朵。他还熟知大大小小各种动物的生活习惯，给医生讲住在石洞里、土洞里，以及住在高高杉树枝上的动物们的生活习性。医生觉得时间过得又快又开心，每次到了

傍晚分别的时候，他总是诚恳地握着爷爷的手说："每次见到您，都能从您这儿学点儿新东西。"

天气特别好的日子里，医生总是和海蒂一起出去散散步，两人每次都坐在第一天坐过的地方，而小海蒂每次都会给他念那首赞美诗，还把自己知道的事情讲给他听。彼得坐在离他们稍远一点儿的地方，只是现在老实多了，不再像第一次那样挥舞拳头了。

九月马上就要过去了。一天早晨，医生又来到了那个小屋，只是脸上没有了往常愉快的笑容。他说，这是最后一天了，他该回法兰克福去了，他感到特别的伤心和难过，他已经开始把这里当作自己的家了。阿尔姆大叔也为医生要回去有点儿遗憾。海蒂呢，她已经习惯于天天都能见到朋友，突然听说医生要走，都不敢相信这是真的。她吃惊而又疑惑地抬头看着他，但没法子，他真的要走了。医生跟阿尔姆大叔道别后，问小海蒂愿不愿意送他一程。于是，海蒂就拉住他的手向山下走去。她怎么也想不通，医生为什么要这么快就走。走了一段路之后，医生停了下来，"海蒂，你该回去了，"他用手抚摸着海蒂的鬈发说，"我要说再见了！真想把你带回法兰克福，把你留在我身边！"

小海蒂又想起了法兰克福的样子，那里一排排望不到尽头的房子，还有石板铺成的街道，甚至还有弗罗兰·劳顿米尔和蒂耐特的模样，她有些犹豫地回答："其实，我真的希望您能经常到这边来玩。"

"是的，你说得对，还是这样比较好些。但是，我现在要走了，再见吧，海蒂。"小海蒂拉着医生的手，抬头看着他，发现他那双慈爱的眼睛里满是泪水。医生转身离开，快步向山下走去。

海蒂站在那儿，一动不动。那双满是泪水的眼睛深深打动了她的心。猛然间，她哇的一声大哭起来，拼命追着医生，一边哭一边喊着："医生！医生！"

医生转过身来，等着孩子跑到身边。海蒂脸上满是泪水，呜咽着说："我答应跟您去法兰克福，待在您身边，但是我现在得回去跟爷爷说一声。"

医生抚摸着她，尽力安慰着。"不，不，"他和蔼地说，"亲爱的孩子，现在不行，你还得住在这里，要不你生病了怎么办？但是我想问你一件事，如果我生病了，孤零零的一个人，你会来陪我吗？我想知道你会不会去照顾我、关心我？"

"会的，会的，只要您通知我，我马上就去。我会像爱爷爷一样地爱您。"海蒂哭着回答，她还没有从悲伤中摆脱出来。

于是，医生再次跟她道别，然后就转身走了。海蒂站在那儿，望着飞快离去的医生，一直挥着手，直到再也看不到。医生最后一次回头时看到了频频挥手的海蒂和阳光普照的大山，他心里想："这里真是一个不错的地方，对身体和心灵都有好处，让人觉得生活充满了阳光。"

18. 德芙里村的冬天

小屋四周都被厚厚的积雪覆盖着，那些积雪几乎和窗户一样高，甚至连门都看不见了。假如阿尔姆大叔还在山上住着的话，恐怕他也得做彼得每天早晨要做的事了，因为这里每天夜里都会下大雪。彼得每天早晨都要从窗户往外跳，而且每次都会陷进软绵绵的雪里，然后花很大工夫才能爬出来。接着妈妈会给他递出一把很大的扫帚，让他扫一条可以通向门口的路。他必须将雪铲到两边去，不然开门的时候就会有雪进入屋里。而且一旦雪被冻硬，门口立刻就会冻得像石头一样，第二天就没有人可以从门进出了，而在这个家里，只有彼得可以从窗户跳出去。但是这时的彼得非常开心，他从窗户钻出去，再让妈妈给他一个小雪橇，他坐在上面一滑，不管滑向哪里，最后都可以返回德芙里，因为整个阿鲁姆山成了个四通八达的大冰场。

阿尔姆大叔信守诺言，没有在山上过冬。第一场雪过后，他就锁好山上的小屋和其他小棚子，带着海蒂和山羊搬进了山下的德芙里村。在教堂旁边有一处房子，这所房子以前的主人是一位勇敢的年轻人。他曾在西班牙服役，是一位杰出的士兵，因作战勇猛而屡受嘉奖，因此得到了很多钱财。回到德芙里后，花了一笔钱盖了这所漂亮的房子，打算长住在那儿。可是没住多久，他就搬走了，因为他已经习惯于疆场和尘世的喧嚣，觉得宁静的德芙里太单调、太没趣了，就再也没有回来。许多年过后，传来了他过世的消息，他的一个远房亲戚就接管了那所房子，房子已经破破烂烂、颓败不堪了，但是那位亲戚也不想修补，就把它租给穷人住，房租很低，所以房子哪儿剥落散架，也没人管，就这样过了好多年。以前，阿尔姆大叔带着年幼的托比亚斯刚来到村里的时候，就在这个颓败不堪的房子里住了一阵。打那以后，这房子就一直空着，因为这所房子到处都是墙洞和裂缝，不会修补房屋的人是无法在里边生活下去的。

德芙里的冬天特别漫长，房子四处漏风，冷风钻进来，连支蜡烛都点不着，住在里面的人，冬天有可能会被冻死。然而，阿尔姆大叔却非常精于房屋修理。下决心在德尔芙里过冬以后，就租下这房子，秋天时每次下山都来修理一番。十月中旬一到，他和海蒂就搬了进来。

从后面走近房子，首先是一大块空地，两面墙壁只有半面还完好无损。围墙上方是一扇古老的半圆形窗户，上面缠绕着密密麻麻的常青藤，有些都爬到屋顶上了，屋顶是漂亮的圆屋顶，很明显，那儿曾是个小教堂。后面就是一座大厅，没有门，直对外边的空地，也只剩下部分墙壁和屋顶。要不是有两三根粗柱子支撑着，剩下的那一小块屋顶也准会砸到下边人的头上。阿尔姆大叔在大厅里用木板隔了个小房间，往地上铺了层厚厚的干草，算是给山羊安好了个家。这里，有许多条走廊通向四面八方，不过大多残缺不全，看得见外面的天空、草原和道路，只有一条走廊的尽头沉重的橡木门还能关得严严实实，打开门一看，里面是一个相当完好的房间。四壁和黑色护墙板都没有一点儿缝隙，角落里有只大炉子，大概和天花板一样高。炉子的白色瓦片上有蓝色的画，上面画着高高的树林环绕着几座古塔，猎人牵着狗在树下散步。另一幅画的是宁静的湖边景色，粗大的橡树蔚然成林，湖边，有人在垂钓。炉子四周有一圈椅子，可以一边烤火，一边欣赏壁画。这些画一下子吸引了海蒂的注意力，刚跟爷爷走进屋里，她就立刻跑到炉边的长椅上坐下瞧着那些画。但当她转着看到后边的时候，忽然发现了一件东西——在炉子和墙壁之间的巨大空间里，并排放着四条大木板，像是贮存苹果用的。仔细一瞧，里面可没放什么苹果。很快，海蒂就认出来了，原来那是自己的床，上面铺着干草和床单，和山顶上的小屋一模一样，还是那个大袋子做床罩。小海蒂看了，高兴地大喊："爷爷，这是我的房间吧！真是太好了！可您睡哪儿呢？"

"这里太冷了，你要是不睡在这里，会冻坏的，"他回答，"走，我带你去看看我的房间。"

海蒂跳下来，蹦跳着跟在爷爷身后。走到大房间的尽头，爷爷打开一扇门，里面是一个小房间，放着爷爷的东西，这就是他的卧室了。旁边还有一扇门，海蒂推开一看，不禁惊呆了。这个房间特别大，像是厨房，可是她从来没见过那么大的房间。爷爷已经把这个房间修补好了，可还不能令人完全满意。墙上到处是洞眼，还有些大裂缝，冷风呼呼钻进来。不过，爷爷已经钉上了许多条新木板，猛地看过去好像是小壁橱似的。他已经把那扇古老的大门用钉子和螺丝重新修补了一番，足以抵御外面的冷空气。不过还得把外面重新修整一下，因为门外是一片废墟，那里杂草丛生，有无数甲虫和蜥蜴。

这个新家让海蒂非常满意，他们到达之后的当天上午，她就看遍了每个角落。她要带彼得来参观她的新家，让他看遍所有的地方才行。

海蒂在那炉边的角落里睡得很香，但是小海蒂一睁眼总以为还在阿鲁姆，心想怎么听不见杉树哗啦哗啦地响，是不是大雪把树枝都压折了。她要在周围左看看、右看看，才能想起自己是在哪儿。当她知道自己已经不住在山上的小屋里时，就会有一种莫名的烦恼和压抑。可是听到外面爷爷的声音后，她又高兴起来，而且那两只小山羊也会"咩咩"地叫几声，像是在召唤海蒂快过去，她一下想起这还是自己的家。于是，她高兴地从床上跳下来，以最快的速度向山羊跑去。四天后的一个早晨，她跟爷爷说："我今天要去看看奶奶，这么久都没去了，奶奶会寂寞的。"

爷爷却不同意。"最近这两天你都不能出去，"他说，"你看，这雪还在下，山上的雪太厚了。连调皮的彼得都没办法过来，你这么单薄就更不行了，会很快被大雪吞掉的，那样的话，我们就再也见不到你了。等雪冻住了再说吧，不用多久，你就能轻轻松松走过去了。"

海蒂很不喜欢这种无奈的等待，可是最近特别的忙，不知不觉一天就过去了。

现在，海蒂每天都要去德芙里村上学，她学得特别认真。不过，在学校里，她几乎见不到彼得，因为他总逃课。幸亏，教他们的是一位好脾气的老师，只是偶尔说上一句："看来彼得今天又不来上学了，不过这是没办法的事情，大概是山上的雪太大，他没有办法下来吧。"然而，每天傍晚放学以后，彼得就可以从山上下来找海蒂玩。

过了几天，太阳终于出来了，照着白茫茫的大地。可是彼得照样还是早早就上床睡觉了，好像现在在外面找不到以前看到花红草绿时的那种快乐。夜晚，皎洁的月光，铺满一望无际的雪地。等到第二天清晨，整座大山就变成了一块巨大的水晶，晶莹剔透。彼得像往常一样从窗户里爬了出去，没陷进雪里，而是一下子滑倒了，接着像个没有驾手的雪橇，一下子滑到了山脚下。他站稳脚跟，想看看雪冻得有多硬，用脚使劲儿在地上踩了踩，但不管他用多大力气，都弄不掉一个冰碴儿，整座阿尔姆山硬如坚铁。而这正是彼得一直期盼的，因为他知道山上的雪一冻上，海蒂就能上山来看他们了。他很快又爬上山回到了家里。飞快地吃掉了妈妈为他准备好的早餐，急急忙忙地说："我要去上学了。""是吗，这就对了，快去上学吧，记得好好学啊。"奶奶鼓励道。彼得又从窗户里爬出来——门已被外面冻硬的冰雪堵住了，根本没有办法出去——随后又拉出他的小雪橇，坐了上去。

　　雪橇像闪电般向下冲着，很快就到了德芙里。德芙里位于直通梅恩菲尔德的路上。彼得一直没有停下来，他怕突然一停，自己和雪橇都会摔坏。就这样，他一直向下滑到平地上，雪橇自动停了下来。他下了雪橇，向四周看了看，因为刚才下山的速度太快，他又不敢停，这一下滑出了很远，已经过了梅恩菲尔德。再往回走去学校的话，肯定会迟到，因为早就已经开始上课了，而他回到德芙里还要用上整整一个钟头。于是，他决定回家，用了很长时间他才回到德芙里，到德芙里的时候海蒂已经放学回家正和爷爷吃饭。彼得一心想着要告诉海蒂一个重要的消息，就站在屋中央叫了起来："硬了！"

　　"硬了？什么硬了？"阿尔姆大叔说，"你今天怎么这么英勇。"

　　"雪冻上了啊！"彼得解释。

　　"噢，那样我就能去看奶奶了！"海蒂兴奋地说，她一下子明白了彼得的意思，然而，她又想到既然这样不是就能上学了吗，就又接着责备道，"可是你为什么没去上学呢？用雪橇不是一下子就能到了吗！"

　　"雪橇带我滑得太远，等我走回来已经很晚了，根本就来不及去学校。"彼得回答。

"我把那样的人叫逃兵，"爷爷说，"对付这样的人，是要揪耳朵的。"

一听这话，彼得吓得赶紧捂住自己的帽子，因为他最怕阿尔姆大叔了。

"作为一支部队的首领，临阵脱逃是最可耻的，"阿尔姆大叔接着说，"要是你的山羊不听话，东一只、西一只地瞎跑，给你捣乱，你怎么办？"

"我会揍它们。"彼得不假思索地回答。

"哦，那如果人也像那些山羊一样不听话，我们就揍他一顿，你觉得对不对？"

"那是活该。"彼得回答。

"好。那你给我记住：要是下次上学的时候，你再乘雪橇滑得太远，我就会狠狠地收拾你一顿。"

这会儿彼得才明白原来阿尔姆大叔绕了半天是在说他。他吓得心里怦怦直跳，扫视了一眼墙角，看看那儿有没有像自己对付山羊时用的鞭子之类的东西。

可是，这时爷爷却突然换了种口气，高兴地说："来吧，过来吃点儿东西吧，吃完你带海蒂上山，晚上再领她回来，晚饭也在这儿吃吧。"

这意想不到的转变使彼得喜出望外，马上跑到海蒂旁边坐了下来，而海蒂这时却因为就要见到奶奶了，高兴得吃不下饭了。她把盘子里剩下的奶酪和土豆都推到彼得面前，这时爷爷也正在给他往盘里盛着，结果，他的盘子里就堆满了食物，彼得高兴地大吃特吃起来。海蒂起身从柜橱里拿出克莱拉送给她的大衣，把自己裹得严严实实，再戴上头巾，就立在彼得身边，准备出发了。等彼得吃完最后一口食物，她就说："吃完了吧，咱们快出发吧。"于是，两个人就出发了，海蒂一边走一边给彼得讲她家两只山羊的故事。那两只山羊到新羊圈的第一天，不吃不喝，耷拉着脑袋，甚至连叫都不叫了。海蒂问爷爷是怎么回事，爷爷告诉她，这就跟她当初到法兰克福一样，它们一直都在山上，从来没有下过山。"彼得，你肯定不知道那是什么样的感觉，除非你亲自尝试过。"海蒂又加了一句。

两个孩子很快到目的地了，彼得一路上看上去像是心事重重，和以往不大一样，根本就没有听海蒂说话。一直走到家门口，他停了下来，然后慢悠悠地说："我宁愿去上学，也不愿让阿尔姆大叔惩罚我。"

海蒂非常同意他的看法，并鼓励他一定要去上学。他们走进屋里，发现布蕾吉特正在纺线，奶奶的身子一直不是很好，现在天又非常的冷，所以最近身体又有点儿不舒服了。海蒂以前每次来，都能看到奶奶坐在角落里，这次却没看到，于是她赶忙跑到奶奶屋里，见奶奶盖着薄薄的被子，躺在窄窄的床上，身上还裹着那件灰披肩。

"哎呀，感谢上帝！"奶奶一听是她跑进来的脚步声，就立刻喊着。整个秋天，老太太心里就有一种隐隐的恐惧，尤其是好长时间不见海蒂后，她心里总是七上八下的，特别恐慌。因为彼得跟她说起过，从法兰克福来了一位客人天天和海蒂一起去放羊，一起聊天，她觉得海蒂肯定又要被带走了。直到他走了之后，奶奶也时时担心会有人从富兰克福来这儿把海蒂带走。海蒂走到床前，说："奶奶，您的身体怎么样了，病了吗？"

"没，没有，孩子，"老太太赶紧回答，用手爱抚地摸着孩子的头，"只是天太冷了，年纪又大了，手脚有点儿不太灵活。"

"等天气变暖了，您就会好了吧？"

"是啊，上帝保佑，说不定用不了多久，我就没事儿了。我今天还想纺点儿线呢，不管怎么说，明天我肯定会好起来的。"老太太看到海蒂有些担心，就向她保证道。

海蒂还从没见过奶奶病倒在床上，刚才十分担心，一听这话，才放下心，说："奶奶，在法兰克福，别人都是出门散步的时候才围上披肩，您现在躺在床上也能围吗？"

"不是的，孩子，现在天太冷了，我围上它是为了御寒。"她回答。

"可是，奶奶，"海蒂接着说，"您的床不对劲儿吧，头这么低，脚那么高，应该把头这边垫高点儿呀！"

"我知道，孩子，"奶奶说着把手放在头下薄薄的像木片似的枕头上，想躺得舒服些，"这枕头本来就不高，我又用了这么多年，早就枕平了。"

"那我跟克莱拉说一下吧，她应该能把我在法兰克福睡的床带来，"海蒂说，"我有三个大枕头，一个摞一个，高得我都睡不着觉，我总睡不惯，就滑到枕头下边平平的地方睡。可是我又不得不抬起头，枕到上面去，那才是正确的睡觉姿势。奶奶，要是有了那张床，您一定能睡得香是吧？"

"能！那枕头会使人觉得暖和，头再垫高点，睡觉就更舒服了。"奶奶回答，说话的时候她疲惫地抬起头来，使劲儿往上挪了挪，"不过咱们还是别说那些了吧，感谢上帝，我已经有了很多别人没有的东西了：每天我都能吃到精美的白面包，披上温暖的披肩。再说，你又待我这么好。来，海蒂给我读点什么听吧。"

海蒂跑到另一间屋，取来那本赞美诗，给奶奶读了一首又一首，因为读得多了，她现在都快能背下来了。这么多天都没听到赞美诗了，现在奶奶又听到了这些赞美诗，心里非常高兴，海蒂也是一样的快乐。

奶奶躺在床上，双手交叉，刚才忧虑的神情变成了欣慰的微笑，仿佛突然看到了幸福的希望。

海蒂读着读着，忽然停了下来，问："奶奶，您现在觉得好些了吗？"

"是的，孩子，听你读赞美诗，我觉得好多了，你接着读吧！"

海蒂接着往下读：

睡眼惺忪夜朦胧，
灵魂身影逐渐明。
喜睹旅途目的地，
家乡已近欣慰生。

奶奶让她读了一遍又一遍，然后又不停地小声念叨着，脸上充满了幸福的期待。海蒂也同样喜欢这些词句，让她想起回家时那个晴朗的日子。她的眼前又浮现出她回家时那阳光明媚的动人画面，她欣喜地叫道："奶奶，我知道回家时的那种感受。"奶奶没说话，不过她明白小海蒂为什么这么说，她的脸上仍带着欢乐，海蒂觉得她看上去好多了。

过了一会儿，海蒂说："奶奶，天黑了，我要回家了。奶奶又好起来了，我真高兴。"

奶奶拉住孩子的手，紧紧地握着说："是呀！我也高兴啊。就算以后一直要睡过去，奶奶也不难过。没有人知道一个人天天躺在这里是什么滋味，寂寞，冷清，黑暗，什么都听不到，什么都看不见，没有一丝光亮。我觉得悲哀极了，我不知道自己还能承受多久，还能不能再轻松起来。可是你来了以后，给我读了那些诗，我马上就舒服了很多，又高兴了起来。"

说完，她终于放开了海蒂的手。海蒂跑到隔壁房间，招呼彼得快来，天已经很晚了。然而到了门外，月光铺洒在白茫茫的雪地，明亮得像白昼一样。彼得拿出雪橇，让海蒂坐在他身后，然后两个人像顺风飞翔的两只小鸟，飞速向山下滑去。

晚上，海蒂躺在火炉后面那张她自己的又漂亮又高的干草床上，再次想起了奶奶。她躺在床上，感觉身体也不舒服，心里也不舒服。随后，她记起了奶奶说过的话，想起了在听赞美诗时，奶奶从内向外散发的愉悦之光。海蒂想：如果有人能每天给她读赞美诗，那她每天都会感觉愉悦的。但是她知道起码要在一个星期以后，或许是两个星期以后，爷爷才会同意她上山。一想到这儿，海蒂就非常伤心，于是，她绞尽脑汁，思考着怎样才能得偿所愿。她忽然想出了一个方法，她开心极了，简直等不及天亮再实施计划。突然，她猛地从床上坐起来，原来她一心想着奶奶的事，竟然忘了向敬爱的上帝做祈祷，她发誓再也不会忘记祈祷了。她虔诚地为自己、爷爷和奶奶做完祈祷后，就重新躺在了柔软的干草床上，很快就安稳地睡去了，一觉睡到第二天早上。

19. 冬天还在继续

次日，彼得乘雪橇下了山，正点赶到了学校。他随身带着一个装午饭的袋子，因为学校有这样的安排：中午，村子里的孩子回家吃饭，住得较远的个别孩子留在学校吃饭，这些孩子坐在桌边，脚踩着椅子，将从家里带来的食物搁在膝盖上吃。一点钟一到，学校继续上课。只要彼得来上课，放学后他总是跑到爷爷家中去找海蒂。

今天放学后，彼得刚刚踏进爷爷家的大房间，海蒂就如箭一般迎上前来，因为海蒂一直在等彼得。

"彼得，我想到一个主意。"她对他说。

"是什么？"彼得问。

"你现在必须学拼读。"她说。

"我早就学过啊。"彼得说。

"没错，但我是说让你学真正可以派上用场的。"海蒂很认真地说道。

"我肯定学不会。"彼得回答。

"谁告诉你的？你一定可以学会，我相信你，我说你行你就肯定行，你现在连我都不信了。"海蒂语气很坚决。

"我会好好教你，我知道怎么才能学会。"海蒂接着说，"你必须马上就学，那样你就能每天为奶奶读一两首赞美诗了。"

"嗨，学这玩意儿没意思。"他嘟嚷着。

这件大事海蒂一直挂在心上，可彼得竟然不愿意学，海蒂气得不行。她两眼冒火，站在彼得面前威胁说："如果你不按我说的去做，我来告诉你将会怎么样。你知道你妈妈经常说起想把你送到法兰克福，为的是让你多学点儿东西，我可见过那些男孩子去的学校，是个特别大的房子，是我和克莱拉出去玩的时候她告诉我的。他们不仅仅小的时候要去上学，长大以后还要上学，我亲眼看见过他们。

那里面有很多的老师，他们穿着黑色的衣服，还戴着黑色的高帽子，就像去教堂一样。"海蒂用手比画着帽子离地有多高。

彼得感到后背一阵发凉。

"你想想，以后你就得和这些人一起上课。"海蒂越说越带劲儿，"等轮到你念书了，你却不会念，拼写也错误百出，那别人会怎么笑话你？他们捉弄起人来比蒂耐特还要坏。不过你是不知道被蒂耐特嘲笑的滋味！"

"好吧，那我就学吧。"彼得又害怕又不情愿地回答。

海蒂这下松了一口气。"这就对了，我们马上开始。"她高兴地说道。她把彼得拉到桌前，取出要用的书。

这本书是克莱拉送给海蒂的。前天晚上海蒂在床上就想好了，她觉得要是教彼得的话只能用这本书，因为那是本带韵律的启蒙书。现在，两个人坐在桌旁打开书，开始上课了。

海蒂让彼得把第一句话反复念两三遍，她想一开始就让他读准确，念流利。最后，她说："看来，怎么练也不行。好吧，我念给你听，以后记住读法，你就能读好了。"说完，她读道："今天要学ABC，否则法官传唤你。"

"我不去。"彼得固执地说。

"去哪儿？"海蒂问。

"去见法官。"他回答。

"那你就得把这三个字母学会。学会之后，你就不用去了。"

彼得只好重新把这三个字母耐着性子反复读了又读。最后，海蒂说："这三个字母你肯定学会了。"

看到前两行诗对彼得的作用，海蒂想，还是继续念下去比较好。

海蒂说："现在我接着往下念，你仔细听着。"

说完，她清晰而又缓慢地读起来："DEFG 不滚瓜烂熟，以后准要吃苦头。HIJK 一知半解，是个倒霉的糊涂虫。LM 要是磕磕巴巴，得挨罚还要被人笑话。你要不想换顿揍，赶快记牢 NOPQ。RST 背时还发慌，我可要揪住你耳朵不放松。"

海蒂停下来，因为彼得安静得出奇，她想看看他在干什么。抬头一看，彼得被这一连串吓唬人的可怕的词吓住了，正呆呆地望着她。海蒂那颗善良的心立时软了下来，为了使彼得安心，她说："你不用害怕，只要你每天晚上都到我这儿来学习，就保准没事。不过可别三天打鱼，两天晒网。反正就是下雪你也有办法来是吧？"

彼得满口答应，他刚才给吓坏了，这会儿变得乖多了。就这样一堂课结束了，彼得起身回家。

彼得按照海蒂的吩咐，准时来读书识字。每天晚上用心学字母，歌词也都牢牢记住。两人上课时，爷爷时不时地叼着烟斗走进来，看他们学习。有时，他翘起嘴角，像是想大笑起来似的。学习结束后彼得常常被留下来吃晚饭，虽然学习又苦又累，却每次都有丰盛的补偿。

冬天在一天天地过去，彼得认识的字母越来越多。

终于学到了字母 U，海蒂读道："一旦你错将 U 认成 V，定被抓到你不愿意去的地方。"

彼得大叫起来："我可不想去！"那天他还是很用功，像是真有人揪住他的脖子，要拖他去令他讨厌的地方似的，拼命背起来。

第二天晚上，海蒂在读："倘若你停在 W 不能再向上，那可最不幸了——请看看挂在墙上的鞭子吧。"

彼得看着墙，得意地说："那儿没有鞭子。"

"那倒是。不过，你知道爷爷的壁橱里放着什么吗？"海蒂问，"一根像你胳膊一样粗的木棍，他要是拿出来，就应该改成——请看墙边上的那根木棍了。"

彼得知道那根很粗的木棍，于是，赶紧认真地学起字母 W 来。

第三天，学的是下面的句子："如果把 X 忘在脑后，就饿你一整天。"

彼得偷眼瞧瞧放着面包和奶酪的壁橱，没好气地说："我这辈子都不会忘掉 X。"

"那好，你如果记住了 X，咱们就学下一个字母，明天就只剩一个了！"海蒂回答，她很想鼓励他。

彼得露出不情愿的样子，可是海蒂已经继续往下读了："如果停在 Y 你学不下去，遭人白眼和唾弃。"

法兰克福那些脸上带着轻蔑和嘲笑的了不起的老师出现在彼得

眼前，他马上全身心地投入进去，拼命地学字母 Y，直到把它记得牢牢的，而且闭上眼睛也能看到它的样子。

过了一天彼得又来上课，显得有些趾高气扬，因为要学的字母就剩下最后一个了。海蒂开了口："学习 Z 吧，别太慢，野蛮人等着你做伴。"

彼得嘲笑道："你知道野蛮人在哪吗？我想没有人知道的。"

"彼得，"海蒂回答，"我是不知道，但是爷爷应该知道的。你等一下，我去问问爷爷，他就在牧师那儿呢。"说完，海蒂站起身向门口跑去，可是彼得却痛苦地尖叫道："别去！"他仿佛看见阿尔姆大叔和牧师正走进来，想要抓住他，把他送到野蛮人那里去，因为说实话，他还真不认识 Z 这个字母。听到他的叫声，海蒂转身走了回来。

"怎么了？"她吃惊地问。

"没事！快回来吧！我要学这个字母了。"彼得结结巴巴地说。但是海蒂自己也想知道野蛮人到底在哪里，就坚持要去问问爷爷，但彼得一个劲儿求她，她只好算了，又回到椅子上。这下彼得老实了很多，一遍一遍地重复字母 Z，还跟海蒂学拼写。那天晚上，彼得学会了很多东西，往后的日子也就这样一天天地过去了。

雪又变软了，而且雪还在不停地下，海蒂已经有三周没有去看奶奶了。因此，她就更急着要教会彼得识字，好让他能更快代自己为奶奶读赞美诗。一天晚上，彼得离开海蒂后回到家里，刚走进家门，他就说："我也会了。"

"会什么呀，彼得？"妈妈问。

"识字。"他回答。

"真的吗？妈妈，您听到了吗？"布蕾吉特喊道。

奶奶在旁边听见了，感觉很纳闷，这事怎么可能呢？

"我得给奶奶读赞美诗了，海蒂让我这么做的。"他继续说。妈妈急忙把书拿了过来，奶奶很高兴，她已经很久没有听到那些优美的句子了。彼得坐在桌旁，开始读起来。妈妈坐在他身边，认真地倾听着，每读完一小节，她都惊叹地说："这真是太神奇了！"

奶奶一动不动地听着，一句话也没说。

第二天，到了班上的朗读课。轮到彼得的时候，老师说："我们还是照样把彼得跳过去吧。不过，彼得，如果你愿意的话，也可以读一下——我不要求你，你试着念一行就行。"

　　彼得拿过书，一口气读了三行。

　　老师放下书，目瞪口呆地直盯着彼得，像是看一个从未见过的稀世珍宝。最后，他说："彼得，这太不可思议了，在你身上真发生了奇迹！我费尽心思地教你，可你却连字母都学不会。我没有一点儿办法，只好放弃。没想到，你却突然把整个句子读得既正确又流畅。这到底是怎么回事，真的有奇迹发生？"

　　"是海蒂教我的。"彼得回答。

　　老师转过身来惊讶地看着海蒂，海蒂还是平时的样子，天真无邪地望着他。老师接着说："彼得，我发现你整个人都变了。从前你总是整星期地缺课，有时甚至一连几个星期，但最近连一天课都没缺过。这到底发生了什么事情让你有了这么大的转变？"

　　"是阿尔姆大叔。"彼得回答。

　　老师更加奇怪了，他的目光从彼得转向海蒂，又从海蒂转向彼得。

　　"咱们再读一次行吗？"老师为慎重起见，又让彼得读了三行。千真万确——彼得识字了。

　　一放学，老师立刻急匆匆地跑到牧师那儿，告诉了他这个消息，说阿尔姆大叔和小海蒂来到村里后做了件多么了不起的好事。

　　现在，彼得按照海蒂所说的，每天晚上为奶奶读一首赞美诗，不过，他从不会多念一首，奶奶也不勉强他。他的妈妈布蕾吉特每天都表示惊奇，儿子彼得竟达到了目标，孩子都上床睡觉了，她还在兴奋地说："小彼得念得多好，太让人高兴了。这孩子将来不知道会有多出息呢。"

　　有一次妈妈又这样说，奶奶回答说："是啊，他学会了一点东西，这真是件好事。不过，我更巴不得春天快点儿到，海蒂又能上山来为我读赞美诗。彼得读得好像不太对，有时一小节里总会漏掉几个词，于是我听着听着就糊涂了，根本就听不懂，所以他读的赞美诗不像海蒂读的那样总能让我听懂并让人感动。"

事实上，彼得在读的时候总想偷懒，所以一看到长一点或是难理解的单词，他就会跳过去，或者改动一些地方，以便自己能够顺畅地朗读。在他看来，一首诗里有那么多单词，丢掉三四个对奶奶来说，几乎没什么影响。就这样，在彼得朗诵的赞美诗里，名词差不多都被省略掉了。

20. 来自远方朋友的消息

转眼到了五月，山上融化的雪水汇成了春天的溪流，从高山上倾泻而下，流入了山谷。整个高山牧场又重新披上了绿装，沐浴在一片温暖而明亮的阳光下。高山牧场上生机勃勃，最后的积雪也已消融。刚刚露头的小花在温暖的阳光下苏醒，从新鲜的草丛中露出了美丽的笑脸。山间欢快的春风吹过杉树林，震落了去年残留的松针状枯叶，让鲜嫩的、淡绿色的枝叶露出萌芽，缀满了每一颗大树，将杉树装扮得更加秀美。湛蓝的高空，那只年老的猛禽在展翅翱翔。高山牧场上的茅屋周围被金色的太阳照得暖洋洋的，最后几处潮湿的地方也被晒干了，现在想坐哪里就可以坐哪里。海蒂又搬回了高山牧场，她到处奔跑，活蹦乱跳，简直说不出哪儿才是最美的地方。海蒂最喜欢聆听风的声音，此时此刻，海蒂想要倾听风从高处的岩石上吹下的神秘的妙音，它越吹越近，越吹越有力，发出低沉、奇妙的呼啸声。现在吹进了杉树丛中，晃动和震撼着杉树，就好像在欢呼呐喊。这个时候，海蒂也会发出兴奋的叫声，尽管自己的身体像片树叶似的被风吹得摇摇晃晃。然后，她有一次跑到屋前的阳光下，坐在地上仔细观察着那些低矮的草丛，看见很多含苞待放的小花萼，以及已经绽放的花朵。她还发现有许多欢乐的小甲虫和带翅昆虫，它们在阳光下尽情地跳着、爬着和舞动着。它们兴高采烈，海蒂也同它们一起欢乐，并深深地吸了一口这刚刚从沉睡中醒来的春之大地的新鲜气息。她觉得此时的大山是最美的。千万只小动物也和她一样身心舒畅，因为四周仿佛响起它们的吟唱，"在大山上！在大山上！在大山上！"

从屋后仓房里不时传来捶打和锯木的声音。海蒂高兴地听着，那是她已经十分熟悉的声音。突然，她一下子跳起来，跑了过去，她想看看爷爷在做什么。原来爷爷已经做好了一把漂亮的椅子，现在正在做第二把。

"啊，我知道这是干什么用的，"海蒂高兴地大声说，"这是给法兰克福的客人准备的是吧？这一把是奶奶的，您在做的那把是克莱拉的，然后——然后，我想是不是还要再做一把，"海蒂有些犹豫地接着说，"爷爷，您说弗罗兰·劳顿米尔会不会来？"

"哦，这我就不知道了，"爷爷回答，"不过，还是多做一把预备着好，万一来呢，如果真的来了也有地方坐啊。"

海蒂仔细地打量着没有扶手的小木椅，像是在想弗罗兰·劳顿米尔夫人坐这样的椅子是否合适。想了一会儿，她摇着头说："爷爷，她绝对不会坐这样的椅子的。"

"那就请她坐那张漂亮的铺着绿草垫的沙发吧。"爷爷平静地回答。

"铺着绿草垫的沙发？"海蒂不明白爷爷说的是什么，这时，山上传来口哨声、喊叫声和其他声音，海蒂一听，就立刻跑了过去，然后马上就被那些长着四只脚的朋友包围起来。它们看上去也像海蒂一样高兴，因为又回到高山上了嘛。它们一蹦老高，欢喜得咩咩直叫。羊儿们都想和海蒂一起分享它们的快乐，争先恐后地拥到海蒂身边。但是彼得却把它们赶到两边，因为他有东西要交给海蒂。他终于走到海蒂面前，递给她一封信。

"给!"他只说了一句。

"是你放羊的时候，有人给你的吗？"海蒂吃了一惊，奇怪地问。

"不是。"彼得回答。

"那你是从哪儿得到的？"

"从装食物的口袋里。"

这是真话。原来昨天傍晚，德芙里的邮递员托他转交这封信，彼得随手就放进了空荡荡的饭袋。早晨出门前，他把面包和奶酪都塞了进去，可是他赶着羊上山路过爷爷和海蒂这儿时，忘了这回事。直到吃完午饭，还想在袋子里找些面包渣时，才发现了底下的信。

海蒂低头看了看信封上的地址，忙跑到仓房里，兴奋地冲爷爷拿出信说："法兰克福来的! 克莱拉写的! 您想听听吗？"

爷爷很乐意听听信里都说些什么，彼得也一样，他刚才跟着海蒂进了小棚子。他把身子牢牢地靠在门口的柱子上，这样听才最舒服。

最最亲爱的海蒂：

　　一切都准备好了，两三天后，我们和爸爸一起动身出发。但是爸爸不能和我们一起去，因为他得先到巴黎。医生每天都来，他每次一进门就喊："快出发吧，快去山上看看。"他简直快等不及了。你不知道他多么喜欢你们那里，你更猜不出他上次跟你在一起的时候过得有多么愉快！这个冬天，他差不多每天都来我们家，每次走进我的房间都说我再给你讲一遍山上的事情吧，他就坐下来，坐在旁边给我讲起他同你和爷爷在一起的日子，讲起山野和花朵，说每个村庄、每条小路都那么幽静，还说那儿有无比清新的空气。他常常还加上一句："不管谁上了山，身体都会好起来的。"他自从从山上回来以后就像变了个人似的，又像从前那样年轻快乐了。啊，想到我马上会看到那一切、和你待在一起、能去认识彼得和那些山羊就感到高兴。

　　不过，我首先要在雷格兹接受六个星期的治疗，医生说这是必须做的，然后我们就去德芙里，碰上好天气，我可以坐在轮椅上让人抬上山。那时就能整天都和你待在一起了。奶奶跟我一起去，将在身边陪伴我，她也非常高兴能到你住的地方去看看。可是，你知道吗？弗罗兰·劳顿米尔拒绝跟我们一同前往。奶奶每天都会对她说："我尊敬的劳顿米尔，你不想和我们一起去玩吗？如果你想去，就一起去好了。"但她总是很礼貌地表示谢意，并说自己已拿定了主意。不过我可是知道为什么：因为塞伯斯坦回来后把你们住的地方说成了一个非常可怕的地方，里面到处都是悬崖，危险极了，人随时都有可能坠落山谷时，走起路来都要往后滑，提心吊胆的，就怕失足落下，唯独山羊能上去，它们根本不怕掉下去摔死。她听到这些话，吓得直发抖，从那以后再也不敢提到瑞士去了。蒂耐特也吓得要命，她也不会去。所以就只有我和奶奶两个人去了，塞伯斯坦陪我们到雷格兹，然后返回。

　　真盼着快快到你那里，我都等不下去了！再见了，最最亲爱的海蒂。奶奶也向你问好。

你亲密的朋友克莱拉

信刚读完，彼得就从门框那儿冲了出去，把鞭子左右乱挥一气，吓得山羊惊跳起来，四处逃跑，拼命往山下冲去，彼得随后紧紧追赶，咬牙切齿地挥着鞭子，仿佛想对某个看不见的敌人发泄愤怒。这个敌人就是即将从法兰克福来的客人，她们惹得彼得心烦意乱、满腔怒火。

海蒂高兴地期待着，她打算明天就去奶奶那儿，告诉奶奶谁要来了，还要告诉她谁不会来。奶奶肯定特别想知道这些，因为从海蒂的嘴里，奶奶已经熟知那些人的名字了。第二天中午刚过海蒂就下山去看奶奶，现在已经是春天了，她可以自由自在地出门玩耍了。天气晴朗，阳光灿烂，白天也越来越长了，凉爽的春风从后面吹着，踏着已经干爽的土地下山去，确实是件令人开心的事儿，海蒂的脚步迈得格外轻快。

奶奶现在不在床上躺着了，又像从前那样坐在屋角纺线，只是看上去心事重重。前一天晚上，彼得在盛怒之下回到家里，说过几天会从法兰克福来一些人，还说不知道那以后要发生什么事呢。听了他的话，奶奶一夜翻来覆去，总也睡不着，一直担心这件事。这时海蒂走进屋，跑到奶奶身边，像往常一样，搬起小凳子坐了下去，迫不及待地把那些好消息说给老太太听，并且越说越兴奋，越说越高兴。可是她突然不往下说了，而是焦虑地问："怎么了？奶奶？您不喜欢听我讲这个吗？"

"不，不，我当然高兴了，孩子，你这么开心，奶奶光听着就心满意足了。"她回答，尽力显得快乐些。

"但是，奶奶，我觉得您不高兴，您是不是有什么心事。您是不是担心弗罗兰·劳顿米尔会来呀？"海蒂问道，自己也有点儿担心了。

"不，不！没事儿，孩子，"奶奶安慰她说，"把手给我，那样我就能踏实点儿，知道你真的在这儿。我知道，他们能来使你很高兴，但是我恐怕承受不了啊。"

海蒂说："如果您感到承受不了，我宁愿不让她们来。"她的语气非常坚决。奶奶一听，更担惊受怕了，她想小海蒂的身体已经好了，法兰克福来的人肯定会把海蒂带走的。这才是奶奶最担心的事情，不过，她觉得不该让海蒂知道。她知道这孩子最善良，她会为了自己而拒绝去法兰克福，那是不行的。奶奶思索着，想找个办法，让自己平静下来。

"海蒂，"她说，"你给我读首赞美诗吧，我听了就会好点儿的，就是'一切都会永远顺利'那儿。"

海蒂对这些赞美诗已经特别熟悉了，很快就找到了奶奶要听的那首，然后就大声朗读起来：

> 一切都会永远顺利，
> 对那些信赖我的人，
> 我带着灵丹妙药振翅飞来，
> 挽救你的灵魂，解放你的身。

"对，对，我想听的就是这首。"奶奶说，脸上的愁容消失了。海蒂想了想，看了她一会儿，说："奶奶，这里面说的灵丹妙药是什么啊，什么病都能治，对吗？"

"对，就是那样的东西，"奶奶点点头说，"上帝会安排好一切，所以不用着急，安心等待就行了。再把那首诗读一遍吧，咱们都记住，永远都不忘记。"

海蒂又把这些诗句读了两三遍，她也从这首赞美诗中找到了欢乐。

黄昏临近了。海蒂往山上走，头顶上，小星星一颗接一颗出现，冲她眨着眼，每颗星星都把一份快乐送进海蒂的心田。她走一会儿就停下来抬头看天上的星星，突然，她大叫了一声："啊，我终于知道，我为什么这么快乐，什么也不怕了，那是因为上帝知道我们喜欢什么，什么东西最美好，不论出现什么事情，上帝都会帮助我的。"一路上，星星不停地向她点头、眨眼，目送她到了家。走到家门口，她看见爷爷也在抬头看天上的星星，这也难怪，已经有好长时间没有出现过这么美丽的星星了。

这一年的五月，不仅夜晚星光灿烂，白天也是这些年来难得的好天气。每天早晨，太阳冉冉升起的时候，爷爷总会早早起来向外瞭望，惊叫道："今年真是个好年景啊，太阳天天都这么好，所有的灌木和花草都会长得特别好。喂，山羊头儿，你那些蹦蹦跳跳的随从们总能吃到这么香的饭，小心别让它们撑破肚皮呀。"彼得听后就会挥舞着鞭子，脸上一副信心十足的表情，好像在说："它们敢吗？"

五月过去了，到处都变得越来越绿。随后，阳光更加强烈的六月到了，白天也变得越来越长了，山上到处都是五颜六色的鲜花，五彩缤纷的美景，空气中也弥漫着花的芳香。很快，六月也要结束了。有一天，海蒂高兴地跑出去，想先看下杉树，然后再去看看远处的玫瑰开了没，那花在阳光下绽开花朵时好看极了。可是，她刚跑出门就大叫了一声，吓得爷爷急忙跑出来看是怎么回事。

"爷爷！爷爷！"她手舞足蹈地喊着，"快来！看啊！快看！"

爷爷走过去，顺着海蒂手指的方向望去。

看上去很奇怪的一队人正往山上走，走在前面的是两个抬轿子的人，轿子上没有轿顶，上面坐着个裹着围巾的姑娘，后面是一匹马，上面坐着一位高贵的妇人，饶有兴趣地四下看着，还不停地跟身边的向导谈话，再后面是一个扛着轮椅的男人。因为山很陡，身体不好的人想上山，一般都是用轿子抬上来的，最后是个搬运工，他扛着那么大一捆东西，有斗篷、披肩和皮衣，厚厚的一大摞，比他脑袋高出一截。

"她们来了！她们来了！哈哈，她们终于来了！"海蒂大叫着，高兴得跳了起来。不用想都知道，她们是从法兰克福来的。她们愈来愈近，终于来到面前。前面的两个人放下了轿子，海蒂冲过去，与克莱拉抱在了一起，她们都高兴坏了。奶奶也下了马，满怀深情地问候了海蒂，然后转向爷爷，此时爷爷已走上前来招呼刚到的客人。他们从海蒂那儿早就知道了对方，感觉彼此像相识多年的老朋友一样毫不拘谨。

大家寒暄完毕，奶奶高兴地说："您这儿太美了，阿尔姆大叔！真的没有想到！连国王都会羡慕您的！我的小海蒂看上去真可爱——就像一朵玫瑰花！"奶奶边说边拍拍海蒂圆圆的小脸蛋。"这里这么漂亮，我都不知道该看什么了！克莱拉，你说呢？"

克莱拉正入迷地看着四周，她大声喊叫着来表达内心的兴奋，

"啊，奶奶，"她说，"这里太美了，奶奶，我真的不知道怎么会有这么美丽的地方，我希望我能永远住在这里。"

这时，爷爷把轮椅推过来。又从篮子里拿出几件围巾铺在上面，然后走到克莱拉跟前。

"还是让小姑娘坐轮椅吧，那样会更舒服些，这轿子太硬了。"他说着，不等别人帮忙，就伸出有力的双臂把克莱拉抱起来，小心翼翼地放到柔软的轮椅上。接着他又仔细给她盖好，把她的双脚放在柔软的垫子上。他熟练的动作，让人觉得他好像这辈子都在照料残疾人似的。老太太惊讶坏了。"亲爱的阿尔姆大叔，"她叫道，"您是在哪儿学的照顾病人的本领？我真想让我认识的那些护士也去学学。您怎么会这么在行？"

大叔微笑着说："我从实践中学到的东西要比在培训中学到的多。"但他说话的时候，脸上充满了悲伤。他忆起一张憔悴的面孔，那是很久以前他所在部队的队长。在残酷的西西里战役中，大叔发现他受伤躺在地上，便把他背了回来。从此以后，阿尔姆大叔就一直照顾着他，直到他咽下最后一口气。这些往事大叔现在都一一想起来了，他觉得用自己知道的方法让体弱的克莱拉舒服一点是很自然的事。

蔚蓝色的天空照耀着小屋、杉树和岩石，一望无际，万里无云。山上的美景让克莱拉觉得眼睛都不够用了。

"哎，海蒂，要是我能和你一起绕着小屋跑，绕着大树跑，那该多好啊！"她渴望地说，"我多想去看看那些杉树还有你说的那熟悉的一切，虽然我知道这有点儿不可能。"

听了这话，海蒂使出全身力气，把克莱拉推到杉树下。在那儿，她们停了下来。克莱拉还从没见过这么高大挺拔的树，几乎要垂到地上的又粗又长的树枝上长满了繁茂的垂到地面的绿叶。连后面跟来的奶奶都为此感到惊奇，这些郁郁苍苍的老树有种说不出的伟岸。它的树枝，向蓝天高高地舒展，哗啦啦地奏响；它的树干，笔直挺拔，像柱子一样支撑着茂密的枝叶，记录着阿鲁姆悠长的岁月。在过去悠长的岁月里，它们俯视着下面人来人往的山谷。世事沧桑，变化无常，而它们却始终如一，岿然不动。

接着，海蒂又把克莱拉堆到了羊圈旁，她推开门，好让克莱拉看清楚里边都是些什么东西。可是羊儿们不在，羊圈里空荡荡的，什么也没有。克莱拉伤心地跟奶奶说真是遗憾，要是那么早回去，就谁都见不到了。我特别想看看彼得和他的一群羊。

"亲爱的孩子，让我们尽情享受能见到的美景吧，碰不到的东西就不要再想了。"奶奶回答，她一直跟在轮椅后面。

"啊，鲜花！"克莱拉叫道，"那么一大片漂亮的红花！还有蓝色的蓝铃花！我要是能下来摘几朵该有多好啊！"

海蒂马上跑过去，摘了一大把。

"克莱拉，这些并不是最好看的，"她说，把花束放在她的膝盖上，"要是你能去牧场看看，就会看到真正漂亮的鲜花！有红色的矢车菊，还有蓝色的蓝铃花，黄色的岩玫瑰，还有一种花的花瓣特别大，爷爷说它的名字叫'大眼睛'，还有那些长着小圆脑袋的褐色花，闻起来特别香。你要是坐在鲜花丛中，根本就不会想离开，那里美极了！"

想起刚才说的那一切，海蒂高兴得两眼放光，她自己也想再去享受享受。克莱拉温柔的眼睛里也充满了和海蒂一样热切的向往。

"奶奶，您说我能上去吗？可能吗？"她急切地问，"海蒂，要是我也能走路，哪儿都能去，该多好啊！"

"我觉得我能把你推上去，这轮椅走起来很轻快。"海蒂说，为了证明自己说的话，她把轮椅推得飞快，在转弯的时候，差点儿滚到山下去，好在奶奶跟在旁边，一把拉住了轮椅。

在她们欣赏美景的时候，爷爷也没闲着。他在小屋前的长椅旁摆好桌子、椅子，这样大家就都能在外面吃饭了。饭正在屋里做着，奶和奶酪马上就热好了，大家随后坐了下来，兴高采烈地吃午饭。

奶奶非常喜欢这个低头可见广阔谷地，抬头可见万里晴空的大餐厅。他们坐在桌旁，一阵清风迎面吹来，杉树发出沙沙的响声，像是在弹奏美妙的音乐。

"这里真是太棒了！"奶奶高兴极了，不住地赞叹着。过了一会儿，她突然吃惊地说："克莱拉，你这已经是第二片奶酪了吧？！"

一点儿不错，克莱拉的盘子上确实摆着第二块金黄色的奶酪片。

"嗯，是的，奶奶，太好吃了——这是我吃过的最好吃的奶酪！"克莱拉回答，她继续大口吃着。

"这太好了，吃吧，多吃些！"大叔高兴地说道，"山上的风景和清新的空气是最好的作料。"

于是，午饭继续进行。奶奶和阿尔姆大叔两个人非常投缘，谈话越来越轻松，他们对人生万物和世界的看法总是不谋而合，两个人好像真的是久别重逢的老朋友一样。时间在愉快地流逝，奶奶看看西边，说："克莱拉，时间差不多了，咱们得下山了，那些人很快就会牵着马、抬着轿子来了。"

克莱拉的脸拉了下来，哀求道："再多待一两个钟头吧！我还没看看屋子里什么样，也没瞧见海蒂的床呢。要是再有十个钟头也不黑该多好！"

"哦，那是不可能的。"奶奶虽然这么说，但是自己也想去看看，于是大家就从桌子边站了起来，爷爷推着克莱拉的轮椅向门口走去。但是轮椅太宽，门有点儿窄，进不去。爷爷想了想，就用有力的双臂把克莱拉抱了进去。

奶奶仔细打量着屋里的布置，一切都井井有条，舒适温馨，她心里很高兴。"海蒂你住在上面是吗？"她边问边麻利地爬上放干草的阁楼，"啊，闻起来真香啊！睡在这儿太有利于健康了。"她走到圆窗户那儿向外看，紧跟着爷爷抱着克莱拉也上了阁楼，海蒂蹦蹦跳跳地在后面跟着。她们站在那儿，仔细打量着海蒂漂亮的干草床，奶奶沉思着，不时深深吸几口新晒干的草的清香。克莱拉被漂亮的干草床吸引住了，羡慕得无以言表。

"海蒂，你的卧室太棒了！躺在床上就可以看到天空，又能闻到这么好闻的清香！还可以听到外面的杉树摇摇摆摆发出沙沙的响声！我还从没见过这么舒服、这么有趣的卧室呢。"

爷爷看看奶奶说："我一直在想，如果您愿意的话，可以让您的小孙女在这里住上几天，我想这对她应该有些好处。你们带来了许多披肩和皮衣，我们可以为她铺个很柔软的床，至于日常照料，我会悉心照顾孩子的，这请您放心。"

听了这话，克莱拉和海蒂高兴极了，就像两只小鸟被放出了牢笼一样，一起欢呼了起来。奶奶脸上也露出了笑容，她觉得这是个好主意。

"您真是太好了，阿尔姆大叔！"她感叹道，"这正是我想的，刚才我心里一直琢磨着，是不是让孩子留在这儿住几天，或许这对她有利。只是，她需要人照顾，会给您添很多麻烦，所以，实在不好意思跟您主动开口。真是太感谢您了，大叔，谢谢您。"说着，她握住他的手，感激地握了很久，爷爷也显得特别开心。

爷爷立即动手做准备。他先把克莱拉放回外面的轮椅里，小海蒂高兴坏了，不知道用什么话表达自己的心情。然后，大叔抱了一堆披肩和皮衣，笑着说："这简直就像是在打仗，不过，这下它们可以派上大用场了。"

"呵呵，"老太太高兴地回答，"预防是最重要的，说不定什么时候出点儿意外。托您的福，没刮风，没淋雨，顺利到达山顶，真要感谢上帝。多亏事先预防万一，您瞧，这不是用上了。"

说完，两个人就上了阁楼，开始动手铺床。他们把披肩和披衣摊开，铺了一层又一层，结果这个床铺看起来活像个小堡垒。奶奶用手在床上摸了又摸、按了又按，就是怕有什么东西会不会扎出来。"如果有草能扎出来它肯定会露出来的。"她说。然后，他们心满意足地走下来，看见两个孩子正在计划着克莱拉在这里每天都玩些什么，剩下来的问题就是克莱拉要待多长时间了。她看到奶奶下来就跑过去问，奶奶觉得这事应该让爷爷决定，她们就去问爷爷，爷爷说她至少要在这儿住上一个月，才能体会到山上空气的作用。孩子们一听又欢呼起来，她们没想到能一起待上这么长。

轿夫、马和向导已经来到了山上。奶奶让轿夫先回去了，她正要上马的时候，克莱拉叫道："奶奶，您下山后还会再来吧，您要时常上山来看看我们，我们会盼望您来的。是不是，海蒂？"

海蒂觉得今天真是好事不断，她欢喜得说不出话，只能一个劲儿蹦蹦跳跳，算是对克莱拉的回答。

奶奶骑上了那匹高头大马，大叔牵着缰绳要送她下山。奶奶劝他不要送得太远，但他坚持要把她送到德芙里。

到了德芙里后，奶奶不想一个人待在这冷清的地方，所以决定暂时回雷格兹，以后再从那儿去山上。

彼得赶着羊群回到了海蒂家。山羊们一见海蒂，一起围拢过来，不一会儿，坐在轮椅上的克莱拉就和海蒂一起被羊群围了起来。山羊们你挤我，我挤你，使劲儿地向海蒂身边挤着。海蒂一个一个地把它们介绍给克莱拉。

克莱拉很快就认识了它们，连"土耳其大汉"也结识了。这是她渴望已久的，可是彼得一脸不高兴地站在旁边，瞧着快活的克莱拉。最后，她们两个玩累了就冲他喊："彼得，晚安！"而彼得就像没听见似的，狠狠地甩了甩鞭子，然后飞奔下山，于是他的小兵们也一窝蜂地跟了上去。

今天，克莱拉在山上看到了很多好看和有趣的东西，别提有多高兴了。

她被抱上阁楼，躺在又大又软的床上，海蒂也一骨碌爬上去。她们躺在床上看着天上亮晶晶的星星，克莱拉兴奋地喊："啊，海蒂，快看哪！多美啊，简直就像在天上飞似的！"

"是啊。克莱拉，你知道为什么天上的星星会眨眼睛吗？"海蒂问。

"不知道，为什么呢？"

"上帝为我们着想，把什么都安排好了，我们什么都不用担心。星星从天上看得清清楚楚，所以星星也觉得高兴，它们眨呀眨的，是在说：别难过，要像我一样快快乐乐！但是我们永远不要忘记祈祷，要让上帝在做安排的时候想着我们，那样我们就会感到安全，不必为即将发生的事而担心了。"

于是，两个孩子又重新坐了起来，开始各自祈祷。随后，海蒂枕着自己圆圆的小胳膊，很快就睡着了。但克莱拉却久久不能入睡，因为，这是她有生以来第一次见到洒满星光的床，她觉得十分奇妙。过去，克莱拉几乎没有看见过星星，因为她晚上从来没有出去过，而她家中的厚厚的窗帘也在星星还没有出来之前就拉上了。现在，她一闭上眼睛，就忍不住又要张开，只为看看海蒂说的那两颗大星星，是不是依然在向房间里照射着光芒，并那么神奇地一闪一闪眨着眼睛。不出所料，一切都和海蒂说的一样。克莱拉怎么看也看不够，直到眼睛慢慢地闭上，但那两颗闪烁的星星却闯进了她的梦里。

21. 在爷爷家中的生活

　　每天早上，太阳刚从悬崖的后面冉冉升起，就把金色的光芒洒满了整个小屋，并照亮了整个山谷。每天早晨，阿尔姆大叔都会静静地站在那里，望着薄雾是如何消散在高山和深谷中的，大地又是如何从朦胧的影子里醒过来的，这一切都会使他陷入深思。他就这样迎接着全新的每一天。天上稀薄的雾气渐渐地明亮起来，当太阳挣脱云层，露出笑脸的时候，远方的悬崖、森林、山坡都披上了一层金灿灿的光芒。

　　爷爷回到他的茅屋里，蹑手蹑脚地爬上楼梯，来到孩子们的床边。这时克莱拉刚将眼睛睁开，就惊喜地望见明亮的阳光从那扇圆圆的窗户里射了进来，光芒四射，耀眼迷人，在她的床上一闪一闪地翩翩起舞。刚开始的时候，她并不清楚自己看到的是什么东西，也不知道自己身在何处。突然，她瞥见了睡在旁边的海蒂，又恰巧听到了爷爷亲切的声音："你睡得好吗？还累不累啊？"克莱拉说自己睡得非常好，一闭眼就睡到了现在，一点也不觉得累了。爷爷听了很高兴，马上帮她穿戴好，动作细心周到，旁人看了会以为他的专职就是照料病孩呢。

　　海蒂醒了，看到爷爷正抱着克莱拉准备下去，她大吃一惊，是不是很晚了，自己也该起来了。于是，她以最快的速度穿好衣服，接着又爬下梯子，来到外面。她又惊呆了，原来，昨天晚上她们入睡之后，爷爷又忙了好长时间。他看到克莱拉的轮椅不能推进屋门，他就在屋后的仓房上拆下两块大木板，这样就变成了个大出口，把轮椅推进来后，又把木板安在原处，但是不钉死，可以随时拆卸。这时，他正用轮椅推着克莱拉到外边去，他把她放在小屋前面，自己去照看山羊。海蒂跑到朋友身边。

　　凉爽的晨风轻轻抚摸着孩子们的面颊，送来一阵杉树的芳香。克莱拉欣喜地深吸一口，靠在椅子上，从来没有过的感觉让她很舒服。

这是她生来第一次在广阔的大自然中呼吸早上新鲜的空气，山上的空气格外纯净清凉，她每吸一口都很欢乐。而且这里并不热，阳光暖融融地照在她的手上和脚下的绿草地上。她从来没有想到过山上的生活是这么的美好。

"哎，海蒂，我真希望我们能永远待在一起，我要是能一直住在这里，那该多好啊！"她愉快地说，而且还转着轮椅来回换方向，以便享受四面八方的空气和阳光。

"怎么样，是不是跟我告诉你的一样，"海蒂高兴地回答，"和爷爷一起住在这山上是世界上最幸福的事。"

这个时候，爷爷端着两碗羊奶从羊圈里走了出来，一碗是克莱拉的，一碗是海蒂的。

"小姑娘，这个对你大有好处，"他说着，冲克莱拉点点头，"这是小天鹅的奶，会使你强壮起来的。孩子，为了你的健康喝掉它吧。"

克莱拉从没喝过山羊奶，她有点儿不敢喝，先闻了闻。可是海蒂却一下子咕咚咕咚全喝完了，看上去很好喝的样子，她也学着小海蒂的样子，把自己碗里的羊奶喝得一滴不剩。喝完后她觉得这奶像是加了糖和香料，特别的好喝。

"明天咱们喝两碗。"看着克莱拉像海蒂一样把奶全喝完了，爷爷高兴地说。

这时，彼得赶着羊群上山来了，海蒂又像往常一样被羊群围在中间。爷爷把彼得拉到一边跟他说话。

"你听着，"他说，"从今天开始，小天鹅想去什么地方就让它去什么地方，你不用管它，如果它爬得高了，你就跟着它，即使别的羊也跟着去也不会有什么害处。无论如何不许把它赶回来，不能阻止它。它知道自己喜欢吃什么，多爬点儿山路也伤不了你什么，只有吃最好的草，才能挤出最好的奶。你这是什么眼神，像是要吃人，没人会打扰你的。好了，去吧，记住我的话。"

彼得最听爷爷的话了，立刻带着羊群离开了，不过他却一边走一边回头看，好像有什么事情似的。山羊簇拥着海蒂走了一段路，而这正是彼得所希望的，"你得跟着羊群一起上山，"他对她说，"我要负责照看小天鹅，没有办法看那么多羊。"

"不行，我不能去，"海蒂在羊群的包围中回答，"而且会有好长时间不会去的，只要克莱拉在这儿。不过，爷爷说，有空会带我们一起去的。"

海蒂走出羊群，跑回到克莱拉身边。彼得双手握拳，向着轮椅的方向挥舞了几下，然后猛地一转身，赶着羊群往山上跑，没多大工夫就不见了。他边跑边在心里嘀咕着："说不定刚才被阿尔姆大叔瞧见了！他害怕阿尔姆大叔知道这件事。"

克莱拉和海蒂做了一大堆计划，就是不知道该如何开始。海蒂建议先给奶奶写信，她们答应过奶奶要每天给她写一封信，因为奶奶不知道克莱拉住在山上是不是真的对身体有益，是不是天天都很快乐。所以她们就约好每天写信，如果需要她上山的话，她就可以及时出现。

"咱们能不能在外面写？"克莱拉问。她非常同意海蒂的意见，只是这外面的景色这么美丽，她不想进屋。这不麻烦，海蒂什么都能做。只见她跑进屋去，拿出了课本、纸笔和她的小凳子。她把课本和习字本放在克莱拉的膝盖上给她当桌子。她自己坐在凳子上，把长椅做桌子。两个人就这样开始给奶奶写信。但是克莱拉每写一句，都要望望四周，因为这里真是太美丽了。时间过得真快，不知不觉就到了中午，爷爷端着热气腾腾的羊奶走了过来。他说，克莱拉需要经常晒晒太阳。所以午餐像昨天一样，就在小屋前吃了。然后，海蒂就把克莱拉推到杉树下，她们已经决定要在树荫下度过整个下午，讲起分别后彼此身边发生的各种事情。即使在法兰克福的日子过得平淡无奇，但是家里有很多仆人，也发生了许多事情，这些都可以告诉海蒂。

于是，她们就坐在树下聊起天儿来。越聊越开心，就连树枝上的鸟儿也叫得越来越响亮，像是要和她们一起聊天似的。时光飞逝，一眨眼，就到了傍晚，彼得也下山来了，一脸的不高兴。

"晚安，彼得。"海蒂说，她看到彼得不想停下来说话。

"晚安，彼得。"克莱拉友好地招呼着，彼得还是一声不吭地赶着山羊继续往前走。

当克莱拉看到爷爷带走小天鹅去挤奶的时候，她突然间想起了早上喝的那一碗香喷喷的羊奶了，馋得她都要流口水了。

"海蒂，你说这怪不怪，"她说，对自己感到很惊奇，"以前都是别人强迫我吃东西，吃的东西都觉得和鱼肝油的味道差不多。我老是想：要是我不用吃东西就好了！可是现在我却盼着爷爷再给我端一碗羊奶来。"

"对，我知道这种感觉。"海蒂回答，她想起了在法兰克福吃什么都咽不下去。克莱拉却不知道是怎么回事，因为她从没像今天这样在清爽的屋外吃过饭，更不知道坐在高山上吃饭是多么舒畅。爷爷终于端来了羊奶，她一口气喝得精光，比海蒂还快，并且还想再喝一点儿。爷爷高兴地答应她，又给她们端了两碗羊奶，还带了些别的吃的。下午的时候，他去了一个牧羊人家里，带回了一大块金黄色的奶油，刚才给孩子们的面包片上涂了厚厚的一层。海蒂她们拿起面包津津有味地吃了起来，爷爷站在旁边看着她们俩的吃相，不由得乐了。

晚上，克莱拉躺在床上，虽然很想看外面的星星，可是却困得睁不开眼睛，她跟海蒂一样很快就睡着了，而且甜美地睡了一整夜——从来都没有睡得这么香过。接着，她们又高高兴兴地过了两天，第三天给孩子们带来的是意外的惊喜：搬运夫从山下运来了两张有着许多铺盖和雪白床罩的床。他们还带来了一封信，是奶奶写给她们的，信上说这两张床是给克莱拉和海蒂的，还写道："到冬天时，一张搬到德芙里，另一张预备着克莱拉去时用。"又夸她们说："你们写的信真是棒极了！希望你们每天都写信，那样，我就能及时知道你们的一切想法，知道你们每天都做些什么。"

于是，爷爷就爬上了阁楼，把干草床扔到草堆上，然后又让两个搬运夫帮忙把新床扛到了上面，把两张床紧靠在一起，让两个人躺下时能透过小窗看到同样的景色，他知道阳光和星斗带给孩子们很大的欢乐。

奶奶在山下每天都能收到她们的信，知道她们在山上过得很开心，她也显得非常的高兴。克莱拉说山上的生活一天比一天好，爷爷非常慈祥，她和海蒂在一起比在法兰克福开心多了。每天早上，她一睁眼，第一个念头就是："啊，我还在这儿，太好了！"

每天都传来关于克莱拉的好消息，奶奶也很开心，并决定过段时间再去上山看她们，因为上下那陡峭的山路确实让她觉得有些累。

爷爷把克莱拉照顾得无微不至，每天都能想出一些新的办法，促进孩子的康复。每天下午，他都要爬上山去，傍晚回来总是带着一大捆叶子，远远地就能闻到一种丁香和百里香草的混合香味。他把叶子挂在羊圈里，山羊们一回来就急着想钻进放着草的羊圈里去。但是大叔就是不开门，他是专门为小天鹅采的，只有它才能产出最好的奶。这种特别喂养很快就见效了，小天鹅越来越强壮，走路的时候高昂着头，眼里也发出更明亮的光。

三个星期过去了。在最近的一些日子里，爷爷每天早晨抱克莱拉下床后都说："怎么样，小姑娘，想不想试试在地上稍微站一下？"为了让爷爷高兴，克莱拉就试着站一下，但每次都是双脚刚一触地，就扑到他怀里，嚷着"太疼了"。但是这种练习还是每天都会持续下去，而且站立的时间一点点儿加长。

他们有许多年没在山上度过这么美好的夏天了。每天都是阳光灿烂，万里无云，空气清新，到处是一片宜人的景色。每到傍晚，红灿灿的太阳照耀着山顶和广袤的雪原，最后沉浸在金色的海洋里。

海蒂给克莱拉讲了许多山顶上的景色，因为只有到更高的地方才能看见最美丽的景色，尤其把山顶斜坡的景色讲得格外详细。在那里，金色亮丽的岩玫瑰成片开放，还有数目极多的蓝玲花映得整片草地都像变成了蓝色，旁边一串串褐色的花散发出迷人的香气，让人一坐下来就不想走了。

海蒂每天都在杉树下给克莱拉讲山上的花、夕阳。突然，她的心里产生了一种强烈的冲动。她非常想去看看夕阳西下的景色，于是她跑到棚子里去找爷爷，人还没进去就喊道："爷爷，您明天带我们跟山羊一块儿上山好吗？那里一定美丽极了！"

"嗯，好啊，"他回答，"但是如果想让我去，那小姑娘要答应我一件事：今天晚上她要再努力用双脚站一会儿。"

海蒂欢天喜地地把这个好消息告诉了克莱拉。克莱拉答应一定练习到爷爷满意为止，因为她渴望第二天上山去，海蒂显得特别高兴。傍晚，彼得刚赶着羊从山上下来，她就朝他喊道："彼得，彼得，明天我们也要和你一起到山上待一整天了。"

彼得像一头发怒的"小熊"那样吼了一声作为回应，并边说边挥起鞭子向在他身边跳来跳去的可怜的格林芬奇抽去，但机敏的格林芬奇预感到了他的动作，奋力一跳，一下子就飞身跳过了小雪花，彼得的鞭子在空中发出"唰"的一声空响。

　　夜晚，克莱拉和海蒂怀着对明天计划的美好期许，躺在了她们那两张漂亮的新床上，她们本打算通宵不眠，一直谈论明天的计划，直到她们再次起床。可是，没想到她们的小脑袋一触到舒适的枕头，谈话便戛然而止了。克莱拉做了一个美梦，在梦中她看见了一片一望无际的大草原，看起来就像是一片湛蓝的天空，上面生长着茂密的蓝铃花。而海蒂则在梦里听到那只老鹰在高高的山顶向下召唤她："快来吧！快来吧！快来吧！"

22. 突发事件

第二天清晨，阿尔姆大叔走出茅屋，朝四周观察了一番，看看今天的天气如何。高大的山峰泛着红色和金黄色的光芒，杉树的枝丫在一阵清风的吹拂下摇晃着。太阳正慢慢地爬上山来。

爷爷又一动不动地站了一会儿，聚精会神地望着，在高高的山顶上，那些绿色的山坡闪烁着金色的光芒，然后驱散了山谷中的黑影，挥洒出一抹玫瑰色的光辉，没过多久，山上山下到处都沐浴在了金色的光芒里——太阳终于升起来了。

此时，爷爷把轮椅从小棚子里推了出来并停放在小屋的前面，他为旅行做好了准备，接着走进屋内，想要对孩子们说，多么美好的一个早晨啊！

这时，彼得刚好上山了。羊群不再像以前那样紧紧地围在他身边，在他前后左右向山上跑去。而是离他远远的，因为现在他动不动就大发雷霆，总是随便挥舞着鞭子朝四周乱抽乱打。已经好几个星期了，海蒂都一直和那个克莱拉在一起，一直没时间和彼得玩，这个夏天，海蒂一次也没有和彼得一起上过高山牧场，今天终于要去了，却还是和那个从法兰克福来的人一起去。想到这点，彼得就觉得非常生气。再看看那张轮椅，似乎很自豪地立在那儿，彼得觉得它是那么高傲、不可一世，他像面对敌人一样怒视着轮椅。心想：就是你害得我这么倒霉，今天你还想让我更倒霉。彼得向四周看了看——周围没有人，静悄悄的。于是他像发怒的野兽一样猛冲过去，抓住轮椅使劲儿向山崖下一推，只见轮椅飞快地向前滚动着，一下子就消失不见了。

然后，彼得转身就向山上跑，一口气跑到一丛浓密的黑莓树后，他才停下来。他可不想让爷爷看见，但是他又想看看轮椅现在怎么样了，现在这个地方是个理想的场所，躲在后面，他可以看清山下发生的事情和爷爷的行踪，只要爷爷一出现他就可以躲起来。他看到那个轮椅越滚越快，向山下冲去，一会儿弹起来，一会儿翻滚着，最后一下子就掉到了山下，摔得乱七八糟，——轮子、扶手、衬垫等等四处乱飞。彼得觉得痛快极了，他一下子跳了起来，大声笑着，高兴地跺脚，在灌木丛中蹦跳着，最后回到原来的地方，忍不住又是一阵大笑，高兴得直跳。他太高兴了，因为这样一来，海蒂的朋友没有了轮椅，就不能走动了，到时候就不得不离开了，而海蒂又变成了一个人，她就会像以前那样跟他一起上山了，一切就又会像从前一样了。但是，彼得没有想到这件事的后果，他只顾着高兴了。

这时，爷爷抱着克莱拉和海蒂从屋里走了出来。棚子大开着，那两块松动的木板已被拿了下来，里面很亮堂。海蒂左瞧瞧右看看，看遍了每个角落，然后站在那儿纳闷儿：轮椅到底哪儿去了？这时爷爷走上前来。

"海蒂啊，怎么了？轮椅呢？"

"我一直在到处找，爷爷，您不是说已经在外面了吗？"说着，她用眼睛把每个角落又搜寻了一遍。

这时，一阵大风吹来，门砰的一声撞到了墙上。

海蒂说："爷爷，轮椅会不会被风吹走了。"突然她又着急地说，"哎呀！要是风把轮椅一直吹到了德芙里，我们就得花好长时间去找，那就没时间上山了。"

"如果轮椅跑那么远的话，肯定已经摔成了碎片，找回来也没法用了。"爷爷说着转过墙角向山下望去，"这件事有点儿蹊跷！"他默默地说道。因为前面有堵墙挡着，怎么也不会被风吹到山下去。

"啊，怎么办啊，我好伤心啊，"克莱拉悲伤地说，"我们今天去不成了，也许永远都去不成了。轮椅没有了，我不得不回家了。唉，怎么办啊！太难过了！"

但是海蒂还是信任地看着爷爷。

"爷爷，我们不会去不了的是吧？您一定有办法，是不是？克莱拉可以不用现在就回家的是吧？"

"嗯，是的，我们今天一定能上山，其他事情等回来以后再看看有什么办法。"他的回答让孩子们非常高兴。

他进屋取来一叠被单，铺在阳光照到的地方，然后把克莱拉放到上面。接着给孩子们准备早餐，最后又把两只山羊牵了出来。

"彼得怎么还不来呢？"他心想，今天早上一直没有听到彼得的口哨声。然后，爷爷用一只胳膊抱起克莱拉，另一只胳膊抱着披肩。

"走吧，我们出发了，"他说，"就让山羊跟着我们吧。"

海蒂高兴地跟在爷爷后面，两只胳膊分别搂着两只山羊的脖子。羊儿们能和海蒂一起上山，欢喜极了，它们从左右两边蹭着她，海蒂被挤得差点摔倒。他们到达羊群经常吃草的牧场时，吃惊地发现羊群已经在那儿了，彼得也跟它们在一起，正舒服地躺在草地上晒太阳呢。

"你这个小懒蛋！从我门前经过时也不打声招呼，看来是想让我教训教训你了！你到底是什么意思啊？"大叔对他喊道。

听到这话，彼得一下子从草地上跳了起来，说："我叫了，当时没人起床。"

"哦，那你看到轮椅了吗？"爷爷问。

"轮椅，什么轮椅？"彼得装作若无其事的样子反问道。

大叔没有再说什么，把被单铺在洒满阳光的山坡上，把克莱拉放在上面，问她舒服不舒服。

"跟在轮椅里一样舒服。"她说，然后向爷爷表示感谢，"这儿真的是太美了。啊，海蒂，这里太漂亮了！真是太漂亮了！"她高兴地大声喊道。

爷爷说："你们在这里好好玩，我该回去了，午餐在对面树荫下的口袋里，你们记着吃。想喝羊奶了就让彼得去给你们挤，但是一定要喝小天鹅的，快到傍晚的时候，我会来接你们。"现在他得去看看那轮椅到底怎么样了。

蔚蓝色的天空没有一丝云彩，远处的雪山闪闪发光，像是好多星星在闪烁；两座灰色的山峰直立云霄；老鹰在蓝天上不断盘旋；凉爽的山风从远处吹来，坐在阳光下的孩子们精神为之一振。不时有山羊跑过来，在她们旁边趴一会儿。小雪花来得最频繁，它低下头依靠着海蒂，一动不动，要不是别的羊来，把它挤走，它是不肯离开的。克莱拉已经对这些山羊非常熟悉，再不会把它们搞错，她发现每只羊都有独特的长相，性格也各不相同。这些山羊也与克莱拉混熟了，常常用头去蹭她的肩膀，表达它们对她的喜爱。

过了一会儿，海蒂想去看看远处的花儿有没有开放，是否还同去年一样美丽。克莱拉不能去，因为她动不了，只能等爷爷来了她才能动，而那时鲜花或许已经合上了。但是，海蒂非常想去看看，她实在无法抑制这个想法。

"克莱拉，"她有些犹豫地说，"你先一个人在这儿待会儿，我去那边看一下就回来，行吗——请等一下——"她突然有了个主意。只见她跑去摘了一把绿叶，然后抓住小雪花，把它带到了克莱拉身旁。

"这样你就不会觉得孤单了。"海蒂说着，把山羊拉到克莱拉身边。海蒂把绿叶放在克莱拉的膝盖上，克莱拉说："你去吧，我和小雪花在一起就行了。"海蒂跑开了，克莱拉就开始一片一片地把绿叶喂给小雪花吃。山羊紧紧靠在这个新朋友身边，从她手上咬过草叶慢慢嚼起来，一副很信赖的样子。小雪花看上去很享受这件事，因为与羊群在一起觅食的时候，其他山羊经常欺负它。克莱拉发现，独自坐在山坡上，旁边有一只温驯的小羊，是件很新奇很好玩儿的事，她的心里不由升起一种强烈的渴望，什么时候自己也能成为一个独立的人，去帮助别人，而不是像现在这样依靠别人。她心里涌出了很多想法，她渴望一直在阳光下生活下去，给别人带去快乐。克莱拉沉浸在一种新鲜的快感中，眼前的景色显得更加迷人了。这种新奇的美感和幸福感强烈地冲击着她，她不禁伸开双臂搂住山羊的脖子叫起来："啊，小雪花，这里多美啊！我真想永远和你们在一起！"

这时候，海蒂来到了那片花的海洋，她兴奋地大叫了一声。金色的岩蔷薇，深蓝色的蓝铃花都开了。温暖的空气中弥漫着芳香，好像是有人把最珍贵的香料倒在了它们上面。散发芬芳的是一些棕色的小花，它们夹杂在黄色的花丛中。海蒂陶醉了，她深深地呼吸着甜丝丝的空气。突然，她激动地转过身，上气不接下气地跑到克莱拉身边："你，你一定要去看一下，"她刚看见人影就喊道，"那里特别美，比我想象的还要美，等到爷爷来的话，也许就不好看了。相信我能背动你的，你说呢？"

克莱拉看着她摇摇头："不行的，海蒂，我长得比你还高呢，你怎么可能背得动我呢！唉，我要是能走该多好啊！"

海蒂向四周打量着，像是在琢磨着什么。彼得在上面坐着，俯视着两位小姑娘，刚才几个钟头的时间里他就一直在看着这边。他毁掉了那轮椅，以为海蒂的朋友哪儿也别想去了，会结束来访，打道回府。没想到，她这么快就到山上来，和海蒂并排坐在了自己眼皮底下。他以为自己的眼睛看错了，可是她们真的就坐在那儿。

海蒂看着他，以命令的口气说："彼得，下来！"

"我不下去。"他回答。

"一定得来！下来吧！我一个人干不了，你来帮帮忙！快下来，别耽误时间。"她又一次急切地命令道。

"我才不会下去呢。"彼得说。

海蒂向他坐的地方跑了几步，停下来气冲冲地喊道："彼得，如果你再不马上下来，我就不客气了，我可不是在吓唬你。"

听了这话，彼得心里既害怕又痛苦。他刚做完坏事，以为没有人看见，可是现在听海蒂这么说，他以为海蒂已经知道了，肯定会把事情真相都告诉爷爷，啊，世界上再也没有比爷爷更可怕的人了。如果他怀疑轮椅的事……彼得忐忑不安地站起身，跑到海蒂等他的地方。

"我来了，你不会按刚才说的去做吧？"

彼得由于害怕而显得特别乖，海蒂见他怪可怜的，很不忍心，便一口答应："对，对，当然不会的。快过来，我只想让你帮我个忙。没什么可怕的，你放心吧。"

他们一起走到克莱拉身边，海蒂就下命令了：彼得搀着克莱拉的一只胳膊，她自己搀着另一只，把克莱拉扶起来，可是克莱拉站都不能站，又怎么能扶着她走呢？海蒂太矮小了，克莱拉不能把一侧身子靠到她身上。

"来，你用一只胳膊搂住我的脖子，搂紧点——对了，就这样。再用另一只搂着彼得的，我们就能架着你往前走了。"

克莱拉把胳膊绕过来了，可是，彼得却让自己的胳膊像根木棒似的垂放在身边。

"不是这样，彼得，"海蒂说，"你得把胳膊弯过来，好让克莱拉把她的胳膊穿过去，就能靠在你身上了，好了，快点吧，照我说的做肯定没错。"

彼得照办了，可还是不大轻松，因为克莱拉本身就不轻，彼得和海蒂一边高一边矮，走起来摇摇晃晃，很不稳当。

克莱拉想试着用自己的双脚走一下，可是脚刚挨地，就立刻缩了回去。

海蒂建议："你再试试，踩稳了，慢慢来，这次一定不会疼了。"

"真的吗?"克莱拉担心地问，但还是听从了海蒂的劝告，先把一只脚在地上踏稳，然后再迈另一只脚。走了两步后，她轻声叫了一下，然后抬起脚又往前走，"啊，真的不那么疼了。"她高兴地说。

海蒂说："你再试一下。"

克莱拉又继续走了一步，然后又走了一步，突然她大喊起来："我能走了，海蒂! 看! 看哪! 我真的可以走路了!"

海蒂更是欣喜若狂，她叫道："啊，你真的能走了，真的，这是真的，啊，爷爷如果在这儿，那该多好啊!"她激动地一遍一遍地欢呼着。

克莱拉还紧紧依靠着两边的人，但是越走越稳，三个人都能感觉出来，海蒂高兴极了。

"真是太好了，这下我们就可以天天来这里玩了，你以后也可以想去什么地方就去什么地方了，不用再让人用轮椅推着，你身体会强壮起来的! 啊，这是最让人高兴的事情了!"

克莱拉非常的开心，在她看来，从此以后自己再也不用天天待在轮椅上了，可以到处走动了，世界上再也没有比这更幸福的事情了。

他们没走多远，就来到了鲜花盛开的地方了。他们来到了一丛丛蓝铃花跟前，看到花丛中间有一小块一小块的空地，克莱拉说："我们能不能在这里坐一会儿?"

海蒂也是这么想的，于是孩子们坐在了花丛中间，克莱拉是第一次坐在这样的环境里，她觉得有说不出的快乐。身边是随风摆动着的蓝色的花，再远一些是金黄色的岩蔷薇和红色的矢车菊，空气中弥漫着花草的芬芳。一切都是那么舒服! 太舒服了! 而坐在身旁的海蒂也觉得这里比往常更美丽，心里特别的高兴，总想大叫几声。过了一会儿，她突然意识到克莱拉的病治好了，也许是这个原因才使一切变得那么的美丽。克莱拉默默地坐在那儿，沉醉于眼前的美景和对美好未来的憧憬之中，她觉得自己有点儿傻了，没法说出自己心里的感受。

彼得也躺在鲜花丛中，一动不动，也不说话，原来他已经睡着了。柔和的山风从四周巨大的岩石后边吹来，轻轻拂过山坡上的绿草。海蒂时不时地跳起来到处跑，因为不管她跑向哪里，那里迎风摇摆的鲜花都似乎更芳香、更茂盛，于是，她跑到一处都会在那里坐上一会儿。就这样，时间不知不觉地过去了。

大约两三点的时候，一小群山羊开始向长满鲜花的山坡走来。那里可不是它们觅食的地方，它们从不吃花。彼得也从没有带它们来到过这个地方。它们由格林芬奇领队，可能是它们的司令突然不见了，它们是来找人来了。要知道，山羊能够准确无误地计算时间。格林芬奇在山坡上发现了失踪的三个人，立刻高声地叫起来。紧接着，其余的山羊也都跟着咩咩直叫，朝孩子们冲过去。彼得醒过来，揉了揉眼睛。他刚刚做了一个梦，梦见轮椅安然无恙地放在小屋门前，还铺着漂亮的红垫子，因此刚一醒来时，眼前还晃着轮椅垫子周围那金闪闪的钉子，再揉眼一看，原来是黄艳艳的花朵在身旁摇摆。他害怕极了，刚才做梦的时候，他看见轮椅完好无损时松了一口气。尽管海蒂说过不再做什么了，但是他还是担心。所以他任海蒂随意支配，让干什么就干什么。

三个人回到老地方后，海蒂立刻照爷爷说的去把装着午饭的袋子拿过来。准备履行自己的诺言，她知道爷爷往里面放了好多好吃的东西，就想起了彼得，也愿意让他分享一大部分。当彼得拒绝帮忙的时候，她的想法是不分给彼得吃，而彼得良心有愧，理解成了别的意思。海蒂从袋子里取出食物，食物有很多，于是她想：我们俩肯定剩下不少，他还能多吃。

她给了彼得和克莱拉每人一份，然后拿着自己的一份坐在克莱拉身边，三个人都玩累了，香甜地吃了起来。

结果和海蒂想的一样，她和克莱拉就吃了一点儿，还剩下很多，就都给彼得吃了，彼得吃得一干二净，连面包渣都没有剩下。但是对彼得来说，今天的美餐与往常比较起来像是缺少点儿什么，他一点儿都高兴不起来。

因为午饭吃得晚，吃完没多久，爷爷就上山来了。他刚一出现，海蒂就跑上前去，她要第一个把好消息告诉爷爷，结果却激动得什么都说不出来。不过爷爷很快就明白了怎么回事，脸上露出了欣慰的笑容。他快步走到克莱拉坐着的地方，高兴地笑着说："这么说，我们的努力没白费，成功了吧，呵呵，你可以走动了吧!"

他帮她站了起来，左臂在后面防护着，右臂伸出去让她扶着。克莱拉勇敢地迈出了脚步，比上次走得还要稳，因为支撑她的是一只强有力的手臂。

海蒂跟在旁边，高兴得又喊又跳，爷爷看上去也是特别的开心，好像他本人遇到了天大的喜事。但他还是抱起克莱拉说："好了，别太累了，现在该回家了。"说完就转身下山了，他想让克莱拉休息休息。

那天傍晚，彼得回到德芙里的时候，看见一大群村里人正围在一起，挤来挤去争着往里面瞧，彼得也想看看，就使劲儿挤了进去。

草地上就是他早上推下来的轮椅，都快成碎片了，那漂亮的红垫子和闪亮的铜钉子显示着这个轮椅在没坏的时候有多么华丽。

"我看见过这轮椅被人扛上山去。"面包师说，他就站在彼得旁边，"我敢跟任何人打赌，这轮椅至少值二十五英镑。可是现在怎么会成这样呢?"

"听大叔说，是被风刮下来的。"一位妇女说，她特别喜欢那红色的垫子。

"哦，幸亏是风，要是人为的话，一定会遭到惩罚的，"面包师又说道，"法兰克福那位先生要是听说了这件事，肯定会找警察来调查的。好在我有整整两年没上山了，那时候谁在山上都免不了嫌疑的。"

人们又发表了些别的议论，但彼得不敢再听下去了。他悄悄挤出人群，拼命地往家里跑去，像是觉得后面有人追赶似的。面包师的话把他吓得不轻，要是法兰克福的警察来调查的话，他会被关进监狱的，这个画面仿佛出现在他面前，吓得他心惊胆战的。

他心神不宁地回到家，一句话也不说，连饭都没有吃就钻进被窝，痛苦地呻吟起来。

"彼得肯定又吃酸草了，看他那难受的样子。"布蕾吉特说。

奶奶说："明天就多让他带些面包吧，把我的面包分给他点儿。"奶奶有些心疼了。

晚上，两个小姑娘躺在床上，看着外面的满天星斗，海蒂说："今天你明白了吧。上帝有更好的安排时，你无论怎么祈求自己的心愿，他也不会为你实现，但总有一天会让你大吃一惊。"

"今天晚上你怎么突然说起这个了？"克莱拉问。

"因为在法兰克福的时候，每天我都会拼命祈求上帝让我回家，可我又回不来，我就认为上帝把我忘了。可是现在你看，要是那时我立刻回来，你就来不了这里，那你的病也就不会好了。"

克莱拉思考了一会儿，她开口道："可是，海蒂，那样的话，我们不是就没必要祈祷了吗？因为上帝他有自己的安排，而且比我们祈祷得还要好！"

"你可不能那么想，克莱拉，"海蒂很着急地说，"不论怎样，我们每天都该祈祷，让上帝知道我们没忘记他。如果我们忘了上帝，他就不会管我们了，是奶奶告诉我的。如果上帝不把我们想要的东西送来，我们也不能有所怀疑，你要相信他最终会做出理想的安排的。"

"你是怎么知道这些的？"克莱拉问。

"是奶奶跟我说的，然后事情就真的和她说的一样。"她在床上坐了起来，接着说，"我想我们今天晚上真的应该感谢上帝，你瞧，他让你能走了，你就可以每天去山顶看风景了。"

"对，海蒂，你说得太对了，幸亏你提醒了我，我都已经高兴地忘了祈祷了。"

两个孩子开始祈祷，她们感谢上帝给一直疾病缠身的克莱拉带来这么大的幸福。

第二天早晨，爷爷认为她们现在可以给奶奶写封信，告诉她这个好消息，并问她能不能到高山牧场来。但是孩子们却另有打算，她们想给奶奶一个惊喜。首先，克莱拉想更好地学会走路，所以还得多练习一下，直到只需要海蒂一个人扶着她也能走上一小段路才行，但是一定要瞒着奶奶，不能让她知道。于是她们询问爷爷，这大概需要多长时间，爷爷回答说一个星期或者更短，两人一听立即坐下来写了一封信，在信里她们急切地邀请奶奶在这段时间里到高山牧场来一趟，但是对于这件事却只字未提。

随后几天是克莱拉在山上过得最美好的日子。每天清晨一醒来，她的心里就充满了欢呼："我的病好了！我恢复健康了！我不需要再坐轮椅了！我可以像别人一样到处溜达了！"

接下来的日子，克莱拉能走得越来越长，也越来越轻松。不仅如此，运动也增加了她的食欲，每一天，爷爷都在面包上多加一层黄油，看见奶油一点一点被吃掉，爷爷格外地心满意足。现在，爷爷还经常端来满满的一大锅带着泡沫的鲜羊奶，给克莱拉倒了一碗又一碗。就这样，很快就到周末了，离奶奶上山的日子越来越近了。

23. "再见了"

奶奶在她来到高山牧场的前一天，特意写了一封信，明确告知了她要到来的消息。这封信是在第二天由彼得随身带着捎上牧场的，那时，爷爷和孩子们已经来到了茅屋外面，小天鹅和小熊也一大早就出来了，在早晨清新的空气中欢快地摇晃着脑袋。两个女孩儿抚摸着山羊，祝它们上山的路上一切平安。阿尔姆大叔心满意足地站在一旁，微笑地望着孩子们健康粉嫩的小脸，然后再看看被梳洗得干干净净的山羊，露出一副自得其乐的样子。可以看出，他十分满意这一切，所以才那么高兴地笑着。

这时彼得走了过来，当他看见这群人时就放慢了脚步，他把信交给阿尔姆大叔以后，突然后退一步，似乎有什么东西让他吓了一跳，然后他又猛地朝后面看去，好像背后真的有什么东西让他觉得非常害怕。突然他跳起来，撒腿就跑上了山。

"爷爷，"海蒂看着彼得的背影吃惊地问道，"彼得怎么了？为什么他现在的一举一动都像极了那只巨无霸？只要发现身后有鞭子，就缩脖，莫名地东张西望，还突然跳起来？"

"可能是他感觉身后有个鞭子就快打到自己身上了吧。"爷爷说道。

彼得一口气跑到了第一个山坡上。一直到没人能看到他，但他还是提心吊胆地四周查看。突然，他猛地跳起来，好像有人要来抓他似的。他一直都觉得法兰克福来的警察会突然从身后的某个灌木丛跳出来抓他。他越想越害怕，都快要站不稳了。

这个时候海蒂又开始整理房间了，因为奶奶今天就要来了。

克莱拉看着海蒂忙碌，她觉得很有意思。

上午的时间就这样不知不觉地过去了。奶奶可能会随时到达。两个孩子穿得整整齐齐地坐在门口等着奶奶的到来。

爷爷在四周走了一圈，采回一大把蓝色的龙胆花来到她们中间。

孩子们见到这些在阳光下光彩夺目的美丽鲜花，高兴得又蹦又跳。然后，爷爷就把花儿拿到了屋里。海蒂时不时地从椅子上跳下来张望，希望看见奶奶一行人的影子。

终于，她期待的人出现了，正好是她想象的顺序。最前面是向导，然后是奶奶骑着的那匹白马，最后是脚夫，背着个大包袱，奶奶每次来都会准备很多东西。

越来越近了，终于上来了，奶奶骑在马上看向两个孩子。她刚一看到两个人并排坐在那儿，就立刻从马上跳下来，有些震惊地问："克莱拉，你怎么坐在那里？你的轮椅呢？你们到底在干什么？"可是还没等走到孩子们身边，她就激动地合起了双手："天啊，这真的是你吗，孩子？瞧你的小脸蛋，红扑扑、胖乎乎的！我都快要认不出了！"说着她就要走到克莱拉跟前，而这时海蒂站了起来，克莱拉靠着她的肩膀也站了起来，两个孩子慢慢地向前走着。奶奶大吃一惊，她以为海蒂在和她玩什么游戏。

然而不是——克莱拉走得稳稳的，她和海蒂一起向她走来，两张小脸红扑扑的，显得神采飞扬。她连笑带叫冲向孩子们，紧紧抱住可爱的克莱拉，又去抱海蒂，再抱克莱拉，奶奶激动得一句话也说不出来。猛一抬头，她看到大叔在旁边微笑地望着她们。她放开克莱拉，猛地握住了大叔的手。

"我亲爱的大叔！让我怎么感谢您才好呢！谢谢您的细心照料和调理——"

"还有上帝给的灿烂阳光和新鲜空气。"爷爷微笑着说。

"对，还有'小天鹅'香喷喷的奶汁呢，"克莱拉插嘴说，"奶奶，您都不知道我现在有多能喝羊奶！真的很好喝。"

"是啊，是啊，从你的小脸蛋上就知道了，"奶奶回答，"我都快要认不出你了，你长高了，长胖了，我从没想到过你会变成这个样子。我都不敢相信这是真的。我要立刻打电报给你远在巴黎的爸爸，让他马上到这儿来。我们不告诉他这件事，要给他一个天大的惊喜。我亲爱的大叔，我怎么才能发电报呀？和我一起上山的人都走了吗？"

"他们都走了，"他回答，"如果您愿意的话可以叫彼得送去。"

奶奶表示感谢，她不想再等了，她想马上通知自己的儿子，让他赶紧过来。

于是，大叔走到一边儿，把手指含到嘴里，打出一个非常响亮的口哨，这哨声在上边的大岩石上产生回声，一直传到很远。没过多久，彼得就跑下山来，他知道这是爷爷的口哨。彼得走到爷爷那儿，面色惨白，他以为爷爷知道轮椅是被他推下山的了。可是爷爷只是让他马上到德芙里的邮局去送一封电报，他自己有空再去付邮费。因为让彼得带太多的钱他有些不放心。

彼得拿着纸跑了，爷爷用口哨召他下山只是让他去送封信，那就说明警察还没有来。他不由得松了一口气。

接着，大家安下心来，高兴地坐在屋前的桌子旁吃午饭，奶奶让她们讲了这件事的详细经过，先是爷爷每天让克莱拉练习站立，接着练习行走，然后是去牧场，然后找不到轮椅了，后来海蒂为了带克莱拉去看花，第一次试着走路，等等。就这样一件事接着另一件事，讲了好长时间，因为奶奶总是打断她们的话，一会儿提问，一会儿感叹，她说："这是真的吗，真是难以相信，我不是在做梦吧！我们是真的坐在这山间小屋旁边吗？那个小脸红扑扑的、活泼健康的孩子就是我的克莱拉吗？真是个奇迹啊！"

克莱拉和海蒂她们非常的开心，她们的心没白费，老太太一个劲儿地说，不敢相信这是真的。

与此同时，赫·塞斯曼在巴黎忙完了生意，在一个晴朗的夏日，坐上火车启程了。他没给奶奶写信，原来他也准备给家人一个惊喜。他当天抵达百斯勒，第二天早晨，继续出发，他和他的宝贝女儿已经分开一个夏天了，他很想见到自己的孩子。老太太离开雷格兹几个小时以后，他就到了那儿。听说她刚刚出发上山了，他立刻租了一辆马车驶往梅恩菲尔德，到了那儿，刚好马车也要继续往德芙里走，他就接着一直乘车前往德芙里。因为他认为从德芙里开始爬山也够他受的了。

他想得完全正确，山上的小路又长又险。他爬呀爬呀，但总也见不到小屋，听别人说过几次这条路，他记得很清楚，彼得一家就是住在半山腰的。

现在摆在他面前的是通向四面八方的纵横交错的小路，到处都有登山者的脚印。赫·塞斯曼开始怀疑自己是否走错了路，那座小屋是不是在山的背面呢？他朝四周看了看，想找个人问问路，但是四周静悄悄的，根本没有一个人影。只是偶尔有阵山风在空中嗖嗖地吹过，昆虫在阳光下嗡嗡作响，小鸟在树上快乐地歌唱。赫·塞斯曼停住脚步，想休息一下。这时，只见一个人向山下跑来——是彼得，他拿着爷爷给他的电报径直从陡峭的山坡上往下跑，但是他走的是另外一条路。赫·塞斯曼马上向他走去，彼得很胆怯地慢慢往前挪，侧着身子，仿佛他一只脚往前走，另一只脚却使劲儿把它往后拽似的。

"请你等一下，小伙子，"赫·塞斯曼喊道，等彼得到了跟前，他说，"请问，从这条路上去是不是能到山上的一个小屋，有个孩子叫海蒂，还有一些从法兰克福来的人？"

只听"啊"的一声，彼得转身撒腿便跑，由于太慌张，摔了好几个跟头，然后跟那个轮椅一样滚下了山坡，只是不会像轮椅一样摔得乱七八糟而已。那封电报却遭了殃，早就不知道掉到哪里去了。

"山里的孩子怎么这么怕陌生人！"赫·塞斯曼想，他认为是自己的突然出现吓坏了那个孩子。

他看着彼得飞快地向山下滚去，愣了一会儿，他又继续向山上爬去。

彼得没有办法让自己停下来，只能是一路翻滚着滚了下去。但是这还不是最难受的事情，让他更害怕的是，他认为肯定是警察从法兰克福来抓他了，不用想，刚才那个人就是来抓他的警察。彼得滚到了山下最后一个斜坡底下，被甩到一片树丛旁边的时候，他终于一把揪住了树枝。他静静地在那儿躺了一会儿，想着接下来应该怎么办。

"啊，怎么又掉下来一个人？"一个声音在彼得身边响起，"不知道明天会掉下来什么，简直像土豆从麻袋眼里掉出来一样？"是面包师在说话，他站在那儿一个劲儿笑。他刚干完了一天活儿，想出来休息一下，正好看见彼得像那个轮椅一样从山上滚了下来，觉得很好笑。

待了一会儿，彼得从地上爬了起来，转身就跑，现在他最想做的事就是回家钻进被窝躲起来，他觉得那儿最安全，可是，羊群还在山顶，而且爷爷严厉地嘱咐他不要耽搁，羊群不能太久没人照看。他最怕阿尔姆大叔，无论如何不敢违抗他的命令，因此没别的办法，彼得只能往回走。由于心里害怕，再加上从山上滚了下来，他没力气再跑了，只能拖着脚痛苦地慢慢向上爬。

遇到彼得不久，赫·塞斯曼就路过了第一座小屋，知道这条路走对了，他打起精神，继续往上爬。最后，经过艰苦的长途跋涉，他终于看到了山顶上的小屋，还有小屋旁边的杉树在随风摇摆。

赫·塞斯曼非常高兴，再过一两分钟，他就会见到自己的女儿了，他想给她一个惊喜。但是，上面的人已经发现了他，也让他大吃一惊。

他刚走上小屋前面的空地，立刻有两个人影从小屋向他走来。高个儿的是一个金发女孩，一张红扑扑的小脸，搀扶着她的是海蒂。海蒂那双黑黑的大眼睛跳动着兴奋的光芒。赫·塞斯曼突然停住了脚步，吃惊地看着两个女孩儿，眼里一下子噙满了泪水，他回忆起了什么！克莱拉的母亲年轻的时候就是这个样子，头发金黄，标致的脸庞白里透红。赫·塞斯曼简直不知道自己身在何处。

"您不认得我了吗，爸爸？"克莱拉高兴地大声喊着，"怎么样，您认不出我了吗？"

赫·塞斯曼这才向孩子冲过去，紧紧地抱住了她。

"是啊，你的变化太大了！这是真的吗？到底是怎么一回事？"欣喜若狂的父亲向后退了几步，又从上到下看了一遍，他有点儿不敢相信这是真的。

"你是我的小克莱拉吗？真是我的小克莱拉吗？"他不停地说，又紧紧抱住克莱拉，然后再看了看是否真的是克莱拉。

奶奶这时走上前来，很想看看儿子惊喜的脸。

她说："亲爱的儿子，怎么样，你想给我们一个惊喜，但是比不了我们给你准备的惊喜。呵呵，现在，你快过来向我们的恩人表示感谢吧。"

"是啊。这是一定的，还有那位小伙伴，我们的小海蒂，"赫·塞斯曼握着海蒂的手说，"你在这山上的家里过得还好吧？其实我不用问也知道了，你看你的小脸蛋多漂亮啊，连山上的花都比不上。我很高兴，孩子，看到你这个样子我非常高兴。"

海蒂也同样高兴地望着赫·塞斯曼，他一直对她太好了！又想到她现在这么幸福，海蒂不由得在心里欢呼起来。

奶奶把儿子带到大叔面前。两个男人握了握手，赫·塞斯曼向老人表示衷心感谢和无比惊奇。

就在这时，杉树后面传来一阵沙沙声，是彼得刚爬上山来。他看见了爷爷身边站着的人，吓得他想从杉树后面绕到山上去，可是奶奶却发现了他。奶奶突然想：那些她非常喜欢的漂亮的龙胆花应该是他采来的吧，现在他可能害羞了，就想偷偷溜掉，但是可不能就让他那么走了，应该说声谢谢，并给他一些奖励。

"过来，孩子，不要害怕，快点儿过来。"她向他喊。

彼得吓得一步也不敢动。经过一整天的折腾之后，他害怕极了，脑子里只有一个念头——"这下全完了"，他脸色苍白，浑身发抖，战战兢兢地从杉树后面走出来。

"不要害怕，孩子，"奶奶说，"你现在告诉我，是不是你干的？"

彼得耷拉着脑袋，一句话也不说。但是他知道大叔正站在小屋墙角，用那双灰色眼睛盯着自己，他旁边站着的是那个世上最可怕的人——法兰克福的警察。他吓得浑身发抖，嘴唇哆嗦着低声答道："是我。"

"哦，可是你害怕什么啊？"奶奶说。

"它——它已经摔成了碎片呀！而且再也不能修好了啊！"彼得艰难地说出这些话，双腿发抖，几乎要摔倒在地上。

奶奶走到大叔面前，说："他怎么了，这个可怜的孩子脑子是不是有什么问题？"她对他满怀同情。

"一点儿都不是，"大叔说，"他就是那股把轮椅吹下山去的风，正准备着挨罚呢。"

奶奶有些不相信，她怎么也想象不出彼得是个干这种事的坏孩子，他也没有任何理由要毁掉轮椅啊。大叔只是解释了事发之后他对彼得产生的怀疑，从一开始他对克莱拉就怒目而视，而且特别反感来到他们家的客人，这些都没有逃过大叔的眼睛，把这前前后后的事联系起来，事情就一清二楚了。奶奶一听完，就哈哈大笑起来。

"不，不，亲爱的大叔，我们不能再惩罚这可怜的孩子了。我们这些来自法兰克福的人抢走了他唯一的朋友，这段时间，他只能一个人玩，心里气愤，又无可奈何，难免会做错事，我们就不要惩罚他了。再说，人在气愤的时候都会做出一些失去理智的事情。"说着，她走回了吓得发抖的彼得身边，然后坐在杉树下的座位上，友善地招呼他过去："到这儿来，孩子，站在我面前，我给你说点儿事情。不要再害怕了，你把轮椅推下山去，摔得粉碎，这太不对了，你现在已经完全明白了这一点，而且你知道应该挨罚，就想尽办法不想让别人知道这件事。但是，彼得，你要记住：上帝无处不在，所有的事情他都知道。因为人一生下来，心里都会被上帝放进一个看守人，平时一直静静地睡觉，而一旦我们做了错事，他就会醒来。他手里还拿着一根小刺棒，他醒来后就用刺棒不停地扎，这个人就不能安生了。而且嘴里还不停地说：'你完蛋了，你会被抓起来，还要遭到惩罚！'因此这个人就会在恐惧与痛苦中度日，没有一点儿欢乐，你最近是不是一直都是这样，彼得？"

彼得悔恨地点点头，奶奶说的完全正确。

"还有一点儿你也错了，"奶奶接着说，"你想伤害别人，可是你看，克莱拉没有了轮椅，她又非常想去看花儿，于是她就努力练习走路，而且越走越好。这样，如果她继续待在山上的话，就能每天去看鲜花了。所以你看，彼得，对那些你想伤害的人，上帝可以使坏事变成好事。而做坏事的家伙只能是白费工夫，自讨苦吃。我说的这些你都听懂了吗，彼得？如果听懂了，可千万不要忘记，当你想做坏事情的时候心里面还有个小看守，还有他的小刺棒和令人讨厌的声音。你会记住吗？"

"会的，我会记住的。"彼得回答，样子还是垂头丧气的。因为那个警察还站在大叔旁边，他还不知道这件事如何处理呢。

"这就对了，这件事就这么解决了，"奶奶说，"不过，孩子，你说说看你喜欢什么？有什么想要的？我会送你一件礼物，它会使你记得法兰克福来的这些客人。"

听了这话，彼得抬起头来，吃惊地看着老太太。他以为要挨罚，没想到别人却要给他礼物，把他给弄蒙了。

"快点儿说啊，这是真的，"老太太接着说，"你可以选择一件礼物，作为法兰克福来的客人留下的纪念，我们不会再惩罚你了。你现在懂了吗，孩子？"

彼得最后终于明白了，自己不会再受到惩罚，是好心的奶奶把他从警察手里解救出来了。他突然觉得压在身上的大山倒塌了，心想还是坦白承认自己的过错好。于是就开口说："我还把那张纸给丢了。"

奶奶想了一会儿，才弄明白彼得说的是什么，她和蔼地说："你真是个好孩子，把自己的过错说出来！以后做了错事，就要像现在这样勇敢地说出来，这样一切就都会没事了。好了，你现在可以给我说你想要什么了？"

想到自己可以得到礼物，彼得有些发晕。他见过每年在梅恩菲尔德举办的博览会，那里有琳琅满目的货架，那里到处都是他垂涎已久却买不起的东西，因为他的钱袋里从来没有超过半个便士。那里有漂亮的哨子，有精美的小尖刀，名字叫蟾蜍刀。他可以用哨子集合羊群，可以用尖刀做一条鞭子。

彼得一直在想他到底要选哪一个，结果发现很难做出抉择。突然，他想出了一个好办法，那样他就有足够的时间来考虑做何种选择了。

于是，他就大声地说："一个便士。"

奶奶禁不住大笑起来："嗯，就这些吗，那就过来吧！"说着，她拿出钱包，从里面掏出了四个闪亮的圆形先令，还有一些便士，一起放在他手里。"咱们的账已经结清了。"她接着说，"我给你说一下，一年里有多少个星期，这里面就有多少个便士，你可以在今年的每一个星期都能花一个便士。"

"只要我活着吗？"彼得天真地问。

奶奶听后哈哈大笑起来，男人们听到这笑声，停止了谈话，想听听这里发生了什么事。

奶奶还是笑个不停，然后说："是的，孩子，你说得对，我要把这个写进我的遗嘱里，你听见了吗，儿子？在你的遗嘱里也要加上这一条：保证彼得在有生之年每星期花一个便士。"

赫·塞斯曼点头同意，也一起大笑起来。

彼得又看了看手中的礼物，确认是不是真的，突然一下子蹦了起来，说："哈哈，太好了！"说完，他就跑开了，不过，这回可没翻跟头。因为使他恐惧的事情已经结束了，所有的烦恼也都消失了，而且还得到了礼物，他从来没有像今天这么高兴过。因为他以后每个星期都能花一个便士了。

午饭之后，大家都坐在一起聊天，克莱拉对父亲说："爸爸，您不知道爷爷每天都是怎么细心地照料我的！爷爷每天为我做的事我简直数不过来，但是我一辈子也不会忘记。我一直在想我能为爷爷做点儿什么或送点儿什么？哪怕把我的快乐分一半给爷爷我也愿意！"

"我也是这么认为的，克莱拉，"她爸爸说，"我也一直在想该怎样报答我们的恩人。"

赫·塞斯曼站起身走向爷爷，爷爷和奶奶他们正在兴高采烈地谈着。见他走了过来，大叔站起身来，赫·塞斯曼握住他的手说："亲爱的朋友，我想和您谈谈，我从来没像今天这么高兴过，虽然我有很多钱和财产，但不能让我那可怜的孩子拥有健康和快乐，它们还有什么用呢？感谢上帝，在您的照料下她变得健康和强壮，您不但让她站了起来，也给了我新生。请告诉我，我怎样才能表达对您的感谢呢？我知道什么东西也不能报答您的恩德，但只要力所能及，我一定尽量做到。请您告诉我您需要什么？我能为您做些什么？"

大叔静静地听着，微笑地看着这位高兴和幸福的父亲。

大叔用他低沉的语调说："赫·塞斯曼先生，我很高兴您女儿病好了，对我的努力来说，这是很好的回报。我非常感谢您刚才的承诺，但是我什么都不需要，只要我活着，我和这孩子就什么都不会缺。我只有一个愿望，您要是能答应的话，我就心满意足，别无他求了。"

"说吧，亲爱的朋友，只要能做到的，我绝对做到。"赫·塞斯曼说。

"我年纪大了，"大叔接着说，"剩下的日子也没多久了，我死后没有什么东西能留给小海蒂，她也没有别的亲人，除了一个总想从她身上捞取好处的人以外。如果您能让她不至于流浪乞讨，就算是对我的报答了。"

"我亲爱的朋友，这绝对没问题，"赫·塞斯曼马上回答，"我会把这孩子当成自己的女儿的。问问我妈妈和我的女儿吧，她们绝对不会愿意把海蒂交给别人的！但是如果我的话不能让您更放心的话，我愿在这里向您做出保证。我发誓：绝不会让海蒂流落街头，即使在我死后，也绝不会。但是我还要说点儿别的。海蒂从小生活在这里，如果离开了这里她会不适应，更不会开心，但是她却有不少朋友，而我知道其中的一位，他正在法兰克福处理最后一点事情，然后他就可以想去哪里就去哪里了。我说的这位朋友，就是去年秋天来过这里的那位医生，他回去后仔细考虑了您的建议，他打算到这里来生活，因为他与您和海蒂在一起时，是他最快乐的日子。所以您看，海蒂会有两个保护人在身边——愿您身体健康，和他一起共同完成任务！"

"上帝也会同意的，这是最好的结果！"老太太接着说，热情地握着大叔的手，表示她完全赞同儿子的意见。然后又一把抱住站在身边的小海蒂，拉她过来说："亲爱的海蒂，我问你一个问题，你有没有什么想要的东西？"

"啊，真的吗，现在我只想要一件东西。"海蒂很快地回答，高兴地抬头看着奶奶。

"那就说出来吧，亲爱的，你想要什么？"

"我想要一张床，就是我在法兰克福睡觉的那张床，上面有三个高高的枕头，还有厚厚的毯子，这样的话彼得的奶奶躺在上面就不用头枕得很低，呼吸也就不困难了。而且毯子那么暖和，奶奶就不会老喊冷，也不用把披肩裹在身上了。"

她太想实现这个愿望了，所以海蒂一口气就把话说完了。

"我最亲爱的孩子，这个没有问题。"奶奶感动地接着说，"谢谢你的提醒，这太对了。我们自己拥有幸福的时候，就忘了那些应该帮助的人。上帝使我们这么幸运，我们更应该去帮助那些有困难的人。我这就给法兰克福打电报！让弗罗兰·劳顿米尔今天就收拾好那张床并送过来，估计两天以后就能送到。奶奶很快就能躺在那个舒服的床上了。"

海蒂围着老太太高兴得又蹦又跳的，突然她停了下来，很快地说："我要去看奶奶，这么长时间我都没去看她了，奶奶一定担心死了。"海蒂想马上去看奶奶并告诉她这个好消息，而且她还想起了上次见到奶奶时她那忧虑的模样。

"不行，海蒂，"爷爷责怪道，"家里来了客人，你不能就这么丢下他们，自己跑出去。"

可是老太太却说："大叔，这孩子没做错什么，可怜的奶奶因为我们已经很久没有见到海蒂了，咱们一起去山下看望她吧，可以在那儿等着马儿上山来，然后骑马到德芙里发电报。你说我这计划行吗，儿子？"

赫·塞斯曼给她母亲说了一下自己的计划。

赫·塞斯曼一直在想，如果克莱拉的身体稍微好一点儿的话，就带着自己的母亲和女儿在瑞士好好地玩一次。现在女儿已经能走路了，身体比以前好多了。完全可以进行一次愉快的旅行。所以，他建议今天晚上他们就在德芙里过夜，明天早上上山接克莱拉，然后一起下山去雷格兹，从那儿开始旅行。

克莱拉一听明天就要离开了，就有点儿难过，但是又想起马上就要开始旅行了，又不禁笑逐颜开，对离别不再感到伤感。

奶奶拉住了海蒂的手，让她在前面带路。突然又想起一件事，她转身说："克莱拉怎么办啊？"话音刚落，她就看到大叔抱着克莱拉跟在她们身后，就开心地对他笑了笑。赫·塞斯曼先生走在最后，就这样，一行人开始下山。

海蒂太开心了，她一路上都蹦蹦跳跳地跟在老太太身边，老太太一直问她一些关于彼得奶奶的事情，她怎样生活啦，干一些什么活儿啦，尤其是冬天这山上那么冷，她是怎样熬过来的。海蒂认真地将这些事原原本本地讲给奶奶听，因为对于这些她再清楚不过了。她给奶奶讲彼得奶奶是怎样在墙角蜷缩着身子，冻得哆哆嗦嗦的。她甚至知道彼得奶奶在冬天的时候什么可以吃，什么又不能吃。奶奶听得非常仔细，而且非常同情彼得奶奶。他们很快就到了彼得家。这时布蕾吉特正在洗彼得的衬衫，这样等他穿的那件脏了，他就可以换这件了。她看见有几个人冲着小屋走过来，就连忙进了屋子。

"妈妈，有很多人从山上走了下来，很明显是要回家了，"她对老太太说，"大叔怀里抱着那个残疾孩子，还带来了好几个人。"

"哎呀，这件事真的会发生吗？"奶奶叹道，"海蒂也一起下山了吗？那就是说，他们要带走海蒂了！希望我还能握握她的小手，听听她说话！"

这时，随着哗啦一声，门被推开了，海蒂急忙跑到奶奶跟前，双手抱着奶奶的脖子。

"奶奶！奶奶！不久我那张大床就会从法兰克福运到这里来了，

上面还有三个大枕头和一个厚厚的床垫呢，克莱拉的奶奶说再过两天就能运来了。"海蒂兴奋地说道，她很好奇奶奶知道这个消息后会不会非常高兴。奶奶笑了笑，但是却有些难过地说："这真是一位善良的太太，你被这样善良的人带走，我应该为你开心。但是或许这是我最后一次见到你了。"

"发生什么事了吗？您怎么会这样说呢？谁跟您说我要带走海蒂啊？"一个声音和善的人这样说道，同时，彼得奶奶感觉有人握住了自己的手，原来这时塞斯曼老太太走进来，正好听到了她的话。"不是的，我不会带走海蒂，这件事不会发生第二次了！海蒂会一直陪着您，给您带来快乐。如果我们想她的话，就会来这里看她，我们以后会经常来这里的，我们要在这里对上帝表达我们特殊的感谢，因为他使我的孙女在这儿奇迹般地变成了一个健康的孩子。"直到这时，彼得奶奶才发自内心地笑了起来，她用力握着塞斯曼老太太的手，激动得说不出话，一张写满了沧桑的脸上滑过两颗硕大的泪珠。海蒂看到奶奶又高兴了，也很高兴。

她继续抱着奶奶说："奶奶，这不就和我以前说过的一样吗？我以前说过的那张大床马上就要被送到这里来了，那样您就永远不会感觉冷了。"

"没错，海蒂，亲爱的上帝还将给我带来很多美好的事物，替我做很多好事呢！"奶奶满怀感激地说，"真想不到世界上会有这样多善良的人，会不嫌厌烦地来关心一个贫穷的老太婆，为她做那么多善事？世界上再无其他事情能比这个更让人坚定地相信上帝，即使再微不足道的事，他都不会忘记，正如他不会忘记去了解，世间的那么多善心，善良之人对我这样一个可怜之人给予帮助，而我却只是一个无用的老太婆。"

"我的好姐妹，"福蕾·塞斯曼打断她说，"在上帝眼中，我们都是一样的可怜，我们都需要他不要将我们忘记，但是我们必须和您道别了，期待下一次的相聚吧，我们明年再来这里的时候，一定会立即来看望您的。"福蕾·塞斯曼再次热情地握住了老人的手。

然而，奶奶并没有如她所愿的马上放他们离开，奶奶对她感激了一遍又一遍，并衷心祝愿她，希望她们这个大恩人可以家庭幸福、心想事成。

顺着幽深的山谷，赫·塞斯曼先生和他的母亲走下了山，大叔又一次背起克莱拉往家走，海蒂跟在他们两人的身后，一路上，连蹦带跳，一刻都没闲过。她只要想到奶奶今后的幸福生活，就感到无比高兴，以至于每走一步都跳着蹦着。

次日清晨，克莱拉就要离开这里了，她哭泣着，因为她不舍得离开这美丽的高山牧场，因为她从未体验过这般舒心的生活。但海蒂安慰道："用不了多久，夏天就又来临了，到时候你还可以来，而且那时的风景会更迷人，你还可以自己走上山。你来后，我们又能每天跟山羊一块儿去牧场，去鲜花盛开的上坡上，去从头体验一遍所有开心的事情。"

赫·塞斯曼如约来接他的女儿了，现在他正和爷爷站在一起，男人们要商量的事向来很多。海蒂的话安慰了克莱拉，她默默地擦掉了眼泪。

"你要代我向彼得道别呀，"她重复了一遍，"还有山羊们，尤其是小天鹅！哦，如果我能送一件礼物给它就好了。我能痊愈，它也算功不可没呢。"

"你给它送东西也不是不可以啊！"海蒂肯定地说，"你寄一点盐给它吧！你也知道，每天晚上，它都特别喜欢舔爷爷手里的盐。"

克莱拉看来十分满意这个提议。

"是哦，等我回到法兰克福，我一定给它寄一百磅盐过来，"她兴奋地喊道，"这样一来，它就有了想念我的纪念品了。"

此时，赫·塞斯曼先生向孩子们招了招手，他要回去了。这一次，克莱拉可以骑在奶奶的白马上了，因为她不需要轿子了。

海蒂站在山坡的最边缘处，向克莱拉频频挥手，直到她再也看不见那匹白马和骑白马的女骑士。

床被运到了彼得家中，现在，奶奶每天晚上睡得都很香，身体也一天天恢复了。塞斯曼老太太也依然没有忘记高山牧场的寒冬，她寄了一个大大的包裹给彼得一家，里面装了很多保暖的棉衣，奶奶可以一件件地穿上，将自己包裹得严严实实了，毫无疑问，她再也不用畏缩在墙角瑟瑟发抖了。德芙里村正在进行一项大规模的修建工程。医生抵达了这里，他暂时住在他以前住过的那家小旅馆里，根据朋友的建议，买下了大叔和海蒂过冬时住的那幢老旧的豪宅，那里从前是一座规模宏大的地主庄园。即使现在来看，那装饰考究的大壁炉和光滑的瓷砖也不同凡响，足以证明它往日的辉煌。医生正请人重新装修这幢房子的带壁炉的高大房间，以供自己居住。并且他也修整了房子的另一面，打算留给大叔和海蒂冬天的时候居住。因为医生非常清楚和了解，爷爷喜欢独立生活，他非得有自己的房子不可。在房子的最后面是一个围着结实围墙的、非常暖和的羊圈，这样在寒冷的冬天，小天鹅和小熊就可以舒舒服服地度过了。

医生和大叔朝夕相处，关系越来越亲密，他们之间的友情与日俱增，甚至已经成了知己。每当他们上来下去地攀爬在高墙和屋脊之间，察看工程的进度时，聊天的话题几乎都是海蒂。因为海蒂已经成了他们生命最重要的一部分，而且他们最大的快乐就是能和这个天真活泼的孩子一起居住在这所房子里。

有一天，当他们又一次站在墙头时，医生对大叔说："我亲爱的朋友，您必须和我一样地看待这些事情。那就是我将同你共同分享养育这个孩子的所有快乐，我似乎成了除您之外这孩子最亲近的人了，我也想分担所有的义务和责任，竭尽全力照顾好她，所以也可以说孩子也是属于我的。在孩子的教育问题上，我希望能按照最新的教育方法来。也就是说，我也想承担照顾海蒂的责任，并且希望，她也能在我年老时照料我，待在我的身边陪伴我，这就是我后半生最大的心愿。当然，海蒂作为我的女儿，应该在我这里获得孩子的全部权利。只有如此，当你和我最终不得不离开这个世界的时候，才能毫不担心地留她一人在这世间。"

大叔久久地握着医生的手，一句话也不说，但他的朋友已经从他的眼里看出，老人深受感动，由衷地感到喜悦。

那时，海蒂和彼得正坐在奶奶的旁边，他们有许许多多的话要和奶奶说，说得他们几乎喘不上气了。他们太热情、太投入，所以坐得离沉浸在幸福中的奶奶越来越近。在整个夏天里，在他们身上发生了那么多的故事，他们都想一五一十地讲给奶奶听。但想要诉说的事情实在太多，而他们在过去的这段日子里，相聚的时间又那么短暂。这种新的团聚和经历过的所有奇妙的事情让他们三个人看起来一个比一个幸福、快乐。其中，最幸福的非布蕾吉特莫属，她脸上流露出的表情就是最好的证明。因为，这是在海蒂的帮助下，彼得第一次清楚而明白地讲述了一个便士是怎样源源不断而来的故事。

最后，奶奶对海蒂说："海蒂，给我念一段赞美和感谢的诗吧！我心中知道，我只能对上帝为我们安排的这一切表示赞扬、称颂和无尽的感谢。"